William Kotzwinkle

Ein Bär will nach oben

Roman

Aus dem Amerikanischen von Hans Pfitzinger

Eichborn.

ICH DANKE BRONSON PLATNER

Originaltitel: THE BEAR WENT OVER THE MOUNTAIN

Die Deutsche Bibliothek – CIP-Einheitsaufnahme

Kotzwinkle, William:
Ein Bär will nach oben : Roman / William Kotzwinkle. Aus
dem Amerikan. von Hans Pfitzinger. – Frankfurt am Main :
Eichborn, 1997
Einheitssacht.: The bear went over the mountain < dt. >
ISBN 3-8218-0374-6

Lektorat: Doris Engelke.
Umschlaggestaltung: Christina Hucke unter Verwendung
des amerikanischen Originalmotivs.
Satz: Fuldaer Verlagsanstalt GmbH.
Druck und Bindung: Wiener Verlag, Himberg.
ISBN 3-8218-0374-6

Verlagsverzeichnis schickt gern:
Eichborn Verlag, Kaiserstraße 66, D-60329 Frankfurt

Der Bär lief über den Berg
und schaute, was es zu sehen gab . . .

In einem alten Bauernhaus wütete ein Feuer. Die gleichgültigen Flammen nährten sich von den Seiten eines Manuskripts. Es handelte sich um einen Roman mit dem Titel *Schicksal und Sehnsucht*, die Blätter kräuselten sich an den Rändern, loderten auf und wurden schließlich zu Rauch.

Das Bauernhaus brannte rasch ab. Die Balken und Dachsparren stürzten zu einem feurigen Haufen zusammen, und als der nichtsahnende Besitzer zurückkehrte, war von seinem Haus und seinem Roman nur noch ein rauchendes Loch im Boden übrig.

Das Bauernhaus war der Schlupfwinkel, in den sich Arthur Bramhall, Professor für amerikanische Literatur an der University of Maine, für sein unterrichtsfreies Jahr zurückgezogen hatte. Der Mann war für die Lehrtätigkeit wenig geeignet, weil er zu Depressionen neigte und lieber allein war. In seinen depressiven Phasen (also fast immer) mochte er niemandem seine Gesellschaft zumuten. Er hatte das alte Bauernhaus gekauft, weil er auf Sex mit Frauen hoffte, die ebenfalls aufs Land gezogen waren und unter Depressionen litten. Die meisten dieser Frauen erschienen ihm depressiv – oder zumindest verbittert –, wahrscheinlich, weil sie auf dem Land leben mußten. Er wollte zuerst mit ihnen Sex haben und dann einen Bestseller darüber schreiben. Den Roman hatte er geschrieben, aber die Handlung entstammte seiner Phantasie, nicht seiner Erfahrung, denn er hatte bald entdeckt, daß Frauen, die aufs Land gezogen waren, unförmige Overalls trugen, häufig nach Kerosin rochen, zu Sonnwendfeiern gingen und nicht bereit waren, sich die Beine zu rasieren. Für ihn waren sie behaarte Frauen mit Fell, was seinen Sexualtrieb eher minderte. So ist es nicht verwunderlich, daß sein einziges aufregendes Erlebnis der Brand seines Hauses war.

Jetzt stand er in der Dunkelheit der Winternacht, und die glimmenden Überreste des eingestürzten Hauses beleuchteten sein Gesicht. Aus der Glut ragten nur noch die verbogenen Umrisse seiner Aktenschränke, seine Schreibtischlampe und seine Schreibmaschine. Er umkreiste das Loch und hielt nach verkohltem Manuskriptpapier Ausschau. Kleine helle Flammen flackerten auf und mahnten ihn, lieber Abstand zu halten, bis sie ihre Arbeit getan hatten. Er kniete am Rand des rauchenden Loches nieder und trauerte um sein verlorenes Buch.

»Ich habe gehört, daß Bramhall sich mit dem Geld von der Versicherung eine kleine Hütte gebaut hat«, sagte Bernard Wheelock, ein brillanter junger Dozent für amerikanische Literatur an der University of Maine.

»Ja, er schreibt sein Buch noch mal neu«, erwiderte Alfred Settlemire, ordentlicher Professor an derselben Hochschule. Settlemire war eine stattliche Erscheinung, mit wohlgeformter hoher Stirn, Löwenmähne und einem sorgfältig gepflegten Spitzbart, der sein ausgeprägtes Kinn noch unterstrich.

»Schrecklich, daß sein Roman bei dem Feuer verbrannt ist«, sagte Wheelock. »Ein schwerer Schlag für einen Kerl wie ihn, der sowieso eher die düsteren Seiten des Lebens sieht.«

»Naja, war das wirklich so schlimm?« fragte Settlemire. »Daß sein Haus abgebrannt ist, tut mir leid, aber um sein Buch ist es nicht schade – er hat ja *Tun Sie's nicht, Mr. Drummond* abgeschrieben. Hat er mir selbst gesagt. Er hat sich alle Bestseller genau angeschaut und gedacht, den könnte er kopieren.«

»Gar nicht so einfach«, sagte Wheelock, der es selbst versucht hatte.

»Na ja, aber nimmt man dafür ein Jahr frei? Um einen Bestseller abzukupfern? Ob erfolgreich oder nicht – da stellt sich doch die Frage, weshalb man überhaupt schreibt.« Dr. Settlemire sprach gern von sich als »man«. Er selbst hatte ein Buch herausgebracht, das sich mit dem Vergleich im Werk von Robert Frost befaßte, und hatte unter anderem herausgefunden, daß Frost das vergleichende *Wie* 0,54 mal pro Seite verwendet. Ein solches Buch war sinnvoll und mit Hingabe geschrieben, das fühlte man.

»Haben Sie denn Bramhalls Roman gelesen?« fragte Wheelock.

Settlemire schnaubte verächtlich. »Vor dem Brand hat er mir ein paar Kapitel geschickt, wollte meine Meinung hören. Man konnte natürlich nichts dazu sagen, weil man gar nicht wußte, wo man anfangen sollte. Seine Heldin bringt einen heruntergekommenen Bauernhof auf Trab, den sie geerbt hat. Sie riecht nach Kerosin, ist aber trotzdem attraktiv.«

»Klingt nicht uninteressant.«

Settlemire strich sich über den gepflegten Spitzbart. »Man kennt Bauernhöfe. Man muß nur Robert Frost studieren. Der Hof in Bramhalls Buch ist ein Luftschloß.«

»Der arme Bramhall.«

»Es wird nie gedruckt werden. Da ist man ganz sicher.«

In seiner kleinen Hütte schrieb Arthur Bramhall das Buch noch einmal. Er besorgte sich keinen neuen Telefonanschluß, und sah niemanden außer einem alten Holzfäller, der auf dem nächsten Hügel wohnte und gelegentlich auf einen Schwatz vorbeischaute. Sonst lenkte nichts Bramhall ab. Das Feuer hatte ihm eine Lektion erteilt über Geduld, Erneuerung, innere Stärke. Er versuchte nicht mehr einen Bestseller zu kopieren und ließ in einem Schaffensrausch sein Herz sprechen – von Liebe und Sehnsucht und Verlust und von den Naturgewalten, deren Macht er kennengelernt hatte. Auf der letzten Seite des Buches strahlte seine neue Heldin voll innerem Feuer, weil die Natur sie Demut gelehrt hatte. Es gab immer noch jede Menge Sex, aber er war verbunden mit den vorzeitlichen Stimmungen der Wälder, dem Kreischen der Krähen, dem Bellen der Füchse und dem Knistern des Feuers im Herd.

»Ich habe die Wahrheit geschrieben«, sagte Bramhall als er das Manuskript zuklappte und es zärtlich tätschelte. Er hatte im Abgrund der alles zerstörenden Dunkelheit, aus der seine lebenslange Depression rührte, ein kleines, aufmunterndes Licht angezündet. »Morgen gehst du hinaus in die Welt«, sagte er zu seinem Manuskript.

Er legte es in eine Aktentasche und trug es vors Haus. »Ich werde uns eine Flasche Champagner kaufen«, sagte er zu seiner Aktentasche. Städter, die aufs Land ziehen, haben das Problem, daß sie mit niemandem reden können, außer mit der Sickergrube oder, wie in diesem Fall, mit der Aktentasche.

Er ging weg von der Hütte, über die Wiese und legte die Aktentasche unter die Zweige eines alten Nadelbaumes. Die Äste hingen bis zum Boden, und das Manuskript war jetzt nicht mehr zu sehen. »Wenn es noch mal brennt, bist du hier in Sicherheit.«

Er schob die Fichtenzweige zurecht, so wie er es in den vergangenen Monaten jeden Tag gemacht hatte, und lächelte, zufrieden mit seinem Versteck.

Ein Bär beobachtete Bramhall aus einiger Entfernung. Wie Bramhall war auch der Bär ein anständiger, arbeitsamer Geselle. Er machte seine gewohnte Runde, vom Fluß, wo er Forellen und Lachse fing, zu den verlassenen Obstgärten, wo er im Herbst Äpfel fraß, bis zu den Bergen, wo er im Sommer Blaubeeren verschlang. Er war gutmütig und immer hungrig. Vor kurzem war er in die Küche eines Gasthauses eingebrochen und hatte erst alle Torten und Kuchen und dann die Eiskrem und die Schokoladensauce und eine Büchse mit bunten Zuckerstreuseln gefuttert. Der Geschmack und der Geruch dieser Leckereien verfolgten ihn; die laue Frühlingsluft schien voll davon und quälte ihn. Der Mann hatte etwas Wertvolles unter den Baum gelegt. Vielleicht war es eine Torte.

Der Bär wälzte sich gern auf Wiesen und reckte die Tatzen in die Luft. Er fraß Abfall, wenn er welchen fand, und stöberte gern auf der Müllkippe nach Pizzaschachteln mit Käseresten und anderen delikaten Sachen. Er lebte für seinen Magen und hatte einmal im Jahr, wenn der Sommer kam, wunderbar intensiven Sex. Er kannte den Wald in- und auswendig und war ausgesprochen geschickt im Umgang mit Menschenwerk; als er das Fenster des Gasthauses aufdrückte, stand ein Ausdruck außerordentlicher Konzentration in seinen Knopfaugen, ganz ähnlich dem von Arthur Bramhall, wenn er an seiner Schreibmaschine saß.

Als nun Bramhall in sein Auto stieg und davonfuhr, um Champagner zu kaufen, tappte der Bär über das Feld und schlüpfte unter die Zweige der Fichte. Er näherte sich vorsichtig der Aktentasche und beschnüffelte sie. Von Torte keine Spur. Trotzdem konnte Gründlichkeit nicht schaden. Er packte den Griff der Aktentasche mit den Zähnen und trug sie tiefer in den Wald hinein. Als er sich sicher fühlte, stellte er die Aktentasche ab und versetzte ihr ein paar Hiebe. Die Schlösser schnappten auf, und die Tasche öffnete sich. Enttäuscht beschnüffelte er das Manuskript. Termitennahrung, sagte er sich und wollte davontrotten, da fiel ihm eine Zeile auf der ersten Seite ins Auge, und er las noch ein bißchen weiter. Sein Lesestoff hatte sich bisher auf die Schilder von Marmeladengläsern und Dosen mit bunten Zuckerstreuseln beschränkt, aber etwas an dem Manuskript verlockte ihn, weiterzulesen. »Also wirklich«, sagte er sich, »das ist gar nicht schlecht.« Es gab viel Sex, und auch das Fischefangen kam nicht zu kurz; alle Details stimmten und waren faszinierend geschildert. »Dieses Buch hat einfach alles«, fand er, schob das Manuskript zurück in die Aktentasche, packte den Griff mit den Zähnen und machte sich auf den Weg in die Stadt.

Während sein Manuskript von einem Bären gestohlen wurde, trank Arthur Bramhall Kaffee mit einer behaarten Frau. Sie saßen in einem Lokal an der Hauptstraße der kleinen Stadt, wo beide einmal die Woche hinfuhren, um Lebensmittel zu kaufen. »Ich bin mit meinem Buch fertig«, sagte er zu ihr, und sie antwortete: »Das ist ja toll.«

»Ja, ich glaube schon«, gab er zurück und versuchte gelassen zu bleiben, obwohl er insgeheim vor Freude übersprudelte. Wenn sein Buch ein Erfolg würde, müßte er nicht mehr zurück an die Uni. Er müßte den Fachbereich Englisch nie wieder betreten, und er käme auch nie wieder in die Verlegenheit, im Gebäude der Studentenvereinigung, wo seine Englischstudenten herumsaßen und Comic-Hefte lasen, in denen Amazonen aus dem Weltall Gewänder aus Alufolie trugen, eine fettige Pizza zu essen.

»Es wird bestimmt ein Erfolg«, sagte die behaarte Frau freundlich, obwohl sie ihn von ihrer Liste der ernsthaft in Frage kommenden Männer gestrichen hatte. Er war kräftig gebaut und hatte einen ansprechenden gewellten braunen Haarschopf; seine braunen Augen wirkten sanft, und er hatte ein nettes Lächeln, aber ihr Typ Mann mußte nach Fichtenharz und Rauch von Holzfeuer und nach Leben im Freien riechen, so wie sie selbst. Arthur Bramhall konnte niemals auch nur annähernd diesem Bild entsprechend abgerichtet werden. Außerdem bügelte er seine Jeans.

»Wie schön, daß wir uns getroffen haben«, sagte er. Es stimmte zwar, daß er seine Jeans bügelte, aber er war trotzdem ein anständiger Kerl mit viel ehrlicher Sympathie für seine Mitmenschen. Aber weil er schüchtern und in sich gekehrt war, hatte er nie eine längere Beziehung zu einer Frau gehabt, und in seiner Einsamkeit überkamen ihn Stimmungen, die ihn wie ein Goldfisch aus dem Fenster starren ließen. Jetzt war er gerade in der manischen Phase. »Was haben Sie denn so gemacht in letzter Zeit?« fragte er mit aufrichtigem Interesse.

»Ach, ich mache immer noch meine Wellness-Arbeit«, sagte die behaarte Frau, die die englische Sprache weniger gut beherrschte als das Geschäft. Für 55 Dollar gab sie ihren Klienten eine, wie sie es nannte, Energiemassage. Bramhall hatte 55 Dollar bezahlt und festgestellt, daß ihre Hände seinen Körper kein einziges Mal berührten, sondern nur die Luft darüber mit einer lila gefärbten Hühnerfeder fächelten. Er tat so, als ob es ihm danach viel besser ginge, weil er andere Leute in ihrer Arbeit ermutigen wollte. Jetzt lauschte er den neuesten Einsichten der behaarten Frau über Energiefelder, Aura und magnetisiertes Wasser und bemühte sich, sie trotz des Kerosingeruchs attraktiv zu finden. Er wollte Ähnlichkeit zwischen ihr und der Heldin seines Buches empfinden, aber das Kerosin wirkte auf dem Papier sinnlicher als beim Kaffeetrinken im Lokal des Ortes. Sie schaute ihn an. »Sie wissen, daß die Erde jetzt in eine weibliche Phase eintritt, oder?«

»Tut mir leid, das wußte ich nicht.«

»Ja, die feminine Kraft wird mit jedem Tag stärker. Ich bereite gerade ihr zu Ehren ein Fest der Mondgöttin vor.«

Bramhall nickte. Die behaarte Frau liebte solche Feste. In Nächten mit nur mäßiger Depression munterte ihn der Gedanke nachhaltig auf, wie wundervoll es war, *nicht* bei einem Fest zu Ehren der Mondgöttin zu sein.

Die behaarte Frau ergriff seine Hand. »Schließen Sie die Augen«, sagte sie, »und konzentrieren Sie sich auf den Erfolg durch Jupiter, den Planeten des Glücks.« Die behaarte Frau war ebenfalls ein anständiger Mensch und überzeugt davon, mit ihrer lilafarbenen Hühnerfeder anderen Menschen zu helfen.

Bramhall machte die Augen zu und dachte wieder an seine Aktentasche unter dem Baum. Er dachte daran wie ein Buschmann an seinen geschnitzten, in Fledermaushaut eingewickelten Fetisch denkt.

»Ich sehe, daß mit Ihrem Buch sehr schöne Dinge geschehen«, sagte die behaarte Frau. »Ich sehe, wie es jemand nimmt.«

Bramhall spürte ein intensives Kitzeln im Bauch, als hätte er ein Mittel gegen Sodbrennen geschluckt, das Glückseligkeit auslöst. Mit geschlossenen Augen hörte er ihrer verständnisvollen Stimme zu, und er spürte ihr Wohlwollen. Sie hatte eine Meise, das schon, aber die hatten auch die anderen behaarten Frauen in Maine. Die Winter waren zu lang für sie und lösten merkwürdige Aktivitäten bei ihnen aus. Er hoffte, sein kleiner Roman würde diese Frauen aufmuntern. Sein Held war ein ausgestiegener Archäologe, der in Maine nach Fossilien suchte; auch er war durch die Begegnung mit der Natur bescheidener geworden, hatte gelernt, ihr mit Respekt zu begegnen, und den Frauen mit Respekt zu begegnen, denn sie waren die Krone der Schöpfung. Bramhall hoffte, die behaarten Frauen, die den Roman lesen würden, könnten sich vielleicht eine Zeitlang vorstellen, daß der Held auf *ihren* verfallenen Hof käme, um voller Respekt in ihren Fossilien herumzustochern.

Die nackten Glühbirnen des Lokals spiegelten sich in dem Quarzkristall, den die behaarte Frau an einer Kette um den Hals trug, und auch ihre Vereinsamung schien sich darin zu spiegeln. Bramhall vermutete, daß sie genauso allein war wie er. Er malte sich aus, wie er sie mit nach Hause nahm, ihr ein heißes Bad einließ und einen Rasierpinsel und eine Klinge unübersehbar auf den Wannenrand plazierte. »Vielleicht gefällt Ihnen ja mein Buch«, sagte er schüchtern.

Sie nickte. »Ich habe das intensive Gefühl, daß in diesem Augenblick ein Engel Ihr Buch beschützt.«

Der Bär wartete am Stadtrand, bis es dunkel wurde. Da die Stadt in einem einsamen Teil von Maine lag, gab es nur ein Bekleidungsgeschäft, aber der Bär war nicht wählerisch. Er drückte auf der Rückseite ein Fenster auf und stieg hinein. Normalerweise machte er das, um an Süßigkeiten heranzukommen, aber er zwang sich, nicht ans Essen zu denken, als er durch die dunklen Gänge des Ladens tappte. Eine Schaufensterpuppe schlug ihn beinahe in die Flucht, aber seine Nase machte ihm rasch klar, daß die menschlich aussehende Gestalt aus Holz war. Er ging auf die Puppe zu und schaute sich genau an, was sie anhatte. Dann wanderte er durch den Laden, sammelte genau dieselben Sachen ein und entschied sich für einen Anzug, wie ihn Holzfäller zu einer Beerdigung tragen. Er zog ohne große Mühe ein Hemd an, nur die Knöpfe zuzumachen erwies sich als schwierig. Es gelang ihm, ein paar durch die kleinen Löcher zu schieben, und er entschied, daß das ausreichte. Nach einigen Versuchen schaffte er es, in die Hosen zu steigen. Er trug sie verkehrt herum, weil ihm der Zweck des Kleidungsstückes nicht recht einleuchtete. »Paßt ganz gut«, bemerkte er, als er an der Rückwand des Ladens sein dunkles Abbild im Spiegel sah. Er schlüpfte in die Anzugjacke und kehrte zur Schaufensterpuppe zurück, um kurz zu vergleichen. Die gemalten Puppenaugen schienen kritisch dreinzublicken. »Ein Schlips, na klar«, sagte der Bär und fand einen mit Hula-Tänzerinnen drauf. Sein Geschmack war erbärmlich, aber er war ja nur ein Bär. Nachdem er den Knoten am Hals der Puppe studiert hatte, erfand er einen eigenen. »Sieht gut aus«, sagte er, obwohl der Knoten ungewöhnlich war. Er nahm noch eine Baseballmütze und Schuhe, ging zur Kasse, leerte sie aus und kletterte wieder zum Fenster hinaus. Als er auf der Straße stand, schüttelte er die Jackenärmel und stellte sich auf die Hinterbeine. »Erstaunlich, wie ein Anzug einen Bären verändern kann«, sagte er.

Er ging langsam und schwerfällig, mit offenen Schnürsenkeln. Den Griff der Aktentasche hatte er zwischen den Zähnen, und das erregte die Aufmerksamkeit einiger Passanten. Sie sagten nichts, aber der Bär bemerkte ihre herablassenden Blicke. Woran konnte das liegen?, überlegte er. Entdeckte sich in einem Schaufenster und blieb stehen. »Irgendwas stimmt da nicht«, sagte er und betrachtete sein Spiegelbild. Die Baseballmütze sitzt gerade, der Anzug sieht gut aus. Seine kleinen, glänzenden Augen starrten ihn an. Die Aktentasche im Maul!

Betreten nahm er sie in die Pfote. Mit alten Gewohnheiten zu brechen ist nicht leicht, sagte er sich und ging weiter.

Später saß er in der hintersten Ecke des Lokals an der Hauptstraße, öffnete die Aktentasche und studierte die Titelseite des Manuskripts.

SCHICKSAL UND SEHNSUCHT

VON

ARTHUR BRAMHALL

Der Titel ist gut, dachte der Bär, aber Arthur Bramhall paßt nicht zu mir. Nein, der Name mußte geändert werden. In was Griffigeres. Wird mir schon einfallen.

Auf dem Tisch vor ihm standen Kaffee, Toast und zwei kleine Pyramiden aus Döschen mit einfacher und gemischter Marmelade. Er betrachtete sie aufmerksam.

Marmelade – *Jam.*

Perfekter Name, was Besseres als Jam gibt es gar nicht. Und jetzt noch einen Vornamen. Wieder studierte er die Aufschrift auf den Döschen.

Half-and-Half Jam.

Sehr gediegen.

Oder klingt das zu ausländisch?

Mit einer Kralle deckte er ein paar Buchstaben auf dem Döschen mit der gemischten Marmelade ab.

Half Jam.

Klingt zu nordisch. Aber ich habe das Gefühl, ich bin nah dran. Nur noch... eine winzige Veränderung...

Mit der Spitze einer seiner glänzenden Krallen verdeckte er das *f* in *Half.*

Das ist ein Name, den die Leute sich merken werden.

In der Aktentasche lagen ein Stift und ein paar leere Seiten. Mit großer Konzentration schrieb er mühsam eine neue Titelseite:

SCHICKSAL UND SEHNSUCHT

VON

HAL JAM

Am selben Abend kehrte Arthur Bramhall nach Hause zurück und lief mit einer Taschenlampe über das Feld, um das Manuskript unter dem Baum hervorzuholen. Zuerst dachte er, er sei am falschen Baum. Er rannte von einem Baum zum andern, riß die Äste auseinander und leuchtete mit seiner Taschenlampe den Boden ab.

»Nein!« brüllte er. »Nein. Nein.«

Er starrte durch die Bäume zu dem kalten, mitleidlosen Mond hoch, der hinter den Ästen aufstieg, dem Mond der Diebe und Kreuzwege. Er fiel auf die Knie und trommelte mit den Fäusten auf den Boden. Dann stand er auf und rannte schreiend über die Felder. »Es ist weg! Es ist weg!« Er drohte den Bäumen mit der erhobenen Faust und rief: »Warum? Warum tut ihr mir das noch einmal an?« Als er wieder zur Besinnung kam, bat er Vinal Pinette, den alten Holzfäller, der in der Nähe wohnte, um Hilfe. Vinal Pinette kam und untersuchte den Platz unter dem Baum.

»Bär.«

»Was?«

»Ein Bär hat's.«

»Ein Bär hat meine Aktentasche?«

Der alte Holzfäller deutete auf schwache Abdrücke auf dem Waldboden. »Da sind die Spuren.«

»Na, dann nichts wie hinterher!«

»So'n Bär is schnell, wenn er will. Der is vielleicht schon im nächsten Bezirk.«

Arthur Bramhall lehnte sich an den Baumstamm. Das bißchen Widerstandskraft, das er hatte, war inzwischen aufgebraucht. Jahre der Depression und Unsicherheit hatten ihn erschöpft, und jetzt hatte ihm ein Bär den Rest gegeben. »Mein Leben ist vorbei.«

»Was Wertvolles in der Mappe?«

»Mein Roman.« Bramhall starrte Vinal Pinette an. Er mochte den alten Mann, aber er wußte, daß Pinette die Bedeutung dessen, was da verschwunden war, nicht ermessen konnte.

»Wir könn ihm ja nachlaufen«, sagte Pinette. »Aber ich glaub nich, daß da viel bei rauskommt. Heißt doch immer – wenn der Bär dich sieht, dann siehst du den Bären nich.«

»Ja«, antwortete Bramhall unbeholfen, um seinem Nachbarn nicht noch mehr Ungelegenheiten zu bereiten. Er stolperte zurück über das Feld und mixte sich in Gedanken schon den Mörder-Cocktail, den er so gut kannte, den einen, nach dem er sich wie ein verrosteter Anker am Meeresgrund fühlen würde.

»Es ist ein wunderbares Buch«, sagte Chum Boykins von der Boykins Literaturagentur, »aber das muß ich Ihnen ja nicht erst sagen.«

Der Bär nickte, und Chum Boykins lächelte, während er mit dem Finger auf das Manuskript tippte. »Am besten gefällt mir, daß es so *frisch* ist. Gleichzeitig kommt es einem auf eine gespenstische Weise vertraut vor, wie etwas, das wir nie recht zu schätzen wußten.«

Der Bär nickte wieder, bescheiden. Er hatte seine Hosen nicht mehr verkehrt rum an, und sein Selbstbewußtsein wuchs. Vor dem Bürofenster summte der große Bienenschwarm der Menschheit; deren hektische Aktivitäten waren schwer zu begreifen, aber er beruhigte sich mit Schokoriegeln, von denen er auch jetzt ein paar in der Tasche hatte.

»Ich denke da an einen bestimmten Verleger«, meinte Boykins. »Kennen Sie Elliot Gadson von Cavendish Press? Ich glaube, er ist unser Mann. Der hat den Schneid, er ist im richtigen Alter, und das ist genau die Art Buch, die er mag. Ich werde ihn anrufen und die Sache ins Rollen bringen.«

Boykins drückte den Knopf seiner Sprechanlage. »Margaret, holen Sie mir bitte Elliot Gadson an die Strippe, ja?«

Er wandte sich wieder dem Bären zu. »Elliot weiß schon, daß ich ihn nur anrufe, wenn ich etwas Besonderes für ihn habe. Möchten Sie einen Kaffee?«

»Zucker«, brummte der Bär und betonte sorgfältig das wichtigste Wort seines begrenzten Vokabulars.

»Margaret, würden Sie uns bitte Kaffee bringen, mit viel Zucker. Danke.« Boykins lächelte den Bären an.

»Hat Ihnen schon mal jemand gesagt, wie sehr Sie Hemingway ähneln?«

»Wem?«

»Ja, wer schon. Vielleicht sind Sie der Mann, der ihn in Vergessenheit geraten läßt.«

»Torte«, sagte der Bär zum Kellner in dem französischen Restaurant, in das Boykins ihn eingeladen hatte.

»Sonst nichts?« fragte Boykins.

»Kuchen Eiskrem.«

»Es tut gut, mal jemanden zu erleben, der sich nicht ständig Gedanken um sein Gewicht macht.«

»Winter«, sagte der Bär und tätschelte sich den Bauch.

»Ja, es war wirklich ein harter Winter.« Boykins hatte dunkle Augen, sein Blick war aufmerksam. Seine Gesten waren steif. Er beugte sich vor und stützte das Kinn auf Daumen und Zeigefinger. »Haben Sie eigentlich jemanden, der Sie an der Westküste vertritt? Einen Agenten in Hollywood? Das filmische Potential Ihres Buches ist nämlich gewaltig. Ich sehe dieses gigantische Sonnenwendfeuer auf der großen Leinwand schon vor mir.«

Boykins rückte die Vase auf dem Tisch ein paar Zentimeter nach rechts. Ja, dachte er, so ist es besser. Boykins hatte seine Kindheit mit unzähligen Zwangshandlungen verbracht; mitten in der Nacht fanden ihn seine Eltern stocksteif im Zimmer stehen, gelähmt von einem unwiderstehlichen Zwang.

»In der Tat liest sich das ganze Buch wie ein Film, damit erzähle ich Ihnen bestimmt nichts Neues. Es ist ein wunderbares Beispiel für Crossover.« Er strich mehrmals über den Saum der Tischdecke. Als Kind hatte Boykins keine Zeit gehabt für Sport, keine Zeit für Mädchen, er hatte nur Zeit dafür, sein Kissen ein paar hundert Mal glattzustreichen, und dann auf einem Bein im Zimmer zu stehen, die Arme hochgereckt, in demütiger Unterwerfung unter die unsichtbare Macht, die ihn beherrschte. »Ich arbeite seit kurzem mit einer wunderbaren jungen Dame von Creative Management zusammen. Sie werden bestimmt sehr gut mit ihr auskommen.«

Der Bär wollte vorsichtig sein mit den Leuten, auf die er sich einließ. »Mag sie Torte?«

»Torte?«

»Ja.«

»Na ja«, lachte Boykins, »bestimmt mag sie Torte. Ob sie viel davon ißt, kann ich nicht sagen.« Boykins zermalmte mit seinen starken Kiefern ein Stück Stangensellerie und kaute es 37mal. Als er in der Nacht vor seinem College-Abschluß stocksteif im Studentenheim stand und 37mal mit den Fingern schnippte, hatte er sich gefragt, wie er mit solch einem Leiden jemals in der normalen Welt zurechtkommen sollte. »Eines kann ich Ihnen sagen, Zou Zou Sharr ist eine der klügsten Frauen Hollywoods. Und schön ist sie zu allem Überfluß auch noch. Sie kennt die wichtigen Regisseure, sie kennt die Stars, und sie ist unnachgiebig, wenn es um Vertragsverhandlungen geht. Und nur zu Ihrer Information«, lächelte Boykins, »das bin ich auch.« Harte Verhandlungen waren ein Klacks für einen Mann, der seine Kindheit und Jugend auf einem Bein stehend verbracht hatte. Wer sollte ihn schon über den Tisch ziehen? Trotz seiner ruppigen Art des Verhandelns mochten ihn die Verleger. Wenn sie sich für einen Schriftsteller entschieden, der von Boykins vertreten wurde, dann wußten sie, daß Boykins den Text lektorieren, den Umschlag entwerfen, die Anzeigen gestalten, Reklamegags erfinden, die Vertreter anspornen, Rezensenten kontaktieren, die Medien hofieren und die Buchhändler einseifen würde. Sein stiller Wahnsinn zwang ihn dazu, alles im Griff zu haben, und das trieb die Verkaufszahlen nach oben. »Ich mag das Wort *trendy* nicht besonders, Hal, aber ich glaube, Ihr Buch trifft einfach den Nerv der Zeit.«

Der Bär schnüffelte, genoß die vielen Parfums und Duftwässerchen in der Luft und fühlte sich wie in einem Feld voller Blumen. Er nippte an seinem Wein. Seine einzige Erfahrung mit Alkohol bisher war eine Flasche Sherry gewesen, der eigentlich zum Kochen gedacht war. Als der Bär damals die Küche jenes Landgasthauses in Maine durchstöbert und diese Flasche geleert hatte, wurde die Wirkung durch die große Menge Kuchen und Torten gemildert, die er dazu verdrückt hatte. Jetzt war die Wirkung deutlicher zu spüren, und seine Empfindlichkeit für die Gerüche verstärkte sich. Seine Nase, die seit Jahren seine Instinkte geleitet hatte, übernahm nun die Führung. Ohne es zu wollen und ohne mögliche Folgen zu bedenken, rutschte er von seinem Stuhl, hinunter auf den Restaurantboden, wälzte sich herum und reckte die Tatzen in die Luft, wie es eben die Art eines Bären ist, wenn er ein Feld voller Blumen findet, das ihn mit Glück erfüllt.

Boykins saß stocksteif da. Sein Klient machte sich gerade zum Narren. Andererseits: So einfach von seinem Stuhl zu rutschen und sich während eines Mittagessens ekstatisch auf dem Fußboden hin und her zu wälzen, sprach für einen bemerkenswerten Mangel an Hemmungen. Boykins, stocksteif an Körper und Seele, sah in Hal Jam etwas, das er selbst nie gewesen war: ein glücklich spielendes Kind im Traum des Lebens. Er starrte ihn fasziniert an.

Der Oberkellner war überhaupt nicht fasziniert. Empört über diesen Verstoß gegen die Etikette seines eleganten Etablissements, stürzte er herbei.

Der Bär wand sich hin und her, hob nach Bärenart Vorder- und Hinterbeine, um den richtigen Schwung für seinen Dreh zu bekommen und sich ausgiebiger und fester den Rücken zu kratzen. Die Augen hatte er in ekstatischer Verzückung halb geschlossen. Die Miene des Oberkellners war undurchdringlich, aber der Kellner mit seinem Schnurrbart und seiner Winselstimme erinnerte an ein Wiesel.

»Monsieur, ich bitte Sie, doch nicht während des Mittagessens.«

Bären mögen es nicht, wenn ihre Wonnen von impertinenten Wieseln gestört werden. Die Tatze des Bären schoß nach oben. Der Oberkellner hatte lebenslange Erfahrung darin, Schwingtüren auszuweichen. Er zuckte zurück, und der Schlag sauste an seiner Schnurrbartspitze vorbei.

Boykins ließ sich neben seinem Klienten auf ein Knie nieder, wobei er streng darauf achtete, daß dieses Knie genau in der Mitte eines der Quadrate im Teppichmuster landete. »Hal, ich glaube, Sie sind betrunken.«

Der Bär erstarrte, bemerkte plötzlich, daß viele Augenpaare auf ihn gerichtet waren. Hier stimmt was nicht, sagte er sich. Mache ich gerade einen Fehler?

Er rollte rasch auf den Bauch, stemmte sich hoch und nahm wieder auf seinem Stuhl Platz, mit so viel Würde, wie er aufbringen konnte. Und das war eine ganze Menge, schließlich hatte er im Wald in unangefochtener Dominanz gelebt.

Der Oberkellner hatte in dem Raum, über den er herrschte, eine ähnliche Autorität und er fand seine

Würde ebenso rasch wieder, wobei Boykins ihn dadurch unterstützte, daß er ihm schnell einen Zwanziger zusteckte.

Boykins hob die Weinflasche. »Hal, ich habe zu viele Schriftsteller gesehen, die sich mit diesem Zeug ruiniert haben. Sie brauchen das doch gar nicht. Sie sind etwas ganz Besonderes.«

Boykins' Stimme vermischte sich mit den anderen Stimmen im Raum, und es klang wie das Summen von Bienen. »Bienen Honig«, sagte der Bär und seine Ellbogen rutschten auf dem Tisch nach vorn.

Der ist voll bis über die Augenbrauen, dachte Boykins.

»Honig Leben.« Der Bär bemühte sich verzweifelt, eine leichte Unterhaltung in Gang zu bringen, aber er spürte die Blicke und das herablassende Lächeln der Leute. Sie konnten ihre Gedanken mühelos ausdrücken, während seine schwerfällig dahinflossen. Sein Agent schaute ihn besorgt an, er hatte keine Ahnung, was der Bär über Honig sagen wollte. Und Hal ging es genauso. Ich komme ins Schwimmen, dachte er. Panik ergriff ihn, und seine Augen schossen hin und her.

»Nun«, versuchte Boykins wieder zum geordneten Ablauf des Geschäftlichen zurückzufinden, »wie stehen Sie zur Öffentlichkeitsarbeit?«

Die Frage zerfiel in einzelne Teile, und der Bär war nicht imstande, sie wieder zusammenzusetzen. Seine lange Zunge fuhr nervös über seine Schnauze. Eine Frau, die sich gerade zu einer Gruppe von Managern der Firma Tempo Oil gesetzt hatte, bemerkte den Bären, und konnte den Blick nicht abwenden, nahm die Stimmen ihrer Kollegen kaum noch wahr. Na sowas, dachte sie, als die rotsamtene Zunge des Bären noch einmal über seine Nase wanderte, da sitzt ein richtiger Mann.

»Die Verlagsvertreter werden darauf bestehen, daß Sie auf Lesereise gehen«, meinte Boykins, »wenn wir soviel Geld bekommen, wie ich mir vorstelle.«

Der Bär hatte den Faden verloren, an den er sich von Maine bis Manhattan geklammert hatte. Das Summen im Restaurant war für seine Bärenohren unerträglich. Seine Pfoten zuckten nach oben, und er hielt sich die Ohren zu.

»Ich verstehe, Hal. Sie wollen noch nichts davon hören. Sie haben gerade einen Roman geschrieben, der Ihnen kostbar ist. Aber heutzutage ist der Autor genauso Ware wie das Buch.«

Der reißende Strom menschlicher Rede glitzerte, wich Hindernissen aus und rauschte pausenlos weiter, während der Bär in animalischer Dumpfheit schnaufte.

Und dann zuckte seine Nase, an deren Wurzel Geruchsknospen sitzen, die tausendmal empfindlicher sind als der Geruchssinn des Menschen. Der Bär richtete sich auf und drehte den Kopf hin und her, um den natürlichen Geruch zu orten, den er durch den künstlichen Parfumschleier hindurch entdeckt hatte. Da war er, feucht, kühl. »Lachs.«

»Ja, sie bereiten ihn am Spieß zu, mit Tomaten, Pilzen und grüner Paprika.«

»Roh«, sagte der Bär, und seine natürliche Autorität schlug wieder durch.

»Roh?«

»Rohes Weibchen. Viele Eier. Zwischen meinen Zähnen.« Der Bär klopfte an seine Fangzähne.

Mein Gott, dachte Boykins, er ist wirklich ein zweiter Hemingway.

Arthur Bramhall starrte auf das leere Blatt Papier in seiner Schreibmaschine. Er hatte keine Worte, keine Gedanken, keinen Einfall. Diesmal hatten die Naturgewalten ihn besiegt. Er legte den Kopf auf die Leertaste. »Ich hätte einen Computer benutzen sollen. Dann wäre alles auf einer Floppydisk. Aber ich hatte Angst vor all den Stromausfällen auf dem Land. Ich dachte, wenn eine Schreibmaschine für Hemingway gut genug war, dann ist sie auch gut genug für mich. Was für ein tragischer Dünkel.«

Er hob den Kopf. Neben ihm auf dem Schreibtisch stand ein Becher der University of Maine mit dem Emblem eines großen schwarzen Bären. Er nahm den Becher und legte ihn in die Schublade. Dann starrte er zum Fenster hinaus, zu dem Baum, unter dem er seine Aktentasche versteckt hatte. Er kniff die Augen zusammen, blickte in den Wald hinein, hoffte, einen richtigen Schwarzbären mit einer Aktentasche zu entdecken, sah aber nur Vinal Pinette den Weg herunterkommen. Bramhall stand vom Schreibtisch auf, als der alte Holzfäller die Hütte betrat. »Warum hat er sie mitgenommen, Vinal?« fragte Bramhall. »Was kann ein Bär mit einer Aktentasche anfangen?«

»Bären sin komische Wesen«, sagte Vinal Pinette. »Mir hat ma einer 'n Hemd von der Wäscheleine geklaut. Hat fürchterlich drauf eingedroschen und es dann liegen lassen. Irgendwas an dem Hemd hat ihm nich gepaßt, un er hat sich richtig reingesteigert.«

»Mir ist, als würde ich sterben«, bekannte Bramhall und hoffte, daß Pinette wie durch ein Wunder aus dem Schatz seines jahrelangen Landlebens weise Worte für ihn fände. Bramhall hatte eine Gestalt wie Pinette in *Schicksal und Sehnsucht* eingebaut, einen alten Wald- und Wiesenphilosophen, der in entscheidenden Augenblicken auftauchte, so wie jetzt, und den Tag mit seiner schwer erarbeiteten, ursprünglichen Weisheit rettete.

»Mir ging's ma genauso«, sagte Pinette. »Immer, wenn im Frühjahr der Flieger vom Sägewerk kam und DDT sprühte. Hat mich auf der Stelle umgehauen. Die Leute vom Sägewerk ham gesagt, das wär das Beste, was es gibt. Kann schon sein, aber ich hab's anscheinend nich vertragen.« Dann sah er Bramhalls fassungslosen Blick und fügte hinzu: »Aber ich sag immer, solange man nich mit der Nase ins Stachelschwein fällt, is alles in Ordnung.«

Bramhall schlug die Hände vors Gesicht. »Wie kann ich nur an die University of Maine zurück und meinen Kollegen gegenübertreten?«

»Die zahlen doch ganz gut an so 'nem College, oder?« Wie die meisten Leute vom Land interessierte sich Vinal Pinette sehr für die Gehälter, die an exotischen Orten verdient wurden.

»Ich will ihr Geld nicht. Ich will Freiheit.«

»Arf McArdle hat auch immer von Freiheit geredet. Hatte 'ne Frau, elf Kinder und 'ne Schwiegermutter, die war hart wie'n Stiefel mit Stahlkappe. Einmal hat die Schwiegermutter den Arf zum Laden geschickt, Seife kaufen, und danach hat ihn keiner mehr gesehen. Irgendwas am Seifekaufen hat Arf auf und davon gehen lassen.«

Bramhall starrte wieder zum Fenster hinaus, wo riesige Wolken langsam über den Himmel zogen. »Ich habe geglaubt, mein Buch ist wirklich gut. Aber vielleicht habe ich mich getäuscht. Vielleicht war es nur gut genug für einen Bären.«

»Bären sin nich heikel, das stimmt.« Nachdem er diese tiefgründige ländliche Weisheit von sich gegeben hatte, drehte Vinal Pinette seine Mütze in den Händen, und Bramhalls Blick wanderte wieder zum Fenster. Die Wolken sahen aus wie eine Reihe tanzender Bären, mit Zylindern und Frack, die gerade die Beine hochwarfen.

Während er diese schwellenden Formen betrachtete, spürte er das verzweifelte Verlangen, das ihn all die Monate hindurch angetrieben hatte – sich von der Plackerei zu befreien und Literat zu werden. Die Sehnsucht danach wühlte in seinen Gedärmen, und plötzlich, vielleicht, weil er an ein Leben voller Depressionen gewöhnt war, ließ er los – ließ die Sehnsucht los, ließ die Zukunft los, die er sich vorgestellt hatte, ließ *Schicksal und Sehnsucht* durch seine Finger gleiten wie eine Drachenschnur, ließ sie davonfliegen. Er konnte sie geradezu sehen, eine goldene Schnur, die durch die Luft tanzt, unerreichbar. Er sank in seinen Sessel, und sie segelte davon, in die Wolken hinein. Und er fühlte sich in seiner Niederlage merkwürdig entspannt.

Der Bär betrat den Port Authority-Busbahnhof am Times Square in Manhattan. Er wollte mit dem nächsten Greyhound-Bus zurück nach Maine. Die Panik, die ihn im Restaurant befallen hatte, war nur der Anfang gewesen; wenn er versuchte, in der Welt der Menschen zu bleiben, würde ihn das Summen fertigmachen; er würde sich als Bär entlarven und in den Zoo gesteckt werden. Er trug seine leere Aktentasche in der Pfote, um als Mensch durchzugehen.

»Ich werd' das für Sie tragen, Sir«, sagte ein Krimineller im Jogginganzug, ein Plastikschild »Gepäckträger« an der Jacke.

»Nein«, antwortete der Bär und drückte die Aktentasche fester an sich.

»Womöglich nimmt sie Ihnen jemand weg«, drängte der falsche Gepäckträger. Aber der Bär ging weiter, vorbei an langen Schlangen armseliger Reisender, die darauf warteten, Busse zu besteigen und an andere Orte zu fahren, wo sie genauso armselig leben würden. Der Bär wußte nicht, daß es diesen Reisenden noch schlechter ging als ihm. Er wußte nicht, daß sie alles für einen Agenten gegeben hätten. Er wußte nicht, daß jeder in Amerika einen Agenten haben wollte. Er wußte nicht, daß er gerade dabei war, die eine Gelegenheit zu vertun, von der jeder echte Amerikaner träumt: die Chance, berühmt zu werden. Das war so, weil er ein Bär war.

Drei Skinheads, die Spaß haben wollten und Geld brauchten, sahen die stämmige, gutmütige Gestalt auf sich zukommen und witterten leichte Beute. Sie umringten ihn und taten so, als würden sie ihn kennen. »He, Jack, wo willste denn hin mit deiner Tasche?«

Ihr Anführer trug einen Nazihelm und nannte sich Heimlich – dem Mann zu Ehren, der die SS geleitet hatte. Er wußte nicht, daß er die Heimlich-Methode, mit der man Opfer vor dem Ersticken retten kann und Heinrich Himmler miteinander verwechselte.

»Ich heiße nicht Jack«, sagte der Bär.

»Gib mir die Tasche«, blaffte Heimlich. »Das ist ein Befehl! *Achtung!*«

Der Bär schaute den langen Gang des Busbahnhofes hinunter, sein Blick hatte etwas Abwesendes. Er wollte keine Aufmerksamkeit auf sich ziehen, aber da hätte er sich keine Sorgen machen müssen, denn jeder im Authority-Gebäude schaute angestrengt woanders hin.

»Her damit!« wiederholte Heimlich und zeigte auf die Aktentasche.

»Warum?« fragte der Bär, der das Ganze für ein Mißverständnis hielt.

»Wir sind der *Obermensch*. Wir nehmen, was uns paßt.« Heimlich ließ gern deutsche Wörter einfließen. Irgendwann würde er so einen Scheißkurs nehmen und alle mit seinem Deutsch verblüffen. »Jetzt gib mir endlich deine Brieftasche und die Mappe.«

»Nein«, sagte der sture Bär.

Die Skinheads packten den Bär an den Armen und Heimlich griff nach der Aktentasche. Der Bär hatte den Eindruck, daß man ihm seine einzige Verbindung zur Menschheit wegnehmen wollte, und schlug kurz mit der Rückhand zu. Der Hieb brach Heimlichs Kinnlade und riß ihm einen erheblichen Teil der Nase ab. Dann drehte er ihn herum, packte ihn bei den Füßen und schwenkte ihn durch die Luft. Heimlichs behelmter Kopf wurde zu einem surrenden stählernen Strich, der die anderen Skinheads im Gesicht traf, mit etwas, das sich wie *whong-whong-whong* anhörte. Heimlichs Kopf rührte im Helm herum, und sein Gehirn wurde gründlich erschüttert. Von da an wurde seine heißgeliebte Aufnahme von *Deutschland über alles* von einem heftigen Tinnitus übertönt.

Die anderen Skins hatten schützend die Arme hochgerissen und versuchten, sich vor dem schnellen Metall in Sicherheit zu bringen. Die Wucht riß sie herum, brach ihnen Rippen und Ellbogen, und eine große Automatikwaffe schlidderte über den Boden des Busbahnhofs. Eine alte Dame hob sie auf.

Während Heimlich verzweifelt versuchte, seine Nase zu richten, schaute sich der Bär verstohlen um; er fürchtete, die Leute würden ihn wegen dieses bestialischen Akts angreifen. Er wollte schon wegrennen, aber weil jetzt die Gefahr vorüber war, applaudierte die Menge und rief: »Weiter so!« und »Gute Arbeit!«

Und mit der Automatik in der Einkaufstasche stieg die alte Dame in einen Bus, um ihren unausstehlichen Schwiegersohn in New Jersey zu besuchen.

Arthur Bramhall folgte Vinal Pinette zu einem kleinen Bauernhaus. Im Hof war Holz aufgeschichtet, und neben der Tür stand ein Eimer mit frischem Wasser. »Du mußt mehr unter die Leute kommen«, sagte Pinette. »Fred bringt dich auf andere Gedanken.« Er klopfte an die Tür. »Fred, bist du da?«

»Nur herein«, sagte eine Stimme von innen.

Pinette und Bramhall traten ein. Ein stämmiger Mann in Arbeitshosen und Hemd saß am Herd. »Art«, sagte Pinette, »das ist Fred Severance. Fred, das ist Art Bramhall, vom College. Ich dachte, wir beide könnten ihn ein bißchen aufmuntern.«

Bramhall sah, daß sein Gastgeber deprimiert war, konnte es spüren, konnte es geradezu riechen.

»Sie hat mich verlassen, Vinal.« Severance schüttelte traurig den Kopf, erinnerte sich dann an seine Pflichten als Gastgeber. »Wollt ihr Jungs 'n Tee?«

Auf dem Herd standen Töpfe und Pfannen, die von lebenslanger Benutzung verbeult und geschwärzt waren. Severances Gesicht spiegelte sich im glänzenden Chrom des Herds, sein Abbild war auf dem Metall in die Länge gezogen, als wüchse aus seinem Gehirn ein Zucchinikürbis. Abgetragenes Pferdegeschirr hing an der Wand, daneben Schneeschuhe, die wie Antiquitäten aussahen. Der einzige Hinweis auf die Gegenwart war das gerahmte Farbfoto einer jungen Frau.

»Das ist sie«, sagte Severance, der Bramhalls Blick bemerkt hatte. Seine Stimme war leise, feierlich. »Der Weltverband der Catcher kam in die Stadt, wie jedes Jahr, und schon war sie weg.«

»Cleola ist mit ’nem Catcher abgehauen?«

»Genau. Und ich bin schuld dran.«

»Da kannst du doch nix für«, sagte Pinette.

Severances Blick kehrte zum Bild seiner Geliebten zurück. Es war von einem Fotografen aufgenommen, die Art Foto, die man zum Schulabschluß machen läßt. »Ich hätt sie nich gehen lassen sollen, Vinal. Nich zum Catchen. Jetzt isse nämlich mit’m tätowierten Zwerg unterwegs.«

»Ihre Familie ist immer gern rumgezogen«, gab Pinette zu. Dann wechselte er einfühlsam das Thema. »Zeig doch Art mal das Ding unterm Herd.«

Severance rollte ein roh behauenes Stück Holz hervor, das in der Mitte so dick und rund war wie zwei Bowlingkugeln. »Das haben Biber gemacht. Und dann meilenweit gerollt.«

Bramhall betrachtete die erstaunliche Skulptur, deren mechanischer Nutzen sich nicht verleugnen ließ. Es hatte die Ausstrahlung eines Totems; Bramhall konnte den Blick nicht abwenden, als hätte er es schon vorher mal gesehen – seine Träume in den letzten Nächten waren sehr merkwürdig und farbenfroh gewesen, bevölkert mit allen möglichen Tieren, echten und monströsen.

Biber, dachte er. Die haben das mit ihren Zähnen bearbeitet. Aber er spürte, daß in dem Holz noch mehr steckte, daß es nicht nur um die Werkzeuge ging, mit denen die kleinen Bildhauer es geschaffen hatten. Es hatte eine Aura von hingebungsvollem Nagen im Mondlicht, wenn der Wald still war und die Menschen schliefen. Dann arbeiteten die Biber, und Bramhall spürte, wie er mit einem merkwürdigen Gefühl des Schwebens zu ihnen ging, sich neben sie auf den bewaldeten Hügel kauerte, von dem aus sie ihre Beute hinunter in den Teich rollen würden. Ihre Augen blitzten ihn an, schlugen einen Pakt vor, den er mit ihnen abschließen konnte, wenn er wollte. Er bekam Angst, gab sich einen Ruck und schüttelte die Vision ab. Sein Körper wand sich im Stuhl, als wäre er gerade an einem langen Gummiseil aus dem Wald zurückgeschnellt.

»Nur wenige Leute wissen, daß die Biber das Rad erfunden haben«, sagte Pinette zu Bramhall. »Und genau die Geschichte solltest du erzählen ...«, er schlug sich zur Bekräftigung aufs Knie, »... wenn du dein neues Buch schreibst.«

Der Bär schob seinen Einkaufswagen durch den Supermarkt. Die Wolkenkratzer Manhattans hatten ihn verblüfft, und jetzt war er ganz demütig geworden angesichts der unerschöpflichen Mengen von Honig, die ihm der Mensch zur Verfügung stellte. Die Intelligenz, der Erfindungsgeist, die Zeit, der Mut – was man eben brauchte, um so viel Honig zu sammeln – waren der endgültige Beweis dafür, daß der Mensch die Krone der Schöpfung war. »Bären sind doch nur Trittbrettfahrer«, sagte er sich und füllte seinen Wagen mit Honig – Honig in Gläsern, Honig in Plastikflaschen, Honig in Plastikdosen.

Ein Regenbogen in allen Farben blendete ihn, und er schaute sich die hellen Gläser genauer an. Ist das möglich? wunderte er sich und suchte aufgeregt Marmelade und Gelee zusammen. Wenn ich mir vorstelle, wie viele Stunden ich brauche, um so viel Blaubeeren zu sammeln... Und es gab keine Konkurrenten, die man verjagen mußte, keine Krähen, keine Füchse. Er ignorierte die innere Stimme, die ihm zuflüsterte, daß dieser gewaltige Überfluß noch einen anderen Preis hatte, außer dem, der auf den Deckeln der Gläser stand. Als er an die Kasse kam, hatte er alle Marmeladengläser des Ladens eingepackt. Darüber türmten sich Packungen mit Keksen, Kuchen, Torten und Schmalzkringel. Seine Hochachtung vor den Errungenheiten der Menschheit war grenzenlos.

Der Supermarkt hatte schmale Gänge und war vollgestopft mit Waren aller Art. Die Schlangen an den Kassen waren lang, und die Kunden brüteten in dumpfer Ungeduld. Aber dem Bären machte das nichts aus. Er hätte Monate gebraucht, um im Wald all das zu sammeln, was er hier in einer knappen Stunde eingeladen hatte. Er schob seinen Einkaufswagen hinter eine alte Frau. Sie ist alt, sie ist weise, ich werde es so machen wie sie. Prima Gelegenheit.

»Dieser gottverdammte Scheißladen«, sagte die Alte.

Der Bär nickte und beschloß, sich den Ausdruck zu merken.

Die alte Frau zeigte mit gichtigem Finger auf das Mädchen hinter der Kasse. »Die schläft ja fast. Der ist alles egal. Wir können hier den ganzen Tag warten, bis die kleine Schlampe so weit ist.« Die alte Frau knallte ihren Einkaufswagen gegen die Kassenbox, daß die Zeitschriftenständer klapperten. »Nu mach mal 'n bißchen voran!«

Die Kassiererin warf der alten Frau einen verächtlichen Flackerblick zu und tippte weiter traumverloren die Waren ein. Der Bär fand es faszinierend, wie sie die Sachen anfaßte, weiterschob, bis es piepste, dann noch weiter schob, bis eine andere junge Frau die Sachen einpackte. Die Bewegungen beider Frauen waren so weich, ihre Art so gelassen, wie die eines besonders graziösen Ufervogels, den er beim Fischen während der Lachssaison beobachtet hatte. Der Gedanke an diesen Vogel versetzte ihn plötzlich in die Vergangenheit, er erinnerte sich an sein Revier. Wer jetzt wohl dort herrschte? Wer bediente sich an seinen Lieblingsfischplätzen? Welcher andere Bär suchte sich jetzt schnuppernd seinen Weg über die Felder, die eigentlich ihm gehörten? Eifersucht packte ihn, weil dort ein Rivale, den er über hunderte von Meilen spürte, ungestört herumlaufen konnte, ein Rivale, der ganz allein am Rand dieses einen Feldes Witterung aufnahm. Dieses Stück hat mal einem großen starken Kerl gehört. Weg ist er. Wird wohl tot sein. Also gehört es jetzt mir.

»Jetzt mach aber mal zu, Mädel«, knurrte die alte Dame und knallte ihren Einkaufswagen noch einmal gegen die Kasse.

Der Bär schob seinen Wagen so zurecht, daß er ihn an die Kasse donnern konnte, wie ein richtiger Mensch. Er ließ es krachen und brachte die widerstreitenden Stimmen in seinem Inneren zum Schweigen.

Die alte Dame drehte sich mit verschwörerischem Blick zu ihm um. »Wir sollten den Laden anzünden, das würde die auf Trab bringen. In den letzten eineinhalb Minuten hat die gerade mal einen Posten eingetippt.« Die Alte zeigte auf eine Uhr, die an ihrer Jacke festgemacht war, dazu ein Schild mit Namen und Adresse. »Glauben Sie bloß nicht, daß ich nicht die Zeit gestoppt hätte.«

Der Bär schob seinen Wagen vor und zurück und knallte ihn noch einmal gegen die Kasse. Ich bin ein Ausbund an gutem Benehmen.

Die Kassiererin hatte die Einkäufe der Alten zusammengerechnet. »Das macht 20 Dollar und 52 Cents.«

»Leck mich am Arsch«, gab die Alte zurück. Sie zahlte, bekam ihre Tüten und verließ vor sich hinschimpfend den Laden.

Der Bär leerte seinen Wagen und legte alles aufs Förderband. Als seine Sachen eingepackt waren und die Frau ihm die Tüten überreichte, sagte er »Leck mich am Arsch« und ging zur Tür. Er lernte jeden Tag dazu.

»Was du brauchst«, sagte Pinette, »ist eine Geschichte, die den Leuten ans Herz geht.« Sie stiegen in Pinettes Pritschenwagen, und er fuhr durch das Dämmerlicht, die unbefestigte Straße entlang, die die Häuser der abgelegenen Siedlung miteinander verband. »Ich kann es nich leiden, wenn 'n Bär 'nem Menschen den Koffer klaut«, fuhr Pinette fort. »Oder 'n Kind.«

»Ein Kind?«

»Mavis Puffer war gerade mal draußen, um ihren Garten gegen den Frost abzudecken. Sie guckt hoch und sieht jemand am Zaun. Das konnte nur ihr Mann sein, der von der Arbeit kam. Es war dunkel, und Mavis sieht nich so gut. Sie reicht ihm den Jungen über den Zaun und sagt ›Nimm ihn mit rein, er friert‹. Nur war's nich ihr Mann, sondern 'n Bär.« Pinette nahm seine Mütze ab und kratzte sich den Kopf. Die Geschichte war offenbar zu Ende.

»Und was ist mit dem Kind passiert?«

»Bär hat's gefressen, höchstwahrscheinlich.«

Sie fuhren schweigend weiter, Bramhall schaute wieder in den Wald. Er sah einen Teich zwischen den Bäumen hindurch schimmern, sah glänzendes Zwielicht auf einem Hügel darüber, und ihn erfüllte Sehnsucht danach, dort zu sein, den Bibern zuzusehen, wie sie ihr Rad rollten. Aber noch wichtiger war, sie sollten ihn anschauen, ihm mit blitzenden Augen Zeichen geben.

»Ich glaub, deine Geschichte is da vorn, wo Armand LeBlond wohnt«, sagte Pinette und bog in LeBlonds Einfahrt ein. Die Tür des Bauernhauses öffnete sich, und eine Frau kam heraus. »Armands

Schwiegermutter, Ada Sleeper«, sagte Pinette bedeutungsvoll, als sie aus dem Wagen stiegen; Bramhall nahm sich vor einem nahen Zaun in acht, der elektrisch geladen war und summte.

»Wie geht's denn so, Ada?« fragte Pinette.

»Alles in Ordnung, Vinal.« Nach dieser Antwort drang ein merkwürdiger Ton aus Ada Sleepers Kehle, wie das Gackern einer Henne. Dann klang ihre Stimme wieder normal. »Armand ist auf der Südwiese. Kommt bald zurück.«

»Und Janetta?«

»In der Scheune«, sagte Ada, und nochmal kam das Hühnergegacker aus ihrer Kehle.

»Janetta!«

Eine junge Frau trat aus der Scheune. Hinter ihr sah Bramhall erleuchtete Boxen und die Umrisse von Kühen.

»Besuch, Janetta«, verkündete Ada gackernd.

Janetta LeBlond kam über den Hof und lächelte den beiden Männern zaghaft zu. Man stellte sich vor, und Pinette verwickelte sie in ein Gespräch, währenddessen er einige Male bedeutungsvoll in Richtung Bramhall nickte, ohne daß Bramhall klar wurde, weshalb. Dann kam Armand LeBlond übers Feld, und Pinette und Bramhall gingen auf ihn zu. »Wie geht's, mein Freund?« fragte Armand in starkem Maine-französischem Singsang.

»Hab dir jemand mitgebracht, Armand. Er is Schriftsteller und sucht nach 'ner Geschichte.«

LeBlond zog ein Päckchen Tabak und Papier heraus und rollte sich eine Zigarette, deren ausgefranstes Ende beim Anzünden hell knisternd aufflammte. Er warf Bramhall einen Blick zu. »Sie 'aben mit Schwiegermutter gesprochen, 'aben gehört, wie sie klingt wie ein 'uhn?«

»Ist mir aufgefallen, ja«, erwiderte Bramhall.

»Naja, Janetta 'at auch geklungen wie ein 'uhn. Liegt in Familie.« LeBlond paffte nachdenklich seine Selbstgedrehte. »Sehr seltsam Geschichte. Aber an eine Abend, Janetta trinkt zu viel und sie fällt in mein Zaun.« Er deutete darauf, und der Zaun schien etwas lauter zu summen, wie ein Akkord zu klingen –, als sei er stolz auf die Rolle, die er gespielt hatte.

»Sie muß zu lange da dran gehängt haben«, erklärte Pinette. »Weil danach hat sie nich mehr gegackert.«

»Dann die Alte will sich auch in den Zaun werfen, will Gackern loswerden. Aber ich sag zu ihr, keiner ist besser mit 'ühnern wie du, Schwiegermutter.« Da bemerkte Bramhall, daß einige Hühner Ada andächtig folgten und an ihren Knöcheln gluckten. LeBlond wandte sich an Bramhall. »Ich gebe Ihnen ein Dutzend Eier mit, wenn Sie wollen. Beste verdammte Eier Sie jemals essen, wetten?«

Danach standen die drei Männer schweigend da, während sich das letzte Tageslicht über den Feldern verlor. Später, im Wagen, eine Schüssel mit Eiern zwischen sich und Bramhall auf dem Sitz, sagte Pinette: »'ne richtig tolle, wahre Geschichte, Art. Ich glaube, da is alles dran.«

Bramhall nahm ein Ei heraus und hielt es zärtlich in der offenen Hand. Dann drückte er die kühle Oberfläche sanft an seine leicht fiebrige Stirn. Es hatte eine beruhigende Wirkung.

»Stachelschwein vor uns«, sagte Pinette und nickte in Richtung Straße, wo das gemächliche Tier vom Scheinwerferlicht des abbremsenden Fahrzeugs erfaßt wurde. Die Augen glänzten, und Bramhall war schon ausgestiegen, bevor der Wagen zum Stehen kam. Er folgte dem Stachelschwein, das seine Stacheln in Abwehrhaltung aufrichtete, über die Straße. Das Tier watschelte ins Unterholz, und er hörte zu, wie es langsam in der Dunkelheit verschwand und seiner Wege ging.

»Sin schon komische Viecher, Stachelschweine, kann man wohl sagen«, meinte Pinette, und kam auf ihn zu.

Bramhall schnupperte dem Stachelschwein hinterher, diesem beinahe menschlichen Geruch, wie wenn einer stark schwitzt und ein altes Unterhemd anhat.

»Was is los, Art? Riechste was?«

»Riechst du es nicht?«

»Da müßt ich lügen.«

Das Stachelschwein war so weit im Unterholz verschwunden, daß man es nicht mehr hören konnte, aber sein Geruch hielt die Erinnerung in der Nachtluft lebendig. Bramhall drehte den Kopf und bemerkte plötzlich, daß er eine Nacht roch, die voller Düfte war. Aber im selben Moment, im dem er das Gefühl analysieren wollte, wurde etwas zugeschlagen wie ein Aktenschrank, eine Tür, ein Fenster, dessen Flügel zuschnappen, und dieses Zuschnappen brachte ihn zurück von der Duftwolke, auf der er dahingeschwebt war, und sein gesteigerter Geruchssinn war weg.

Elliot Gadson las gerade die Druckfahnen einer Autobiographie, die Barton Balfour III, der vor kurzem freigesprochene Nachkomme einer berühmten Familie, geschrieben hatte. Die Anklage hatte ihm vorgeworfen, sich seiner Ehefrau entledigt zu haben, indem er sie seinen Gästen in einer leichten Sauce mit Madeira und Pilzen servierte. Balfours Prosa ließ einiges zu wünschen übrig, aber Hauptsache, sie kam von *Herzen*.

»Mr. Hal Jam möchte Sie sprechen, Mr. Gadson.« Eine junge Verlagsassistentin stand in der Tür, neben ihr der Bär.

»Ah, Hal, kommen Sie rein, kommen Sie rein. Ich freue mich, Ihre Bekanntschaft zu machen.« Gadson ging um den Schreibtisch herum und streckte die Hand aus. »Ihr Buch hat mir sehr gut gefallen. Es war so authentisch. Ich hatte das Gefühl, die Leute schon mein Leben lang zu kennen.«

Der Bär erschnupperte das Büro: Kaffee, Duftwasser, Papier, Leim. Ihm gefiel die lebensgroße Pappfigur von Barton Balfour III mit Messer und Gabel in der Hand; hier hatte das Essen seinen rechten Stellenwert.

»Ich weiß nicht, wann ich zuletzt ein solch fesselndes Werk gelesen habe.« Gadson tastete sich vorsichtig weiter, denn Jam wirkte wie ein Kurierfahrer, der an Sprühdosen geschnüffelt hat. »Haben Sie sich unsere anderen Bücher angesehen? Wir haben ein breites Angebot. Ein oder zwei Biographien von Prominenten, das neue Buch des Diät-Arztes aus Bel Air …«

Gadson wurde mit seinem neuen Autor nicht warm, denn Jam war auf der Hut. Lieber Himmel, hoffentlich hat er nichts gegen Schwule, dachte Gadson, an dessen Wand ein Poster von Cary Grant aus dem Film *Leoparden küßt man nicht* hing, auf dem er gerade ein Damennachthemd anzieht und ruft: »Ich bin ja plötzlich schwul geworden.«

Der Bär hatte nichts gegen Schwule, da Bären ein tolerantes Sexualverhalten pflegen. Wenn junge Bären kein Weibchen finden, treiben sie es gelegentlich auch mal miteinander, und keiner macht viel Aufhebens deswegen.

»Ich möchte Ihnen Bettina Quint vorstellen, unsere Werbeleiterin«, sagte Gadson und rief in einem anderen Büro an. »Hal Jam ist gerade bei mir, Bettina.«

Der Bär hatte sich zum Fenster umgedreht und schaute auf das Gewimmel der Stadt hinaus. »Meins«, sagte er und steckte sein Revier ab. Natürlich würde er an den Grenzen Scheißhaufen hinterlassen müssen, um seinen Anspruch zu bestärken. Alles zu seiner Zeit. Er hörte ein Geräusch an der Tür, drehte sich um und hatte den Eindruck, daß gerade ein konfuser Kolibri das Zimmer betreten hatte.

Bettina Quint war winzig und bewegte sich mit hoher Geschwindigkeit. Ein rascher Richtungswechsel beim Anblick Hal Jams sorgte dafür, daß sie in einen Bücherstapel rannte und ihn umwarf. »Ach du Scheiße«, sagte sie und fing an, die Bücher aufzusammeln.

»Bitte, laß sie doch liegen«, sagte Gadson geduldig.

»Das ist jetzt schon meine zweite Kollision heute nachmittag. Die erste war noch viel wirkungsvoller.« Bettina versuchte, ihren blondsträhnigen Knoten wieder festzustecken, der gerade in Auflösung war. Ein smaragdgrünes Tuch war um ihre 55-Zentimeter-Taille gebunden; ihr hohes Tempo verbrannte permanent ein hohes Maß an Kalorien. Sie eilte auf ihren neuen Autor zu und ihre Hand schoß vor. »Ihr Buch wird ein absoluter Hammer.«

Bettina sprach so, wie ein Kolibri wohl sprechen würde, mit hohen, aufgeregten Piepsern. Der Bär schnupperte diskret, sog das Aroma ihres Parfums ein, ihres Make-ups, ihres Deodorants, ihrer Hand- und Gesichtscreme und die schwachen Duftreste der Seife, die sie beim Duschen benutzt hatte. Ihre Ähnlichkeit mit einem Kolibri stimmte ihn froh, denn Kolibris und Bienen sind sich sehr ähnlich in ihren Gewohnheiten.

Bettina hatte bereits ihre eigene Meinung, was den neuen jungen Schriftsteller anging, den die Musen vom Fließband in die Welt entlassen hatten. Aus der drei Absätze langen Zusammenfassung von Jams Buch, die sie kannte, hatte sie geschlossen, daß er die Entdeckung des Jahres war – ein Schriftsteller, der eine Frau zu Tränen des Selbstmitleids treiben konnte. Schade, daß sie keine Zeit hatte, das Buch zu lesen – es würde bestimmt Spaß machen –, aber solchen Luxus konnte sie sich im Augenblick nicht leisten. Die Presseleute, die sie für Interviews gewinnen wollte, würden auch keine Zeit haben, das Buch zu lesen; die würden Bettinas Pressetexte als Grundlage für ihre Arbeit nehmen. Etwas so Ödes wie das Buch an sich war für niemanden viel wert.

»Ich bin wie der *Shadow* aus der Fernsehserie, Hal. Ich verneble den Leuten die Köpfe. Ich habe ein großes Budget für *Schicksal und Sehnsucht*, und das heißt, ich werde Sie ins Bewußtsein dieser Nation befördern.« Bettina war ständig in Bewegung, während sie sprach, setzte sich, stand auf, setzte sich wieder, diesmal auf einen fischfressenden javanischen Frosch aus Pappmaché, den Gadson auf einer Schreibtischecke plaziert hatte. »Ich werde Sie nicht für kurze Zeit da und dort ins Rampenlicht schieben, was ich meine ist Öffentlichkeit im großen Stil. Tut mir leid, Elliot, war das ein wertvolles Andenken?«

»Nicht der Rede wert, Darling.«

»Um das Interesse zu befriedigen, müssen wir eine lange und anstrengende Lesereise machen, Hal. Das Publikum muß ein Gefühl der Vertrautheit mit Ihnen bekommen.« Bettina trippelte zum Fenster und wieder zurück, dann zu Gadsons Sofa. Ideen schienen sie anzutreiben wie ein Propeller. Ihre Hände fuhren unablässig durch die Luft, dem Bären wurde schwindlig vom Zuschauen, und seine Nase bewegte sich hin und her. Sie riecht, als sei es ihr ernst, dachte er.

»Wir bringen den Vergleich mit Hemingway, wenn es Ihnen nichts ausmacht. Sportler, Abenteurer, überlebensgroß, der Mann der Tat, der auch eine Liebesgeschichte rüberbringt. Sie haben eine wunderbare körperliche Präsenz, das spüre ich schon, wenn Sie nur dastehen, geht es dir nicht auch so, Elliot, eine Art ungezähmter Vitalität? Verzeihen Sie, Hal, aber ich muß meine Autoren wie Objekte behandeln. Sie haben Charisma, und das will ich kommerziell nutzen. Wir bringen ihre Liebe zur Natur ins Spiel, aber ich möchte auch den Umweltfaktor mit einbringen, das Sakrale der Natur, und wie Sie ihr mit Ehrfurcht begegnen. Wenn Sie jemals eine gefährdete Spezies gejagt haben, dann hängen Sie es nicht an die große Glocke, ja? Am besten wäre, Sie würden es gar nicht erwähnen. *Mir* ist es egal, ob Sie irgendein niedliches kleines Tier umgebracht haben, aber manche Leute mögen das nicht.«

»Ich töte, wenn ich muß.«

»Aber sicher, Sie töten, wenn Sie müssen.« Bettina wirbelte zu Gadson herum, als wäre er eine Blume, die auf sie wartete, und sprudelte los. »Hals Stimme ist umwerfend. Wenn die Audiorechte verkauft werden, muß er das Buch lesen, er ist perfekt dafür.« Sie flatterte zurück zum Bären und zwitscherte mit hoher Stimme weiter von all den Sachen, die sie sich für ihn vorstellte. Der Bär erhob sich von seinem Sessel, ging zum Türrahmen hinüber und fing an, sich heftig den Rücken zu reiben. Er war nun mal ein leicht zu beeinflussendes Tier und sah schon wieder blumenbedeckte Felder mit Kolibris vor sich, die darüber hinwegschossen. Er rutschte zu Boden und wälzte sich auf den Rücken.

Gadson rief sofort Boykins an. »Ihr Klient ist in meinem Büro und rollt auf dem Fußboden hin und her.« Gadson schaute Bettina an. »Chum sagt, er macht das öfter, aber es geht wieder vorbei.«

Bettina starrte den Bären entsetzt und fasziniert zugleich an. Seine Füße strampelten durch die Luft als führe er Rad, während er gleichzeitig sein Rückgrat hin und her schob. Sein Blick hatte etwas leicht Obszönes. Würde die Talkshow *Good Morning America* einen Gast schätzen, der auf allen Vieren herumkriecht? Sie schaute Gadson an. »Können wir damit auf Tournee gehen?«

»Nicht zu Dalton's ins Einkaufszentrum, nee.«

Bettina schaute wieder dem Romanschriftsteller zu, der sich genüßlich am Boden wälzte. »Wir könnten es ja Performance nennen.«

»Für mich sieht das mehr nach Epilepsie aus«, sagte Gadson.

Bettina konnte den Blick nicht von Hal Jam wenden. Unkontrollierbares Tempo ließ auch sie gelegentlich zu Boden gehen, und obwohl sie sich immer schnell fing, war es trotzdem peinlich. Das Interessante an Hal Jam war, daß es ihn sympathisch machte. Er wirkte nicht im geringsten peinlich berührt, schien vielmehr unglaublich selbstbewußt und lebensfroh zu sein. »Das kann ich einsetzen«, sagte sie entschlossen.

»Sein Buch ist so ernst«, sagte Gadson. »Es paßt so gar nicht zu dem, was ich hier sehe. Nicht, daß es mir etwas ausmacht, wenn er sich auf dem Boden wälzt, aber ich glaube, sowas marktgerecht zu verpacken, wird schwer sein für dich.«

Der Bär hatte sich jetzt genug gekratzt. Die Gesichter der beiden Menschen wurden wieder erkennbar, und er merkte, daß er wohl wieder auf dem Fußboden einen Narren aus sich gemacht hatte. Ein einfältiges Grinsen flog über sein Gesicht, und er setzte sich.

»Na, geht's jetzt besser?« fragte Gadson besorgt.

Der Bär schaute Bettina an. Kleine Vögel waren ihm immer besonders intelligent vorgekommen, ihre reizende Art, Futter zu sammeln, war so ganz anders als seine rauhen Methoden; und diese Kolibrifrau kam ihm so hoch konzentriert vor, ihre Augen glitzerten voller Interesse an ihm – er spürte, sie würde seine Lehrerin werden. Er streckte ihr die Tatze hin.

»Ja, mein Lieber, ich bin hier.« Bettina war hilfsbedürftige Schriftsteller gewöhnt.

»Ich gebe zu, ich bin gerührt«, sagte Gadson. Jams rauhe Schale verbarg offensichtlich eine sensible Natur, die verletzlich war wie die eines Kindes. Er flüsterte Bettina zu: »Eine Spur von Autismus, tapfer durchgestanden. Wäre das ein Ansatz für dich?«

Bettina schaute Jam nachdenklich zu, wie er sich aufrappelte. Seine plumpe Gestalt schien nur mit Mühe das Gleichgewicht zu halten. Aber sowie er stand, strahlte er die gleiche intensive Präsenz aus. »Himmel, was für eine Mischung. Stark, aber angeschlagen. Die Frauen werden ihn lieben. Ich muß viel über Ihr Leben erfahren, Hal. Denn irgendwo in all dem sind die charmanten Kleinigkeiten verborgen, die großartig für die PR sind.«

»Na dann, auf Wiedersehen«, sagte der Bär, der menschliche Gesellschaft nur eine bestimmte Zeit ertragen konnte. Der Central Park rief ihn; er brauchte die knorrige Gegenwart von Bäumen, um sich zu beruhigen. Die Stadt hatte ihn stark aufgewühlt. Er wandte sich zur Tür, und Bettina schoß wie eine Rakete hinter ihm her. Ihr Ärmel verfing sich im ausgestreckten Papparm von Barton Balfour III, und die Figur kippte nach vorn, die Hand fuhr Bettinas Rücken hinab und blieb an dem hellen Schal hängen, der um ihre winzige Taille geschlungen war. »Oh mein Gott, er verfolgt mich. Elliot!«

»Ich komme, meine Liebe«, sagte Gadson und befreite Bettina von Bartons Arm.

»Habe ich ihn kaputtgemacht?«

»Der hält was aus. Beeil dich lieber, wenn du Jam noch erwischen willst.«

»Ich mag ihn, du nicht?«

»Mit gewissen Einschränkungen.«

»Na, wenigstens hat er niemand in Pilzsauce serviert.« Bettina machte einen weiteren raschen Versuch, ihre flatternden Haare zu ordnen, und rannte dann den Flur hinunter; die Lektoren in ihren Zellen sahen ein grellbuntes Projektil vorbeifliegen. Der Verlag Cavendish Press gehörte der Tempo Oil, und als Bettina hinter dem Bären in den Aufzug stürzte, stand sie plötzlich konservativen Erdölmanagern aus Texas gegenüber, die wußten, daß Bettina ganz schön weit oben fungierte bei Cavendish, sich aber nicht vorstellen konnten, wie sie diese Stellung erreicht hatte – fegte sie doch durch das Gebäude wie ein Präriehund, der Pfefferschoten scheißt.

Als sie mit dem Bären auf die Madison Avenue hinaustrat, hielt ein Taxi neben ihnen, und Boykins sprang heraus. »Ich bin so schnell gekommen, wie es ging. Hal, ist alles in Ordnung?«

»Essen wir was«, meinte der Bär und deutete auf einen Hot dog-Stand.

»Er scheint in Ordnung zu sein«, sagte Boykins zu Bettina. »War es ein schlimmer Anfall?«

»Ich würde sagen: moderat.« Bettina und Boykins waren ein auffallendes Paar, wie sie da mit der subtilen Geschwindigkeit von Windmühlen gleichzeitig mit den Armen wedelten.

»Hal, wissen Sie, woher diese Anfälle kommen?« fragte Boykins.

»Hot dogs«, strahlte der Bär und hatte in jeder Hand eines.

»Ich sollte lieber nicht fragen«, stöhnte Boykins. »Schließlich geht es mich nichts an.« Boykins' Finger fuhr weitausholend in die Luft und dann zu seiner Nasenspitze. Seit Jam sein Klient war, hatten seine Obsessionen nach jahrelangem maßvollen Winterschlaf wieder zugenommen. Er schaute Bettina mit nervösem Blick an. »Wo wollt ihr hin?«

»Wir sind gerade dabei, uns kennenzulernen. Warum kommen Sie nicht mit, Chum?« Bettina beobachtete Jam aus den Augenwinkeln. Er war so ruhig wie ein Teller Toastbrot. Würde er imstande sein, den Medien knackige Einzeiler zu liefern?

»Wir haben ihn an den Club ›Buch des Monats‹ verkauft, Bettina, wissen Sie das?«

»Ich hab's gehört, Glückwunsch.«

Der Bär wanderte weiter, sein inneres Gleichgewicht war wieder hergestellt. Überall gab es Essen. Meins, sagte er zu sich selbst, alles meins.

Sie kamen an einen Spielzeugladen mit einer riesigen Micky Maus im Schaufenster vorbei, und Boykins überfiel eine schreckliche Erinnerung an eine Reise, die er mit zwölf nach Disneyland gemacht hatte. Dort war er wie gelähmt gewesen, weil er jedesmal einen Kniefall machen mußte, wenn er Micky sah.

»Park«, sagte der Bär und wandte sich nach Westen, dem Geruch von brackigem Wasser entgegen.

Ein Ballonverkäufer stand am Rand des Parks, mit großen, aufgeblasenen Tieren, die an Fäden über seinem Kopf schwebten, unter ihnen – Micky Maus.

Knie nieder, sagte Micky zu Boykins. *Oder ein schreckliches Unglück wird deinen Klienten heimsuchen.*

»Ist mir was runtergefallen?« Boykins ging vor dem majestätischen Ballon in die Knie.

»Na los, Chum, er läuft uns davon.« Bettina packte Boykins am Ellbogen und zog ihn hoch. Boykins schaute noch einmal zurück zur schwebenden Maus. »Vielleicht ... ob ... ob ich ihn für meine Kinder kaufen soll?«

»Ich wußte gar nicht, daß Sie Kinder haben.«

»Ich habe einen ... einen entfernten ...«

»Ein entferntes Kind?«

»Cousin.«

»Ist mit Ihnen alles in Ordnung, Chum?«

»Nein, ist es nicht. Ich habe einen Anfall von zwangsneurotischer Störung. Ich werde noch in der Zwangsjacke enden, Bettina.«

»Haben Sie Angst, daß Sie den Herd angelassen haben oder sowas?«

»Ich mache mir Sorgen um Hal.«

Sie eilten den Weg zum Park hinunter. Der Bär war bereits unten am See.

»Er ist unberechenbar«, sagte Boykins, »und ich will ihn permanent im Griff haben.«

»Ungefähr drei Tage pro Woche kann ich Menschen ganz gut einschätzen«, meinte Bettina, »also verlassen Sie sich nicht auf meine Meinung. Aber...« – sie deutete auf Jam, der in den See starrte – »...der gehört nicht zu den Leuten, die man im Griff hat.«

»Er ist eine Goldader, Bettina. Er ist die Marmelade auf dem Brötchen meines Lebens. Was, wenn er mitten in der Stadt einen Anfall hat?« Sie erreichten das Ende des abschüssigen Wegs und gingen auf ihren Autor zu.

Am Rand des Teichs spielte ein Kind in einem Matrosenanzug mit einem ferngesteuerten U-Boot. Sein englisches Kindermädchen saß auf einer Bank daneben und las ein Boulevardblatt, dessen Titelgeschichte über die neue Liebe von Prinzessin Diana zu einem gutaussehenden Außerirdischen berichtete, der sie jeden Abend aus London wegbeamte und ihr den zärtlichen Sex gab, den sie so sehr verdient hatte.

Der Bär schaute auf die schwachen Wirbel im Teich. Als die Wirbel näher kamen, wurden seine Augen zu Schlitzen. Er sah eine glatte, längliche Form unter Wasser glänzen; seine Zunge fuhr über die Schnauze. Er sprang in den Teich und schlug rasch zu.

»Hal!« Boykins und Bettina erreichten ihn in dem Moment, als sich die Kiefer des Bären um das U-Boot schlossen. Man hörte das Geräusch von knackendem Plastik. Zwischen den Zähnen des Bären erschienen Sprungfedern und Computerchips.

»Nanny, Nanny, er hat mein U-Boot gefressen!«

Zäh, dachte der Bär, und kaute auf etwas, das er für den Kopf und die Gräten des Fisches hielt. Schmeckt nach fast gar nichts. Muß alt sein.

Bettina versuchte, ihren neuen Schriftsteller aus dem Wasser zu ziehen. Er drehte sich weg, sie ließ nicht los und zappelte plötzlich in der Luft. Einen Augenblick später stand sie im Matsch des Teiches. »Oh Gott, das sind meine sündhaft teuren französischen Schuhe. Sie werden sich auflösen, das weiß ich ...«

»Nanny, Nanny!«

Der Bär spuckte Fischstücke aus. Steuerruder und Kommandoturm des U-Boots versanken im Teich, als er angewidert den Kopf schüttelte. Kein einziger schmackhafter Happen Fleisch an diesem Fang, dachte er.

»Nanny, es ist kaputt!«

Nanny ließ zögernd ihre Zeitung sinken und ging zum Bären hinüber. Der Bär sah die Nanny an, dann Bettina und Boykins. Er schaute auf seine Füße und sah, daß seine neuen Schuhe voll Wasser waren und die Hosen naß bis zu den Knien. Mache ich gerade einen schlechten Eindruck? fragte er sich und spuckte die letzten Stückchen aus. »Fisch«, erklärte er.

»Bettina«, Boykins half ihr aus dem Teich, »ist alles in Ordnung? Es tut mir ja so leid.«

»Nicht Ihre Schuld, Chum. Presseleute sind es gewohnt, durch die Scheiße zu waten.«

Der Junge mit dem Matrosenanzug warf seine Fernbedienung wütend in den Teich.

»Ich bezahle dafür«, sagte Boykins. »Wieviel?«

»Tausend Dollar«, antwortete das Kind, dessen Vater mit Wertpapieren handelte.

Boykins hielt zwei Fünfziger hoch. Die Nanny nahm das Geld rasch an sich und schob es in ihre Handtasche. Profitable Ereignisse wie dieses erlebt ein Kindermädchen einfach zu selten.

Boykins tat so, als schaue er in den Teich, und fiel auf die Knie.

»Nichts als Knochen.« Der Bär glaubte, sein Agent hielte ebenfalls nach einem Fisch Ausschau.

Boykins erhob sich wieder und starrte seinen Klienten an. Jam schien es nichts auszumachen, daß er gerade einem Kind das Spielzeug weggefressen hatte. Der heulende Junge wurde weggeführt, und Jam stocherte seelenruhig in seinen Zähnen herum. Er weiß etwas über das Leben, was ich nicht weiß, sagte sich Boykins, aber ich werde es noch herausbekommen.

Bettina ging neben Jam her, ihre französischen Dreihundert-Dollar-Schuhe sonderten bei jedem Schritt Matsch ab. Davon abgesehen, war diese erste Begegnung mit ihrem neuen Autor auch nicht schlimmer als gewöhnlich. Daß jemand, der im Zentrum des öffentlichen Interesses steht, Kinderspielzeug zerstört, *könnte* eine interessante PR hergeben, wenn man den richtigen Aufhänger fand. »Haben Sie das getan, weil Sie glauben, daß Kinder von der Spielzeugindustrie ausgenutzt werden?«

»Schlechter Fang«, sagte der Bär. Er war, wie Bettina gehofft hatte, ein Umweltschützer.

Bettina dachte über seine Antwort nach. *Hal Jam, bekannter Sportsmann, faßt die Probleme der Gesellschaft so zusammen: Schlechter Fang.*

Ein Satz mit Potential.

»Das is alles, was vom Haus vom alten Spooner noch übrig is«, sagte Vinal Pinette und klopfte gegen einen verfallenen Hühnerstall. »Titus Spooner war der größte Tüftler, den ich je erlebt hab. Das Problem war nur, daß er Sachen erfunden hat, die kein Mensch brauchen konnte. Hilf mal mit der Schulter...« Bramhall half Pinette beim Drücken. »Stärker«, sagte Pinette, »es ist festgefroren.«

Bramhall ließ sich von Pinettes literarischen Vorschlägen treiben, egal, wohin. In letzter Zeit schienen alle etwas mit Hühnern zu tun zu haben. Er schob kräftiger, spürte, wie das Hühnerhaus nachgab, und von irgendwo unter dem Bodenbrett kam ein Knacken.

»Gut so«, ächzte Pinette. »Jetzt mit dem Rücken...«

Sie drückten mit aller Kraft, und das Haus begann sich ganz langsam um die eigene Achse zu drehen, drückte dabei das Gras platt. Es bewegte sich einige Grade, bevor sie erschöpft aufhören mußten. »Früher ging das mit einem Finger«, schnaufte Pinette.

»Aber weshalb sollte irgend jemand es drehen wollen?«

»Damit die Hühner in ihren Nestern gedreht werden. Titus fand, daß 'ne Henne einmal am Tag in jede Himmelsrichtung gucken muß.«

Pinette spähte durch das zerbrochene Fenster in den Hühnerstall. »Die Mechanik war klasse, aber die Idee war schwach, weil es egal is, in welche gottverdammte Richtung 'n Huhn guckt. Alles, was Titus erfunden hat, hatte so 'ne Macke. Seine Alte hat ihm die Hölle heiß gemacht, weil er seine Zeit mit Erfindungen verplempert, hat gezetert, daß er sie beide noch ruinieren wird.« Pinette zog den Kopf aus der Fensterhöhle. »Und jetzt is alles weg, und Titus und seine Alte dazu.«

Pinette schaute seinen Freund prüfend an, ob der kapierte, worauf er hinauswollte. »Klingt das nich nach 'nem besseren Buch als dein verschütt gegangenes? Wir schreiben's zusammen auf, du und ich, und legen das Scheißding in 'nen gußeisernen Tresor.« Pinette drückte nochmal gegen den Hühnerstall, und diesmal gab er leichter nach und bewegte sich auf seiner verrosteten Schiene um einige Grade. »Ich sag ja nich, daß der rotierende Hühnerstall von Titus das siebte Weltwunder is, aber wie die Hühner geguckt haben, wenn sie sich zu drehen anfingen, das war schon was.«

Bramhall stand schweigend neben Pinette und zollte dem Traum des dahingegangenen Erfinders seinen Respekt.

Ein Wiesel schaute unter einer Ecke des Stalls hervor.

»Der tät uns fressen, wenn er könnte«, sagte Pinette. »Hat vor nix auf Gottes Erdboden Angst, wenn er's im Nacken zu fassen kriegt.«

Das Wiesel warf Bramhall einen kritischen Blick zu. Es schien nur Verachtung übrig zu haben für jemanden, der so unbeholfen, so langsam, so vollkommen ahnungslos war, was das Leben eines Wiesels ausmacht.

»Kommt aus 'ner alten Familie von Hühnermördern«, sagte Pinette, und das Wiesel verschwand.

Bramhall spürte immer noch eine tödliche Schnelligkeit in der Luft zittern, eine Art Erschütterung, die das Wiesel hinterlassen hatte. Er drehte sich abrupt um, spürte dem unsichtbaren Kräuseln nach, während sein Blick über das hohe Gras schweifte. Genau dort, wo sein Blick stehenblieb, tauchte das Wiesel wieder auf. Es stellte sich auf die Hinterbeine, und Bramhall fühlte, wie der kleine Mörder ihn wieder taxierte, diesmal vielleicht etwas wohlwollender.

»Was für ein Glück, daß ich gerade zufällig in New York bin«, sagte Zou Zou Sharr zum Bären, während sie in Elaine's Bar Cocktails tranken. Bevor sie bei der Creative Management Corporation als Agentin anfing, hatte sie das Imperium des Diätarztes von Bel Air geleitet und erhielt sich ihre schlanke Linie mit seinen naturidentischen Kunstprodukten. Sie hatte feuerrote dicke Haare und ein anrührend warmherziges Lächeln, das, wenn irgend jemand sie herausforderte, ebenso zu Eis gefror wie der Blick ihrer hellblauen Augen. »Es ist so viel angenehmer, mit einem Autor persönlich zu sprechen«, sagte sie zu Jam. »Natürlich finde ich das Buch hinreißend«, fügte sie hinzu, schließlich hatte sie die Zusammenfassung gelesen, die der achtzehnjährige Gutachter ihrer Agentur verfaßt hatte.

Der Bär betrachtete Zou Zou Sharr unter dem Schirm seiner Baseballmütze hervor. Es war das erste Mal, daß er einem Menschenweibchen so nahe kam, und ihm gefiel die Erfahrung, die er gerade machte. Wenn sie ein paar Haare im Gesicht und auf dem Handrücken hätte, würde sie vielleicht richtig gut aussehen.

»Wir vertreten schon einige der größten Bücher der Saison«, fuhr Zou Zou fort, »und ich weiß, daß wir auch aus Ihrem einen Hit machen.«

Zou Zou war echt begeistert, obwohl sie das Buch nicht kannte. Im Showbiz waren Bücher immer ein Problem, weil Bücher nur Bücher waren, aber auf die Gerüchteküche konnte man bauen. Zou Zou verstand sich auf sowas, war eine Expertin auf diesem Gebiet und flog von Gerücht zu Gerücht wie eine Blume, die nach Bienen sucht. Und Hal Jams Buch war schwer im Kommen.

Der Bär schob mit einer verstohlenen Bewegung der Tatze seinen Schwanz zurecht und machte es sich auf seinem Stuhl bequem. Er hatte Lust auf Limonade. Prickeln auf den Lippen, kleine kitzelnde Blasen in der Nase, das war für einen Bären Leben auf der Überholspur. Warum sollte er irgend etwas bereuen? Ein Bär lebt für den Augenblick. Er hört nicht auf die leise Stimme, die wie die einer Blume in seinem Inneren flüstert: *Da ist ein Fluß am Waldrand, und in den Teichen schwimmen Fische, komm zurück, komm zurück.*

»Ich habe mit Ihrem Verleger und mit Ihrer Pressedame gesprochen«, sagte Zou Zou. »Die Kampagne wird grandios.« Zou Zou lehnte sich zurück, ließ den Blick kurz über die Tische in Elaine's Bar schweifen und war froh, aus Los Angeles weg zu sein. Sie hatte vor kurzem eine Beziehung mit einem jungen Regisseur beendet, der beim Sex am liebsten Schnittreste von *Panzerkreuzer Potemkin* anschaute. Seitdem mußte sie immer, wenn sie sich vorstellte, mit einem Mann ins Bett zu gehen, an einen Kinderwagen denken, der eine Treppe hinunterrollt. Sie beugte sich vor zu dem Bären und blickte ihn mit ihren mitfühlenden blauen Augen an. »Sie haben da ein gutes Team hinter sich, und CMC will mit einsteigen. Meine Partner sitzen am Telefon und warten nur darauf, daß Sie bei uns unterschreiben.« Tatsächlich hatte sie ihre Pflichten sträflich vernachlässigt, weil sie sich Jam nicht früher geschnappt hatte, aber der *Panzerkreuzer Potemkin* hatte sie zu sehr mitgenommen.

Ihr Parfum erreichte die Nase des Bären, ein feiner, köstlicher Duft. Der Bär befahl sich, seinen Gefühlen nicht durch das Herumrollen am Boden Ausdruck zu verleihen, obwohl das eine gute Gelegenheit gewesen wäre, nach weiteren Aktentaschen Ausschau zu halten. Chum Boykins hatte ihm erzählt, daß viele Schriftsteller in Elaine's Bar gingen, und viele Schriftsteller bedeuteten viele Aktentaschen.

»Was ich an Ihrem Buch ganz besonders mag«, fuhr Zou Zou fort, »ist, daß es so glaubwürdig und trotzdem politisch korrekt ist. Ich finde es großartig, wie direkt Sie die Rolle der Frau thematisieren.«

»Sie riechen gut.«

Zou Zou Sharr lächelte unsicher. Normalerweise hätte sie eine sexistische Bemerkung wie diese dem Mann an den Kopf geworfen, aber sie hatte Jam ja gerade Komplimente für seine Einstellung zu den Frauen gemacht. Außerdem hatte er den Vertrag mit Creative Management noch nicht unterschrieben – und daran war nur sie schuld. Also beschloß sie, mit dieser Beleidigung auf die alte Art fertigzuwerden, und ließ ihr Lächeln zu einem hinreißenden Strahlen wachsen. Doch obwohl sie die Augen, Lippen und Zähne auf volle Leuchtkraft stellte, fühlte sie sich nicht ganz wohl mit Hal Jam. Er redete nicht über Geld oder Prozente, und wenn ein potentieller Klient nicht über Geld oder Prozente redete, konnte das nur heißen, daß er sie und ihre Agentur bereits abgeschrieben hatte. Das war ein Alptraum, den sie nicht zulassen konnte, denn dann müßte sie sich der absolut berechtigten Wut von Creative Management stellen. Es könnte sogar sein, daß man sie feuerte, denn sie wußte, daß sich das empfindliche Ego mancher Männer dort von ihr bedroht fühlte. Zou Zou hatte auch ein empfindliches Ego, aber es war in unzerstörbares Material verpackt, wie ein Bel Air-Diätplätzchen, das eine Haltbarkeitsdauer von 750 Jahre hat. »Sie können mich jederzeit anrufen, Hal, Tag und Nacht. Sie haben eine Menge Fragen, was die Abläufe in Hollywood angeht, und wollen ehrliche Antworten darauf. Die kann ich Ihnen geben. Ich werde Ihnen immer die Wahrheit sagen.«

Der Kellner stellte ein Körbchen mit Brot und Brötchen auf den Tisch und dazu einen Teller mit Butterstückchen. Die Kleidung des Kellners hatte die Küchengerüche angenommen, und der Bär hätte am liebsten den Arm des Kellners mit Butter bestrichen und gefressen. Augenblicke wie diese sind die schwersten, dachte er. Er zwang sich, höflich nach einem Brötchen zu greifen, und bestrich es langsam mit Butter. Seine Methode bestand darin, das Brötchen völlig mit Butterstückchen zuzudecken, er nahm alle auf einmal.

Zou Zou schaute fasziniert zu. Sie hatte seit zehn Jahren keine Butter mehr gegessen. Der Bär verschluckte das Brötchen. Ein Klacks Butter blieb an seiner Nase hängen. Seine lange, rote Zunge kam heraus, schnappte das Häppchen und ließ es verschwinden.

»Ich merke schon, daß Sie gern essen«, meinte Zou Zou nervös. Sie hatte seit Jahren einen immer wiederkehrenden Traum, in dem sie in einem schaukelnden Brötchen auf einem Meer aus warmer Butter dahinglitt. Wenn sie das Brötchen aufaß, würde sie in ihrer Cellulitis ertrinken. »Mehr«, sagte der Bär zum Kellner und deutete auf den leeren Butterteller.

Zou Zou drehte ihr Weinglas langsam zwischen den langen, feingliedrigen Fingern und versuchte nicht die Kalorien zu zählen, die gerade vor ihren Augen verschlungen worden waren. »Wenn Sie an *Schicksal und Sehnsucht* als Film denken, wen sehen Sie da in der Hauptrolle?«

»Popcorn«, sagte der Bär. Er war eines Tages dem verführerischen Geruch gefolgt und hatte auf diese Weise das Kino entdeckt. Die Filme hatten ihn wenig interessiert, aber das Popcorn mit heißer Butter war eine Offenbarung.

Irgendwas geht hier vor, dachte Zou Zou. Hal Jam spielt die Rolle des Provinztrottels, um mich aus dem Konzept zu bringen. Ich *weiß*, daß er kein Trottel ist, denn Trottel kommen nicht groß raus. Trottel kommen nicht dazu, mit einer Frau wie mir zu reden.

»Sie meinen, es ist Ihnen egal, wer die Hauptrolle spielt? Es ist Ihnen gleichgültig. Ich verstehe, natürlich. Sie sind ein Künstler, Sie leben in einer besseren Welt. Was wir in Hollywood machen, kümmert Sie nicht, und warum sollte es auch.« Zou Zou lehnte sich weiter vor und sprach intimer, so wie sie früher immer mit Leuten geredet hatte, die nicht begriffen, daß sie ein Diät-Mixgetränk brauchten, das ausschließlich aus eßbarem Plastikschaum bestand, mit Leuten, die nicht wußten, wie ungemein nahrhaft Plastik eigentlich war. »Aber vielleicht ist es doch nicht egal, Hal. Creative Management kann große Stars verpflichten, und große Stars heißt größerer Gewinn.«

»Popcorn und Butter«, antwortete der Bär.

»Ich gebe zu, Reingewinn ist erst mal nur heiße Luft, ein leeres, riskantes Versprechen, zugegeben. Aber Reingewinn garantieren kann Ihnen auch keine andere Agentur.« Sie schaute tief in seine dunklen Augen. Sein unschuldiger Blick war trügerisch. Offensichtlich wußte er, was gespielt wurde, deutete an, daß er eine Alternative hatte. Sie beschloß, es anders zu probieren. »Sie sind also aus Maine«, sagte sie. »Dort zu leben, muß paradiesisch sein.«

»Zu wenig Honig.«

Zou Zou runzelte die Stirn. Er ließ sich nicht ablenken. »Hal, ich verspreche Ihnen, daß wir für Sie die allerbesten Bedingungen der Branche aushandeln werden. Wir sehen es als unsere Aufgabe an, für unsere Klienten vom ersten Tag der Produktion an Zuschläge herauszuholen.«

»Jeden Tag Eiskrem«, sagte der Bär. Wenn sie schon über Verträge redeten, dann wollte er die wichtigen Punkte gleich geregelt wissen.

Sie schüttelte traurig den Kopf. »Ich kann Ihnen nicht für jeden Drehtag einen Bonus herausholen. Ich würde es gern tun. Aber das kann niemand.«

»Mit Nußsplittern drauf.«

Sie begriff, daß mit ihm nicht zu reden war.

»Und jede Menge Sahne.« Er knallte die Tatze auf den Tisch. Er wußte, wie diese Dinge serviert wurden, und ohne Nüsse und Schlagsahne wäre es nicht richtig.

»Na ja«, seufzte sie, »wir haben eine Schauspielerin – der Name tut nichts zur Sache –, aber der haben wir vertraglich gesichert, daß jeden Tag, wenn sie an den Drehort kommt, dort ganz überraschend ein wunderbares Geschenk auf sie wartet. Manchmal ist es ein wunderbares Armband, manchmal eine wunderbare Uhr, was auch immer. Mal sehen, ob wir für Sie pro Drehtag ein wunderbares Geschenk herausholen können; was wunderbar ist, wird von unseren Rechtsanwälten festgelegt, nicht von denen des Studios. Was meinen Sie?«

»Mit einer Kirsche obendrauf.«

Mein Gott, dachte Zou Zou, Männern geht es doch immer nur um Sex. Sie schlug die Beine übereinander, und ihr Rock rutschte hoch bis zur Mitte der Oberschenkel; dann beugte sie sich zu ihm, obwohl sie *niemals* Sex einsetzen würde, um einen Vertrag unter

Dach und Fach zu bringen. »Ich habe gehört, daß man in Maine wundervoll segeln kann. Segeln Sie auch?«

»Ich fische.«

»Aber natürlich, steht ja alles in Ihrem Buch.« Sie kam noch näher, wollten ihn wissen lassen, daß sie trotz ihrer Konzentration auf das Geschäftliche eine Ader für die Literatur hatte. »Sie haben sicher schon bemerkt, wie hingerissen ich von Ihrem Werk bin.«

Der Bär schaute auf ihre Beine hinunter. Schade, daß sie sie rasierte. Er schaute wieder zu ihr hoch. »Lassen Sie es wachsen«, sagte er.

Zou Zou wäre nicht im Traum auf die Idee gekommen, daß ein Mann ihr raten würde, die Haare an ihren Beinen wachsen zu lassen; deshalb bezog sie die Bemerkung auf den allgemeinen Zusammenhang ihrer Unterhaltung. »Wachsen lassen, das *ist* natürlich der beste Ansatz für die Zusammenarbeit zwischen Künstler und Agent, aber wir können es uns nicht erlauben, diese Beziehung zu *langsam* wachsen zu lassen, Hal. Wir brauchen eine von Ihnen unterschriebene Vereinbarung.« Ihre Hand wanderte über den Tisch und berührte seinen Arm. »Wie gesagt, ich bin *hingerissen* von dem Projekt.« Zou Zou hatte die Absicht, ihre alten Tage in Südfrankreich zu verbringen, mit zwei jungen Gewichthebern, die sie herumtrugen. Deshalb mußte sie *jetzt* viel Geld verdienen, und so ließ sie ihre Finger auf Jams Handgelenk liegen.

Sie hatte lange, rote Nägel, eine kosmetische Zutat, an die der Bär sich nur schwer gewöhnen konnte. Er knurrte, und sie zog die Hand zurück. Ihre blauen Augen zielten auf ihn wie eine Strahlenkanone. »Also gut, Hal. Warum spielen Sie nicht mit offenen Karten? Was gefällt Ihnen außerdem nicht an unserer Vereinbarung?«

Der Bär schlürfte seinen Wein und versuchte, etwas Bedeutungsvolles zur Unterhaltung beizusteuern. »Ich habe gehört, Sie mögen Kuchen.«

»Sie glauben, Creative Management schneidet sich ein zu großes Stück vom Kuchen ab? Jeder Agentur, die weniger nimmt als wir, fehlt es an unserem Durchsetzungsvermögen. Die anderen versprechen eine Menge, aber sie können nichts halten. Wir haben die Regisseure, und wir haben die Stars. Glauben Sie mir, Hal, Ihr Stück vom Kuchen ist genau richtig, und das von CMC auch.«

»Wenn ich einen Kuchen esse, dann esse ich ihn ganz.«

»Natürlich tun Sie das, und das verstehe ich auch. Das Buch haben Sie geschrieben, es ist Ihre Schöpfung, und Sie wollen einen fairen Anteil.« Zou Zou brach der Schweiß aus; jetzt war sie sicher, daß er mit anderen Agenturen verhandelte. »Ich weiß, was Ihnen nicht gefällt! Es ist unsere prozentuale Beteiligung, nicht wahr? Nun gut, wir gehen von fünfzehn auf vierzehneinhalb. Wissen Sie, warum? Weil Ihr Buch mich auf geistiger Ebene anspricht und ich es einfach bekommen *muß*. Ich weiß, daß das Schicksal mich dazu ausersehen hat, dieses Werk zu repräsentieren.« Sie legte eine Hand auf die Brust und spreizte theatralisch die Finger.

Der Bär starrte sie an, und ihm gingen Bärengedanken durch den Kopf. Er sah sich bei Sonnenuntergang eine Landstraße entlangtanzen. Das alte Revier rief ihn. Würde er es jemals wiedersehen? Zou Zou interpretierte seinen traurigen Blick als *kein* Vertrag. Der Boden von Elaine's Bar schien sich in eßbaren Plastikschaum zu verwandeln, und sie sah sich wieder in Diät-Mixgetränken strampeln.

Die Suite des Creative Management im Plaza Hotel sah aus wie ein Stück Hollywood fern der Heimat. Der Bär stand in dieser Höhle des Überflusses und war zutiefst verlegen, denn ihm gegenüber stand ein Weibchen, das darauf wartete, daß er den Begattungsakt ausführte, und er konnte nicht.

Zou Zou hatte nur noch ihre Unterwäsche an und war genauso verlegen. Sie war in Panik geraten, weil sie ihn als Klienten verloren glaubte, und hatte angefangen, sich auszuziehen. Er hatte mitgemacht, schien sie zu ermutigen, aber jetzt schossen seine Blicke nervös umher, und es war offensichtlich, daß er gehen wollte. Oh Gott, dachte sie, er ist impotent, und ich habe ihn gezwungen, das einzugestehen. Wie konnte ich nur so blöd sein? Sie ging einen Schritt auf ihn zu und zögerte dann. »Es tut mir so leid, Hal. Ich habe mich wie eine Närrin benommen.«

Der Bär hatte Mühe, zu antworten. Leute redeten, das taten sie mehr als alles andere. Aber er hatte so wenig zu sagen, und was sagt man schon zu einer Menschenfrau, wenn sie läufig ist? Er knurrte undeutlich. Als sie ihn zu ihrem Bau hier mitnahm, hatte er geglaubt, es gäbe noch mehr Dessert. Dann hatte sie ein paar einladende Bewegungen gemacht, aber nichts Besonderes, kein wiegender Gang, kein Sabbern, kein Knurren. Sie hatte nicht die Zähne gefletscht und auch nicht auffordernd mit dem Hintern gewackelt. Menschenfrauen wußten einfach nicht, wie man einen Bären in Fahrt brachte.

»Hal, ich will Ihnen die Wahrheit sagen: Mein Job ist vielleicht in Gefahr. Das Geld ist knapp, und wenn ich mit Ihnen keinen Vertrag mache, könnte es sein, daß ich rausfliege.« Zou Zou rückte den Bund ihres Slips zurecht und schob die bestrumpften Füße in die Schuhe. »Bitte, können Sie mir verzeihen?«

Die Nasenlöcher des Bären weiteten sich, als er verzweifelt nach einem Geruch schnupperte, der den Frühling in sein Herz bringen und seinen Stolz wieder herstellen könnte. Er war der Herr des Waldes. Er hatte ritterlich mit Bärendamen gekämpft, und sie ergaben sich ihm, weil er sie mit seiner Majestät gebändigt hatte. Danach schlenderte er davon, fraß ein bißchen und alle waren zufrieden. Aber jetzt hatte er versagt und war wie versteinert.

Eine erschöpfte Zou Zou stand am Fenster der Plaza-Suite und starrte durch das Zwielicht auf den See im Central Park. Hal schlief. Sie setzte sich neben ihn und strich sachte über sein Bein. »Im Bett bist du ein Tier«, sagte sie leise.

Er war nur langsam in Fahrt gekommen, aber als er erst mal loslegte, war es für sie wie nie zuvor. Er hatte sie plötzlich hochgehoben und wie eine Puppe herumgeschleudert. Das, und die Aussicht, in Diät-Mixgetränken zu ertrinken, hatten wie ein gewaltiges Aphrodisiakum gewirkt. Und dann seine Geräusche – das Gegrunze und Gebrüll, die aufregend unverständlichen Sachen, die er ihr ins Ohr gebrummt hatte –, einfach umwerfend. Und seine Technik war so vollkommen anders, die Art, wie er sie herumgerissen und in den Nacken gebissen hatte und dann – nun, als er kam, war es, als taufe jemand den *Panzerkreuzer Potemkin*.

Zou Zou betrachtete Hals trügerisch rundliche Gestalt. Hinter dieser schüchternen, altmodischen Fassade verbarg sich ein heldenhafter Liebhaber. Die Ungereimtheit machte alles so aufregend – daß dieser zurückhaltende Dicke als Liebhaber genauso großartig war wie als Schriftsteller. Aber den Vertrag hatte er immer noch nicht unterschrieben. Jetzt, dachte sie, solange er so sanft ist. Aber erst einmal müssen wir ihn mit Champagner abfüllen. Sie nahm eine Flasche aus dem Eiskübel und machte am Korken herum.

Der Korken knallte, und der Bär sprang mit einem Satz aus dem Bett und riß die Tischlampe um, deren zerplatzende Glühbirne wie ein weiterer Gewehrschuß klang. Die Jäger waren hinter ihm her! Er stürzte zum Fenster, riß die Vorhänge herunter und rammte den Kopf durch die Scheibe, wollte nur noch die Bäume erreichen, die er draußen sah. Zou Zou packte ihn von hinten, da klopfte es an die Tür. Sie rief über die Schulter: »Herein! Helfen Sie mir!«

Der Zimmerkellner trat ein. Er war ein Franzose mittleren Alters, mit einem Gesicht, das Erfahrung und Schlauheit ausstrahlte. »Wie kann ich Ihnen helfen, Madame?«

»Wie? Hergott im Himmel, er versucht zu springen!«

»Sehr wohl, Madame.« Der Kellner rannte zum Fenster, packte den Gast an den Füßen und zog ihn mit einem Ruck ins Zimmer, ein Manöver, mit dem er viel Erfahrung hatte, denn in dem Hotel stiegen häufig Rockstars ab.

»Nicht loslassen!« schrie Zou Zou.

Der Kellner hielt tapfer die stämmigen Beine des Gastes fest, rief: »Monsieur, Sie haben alles, wofür es sich zu leben lohnt« und schaute dabei in den offenen Morgenmantel von Madame.

»Ja, Hal! Du wirst reich! Du bist die große Nummer! Dein Name wird in aller Munde sein!« Der Bär schnupperte. Er roch das Steak, das er bestellt hatte. Langsam drehte er sich um und sah den mit Essen beladenen Serviertisch in der Tür stehen.

»Du bist in meinem Hotelzimmer«, sagte Zou Zou sanft. »Du bist in Sicherheit.«

Der Bär schaute auf den Zimmerkellner hinunter, der seine Beine umklammerte. »Bin ich verhaftet?« Die noch schrecklichere Frage: *Und werde ich in einen Zoo gesteckt?* stellte er nicht.

»Natürlich nicht, Monsieur«, sagte der Kellner. »Dies ist das Plaza.« Er stand auf und rückte seine Krawatte zurecht.

Der Bär nahm die silberne Haube von seinem Steak, und Zou Zou gab dem Kellner einen Fünfziger. »Ich danke Ihnen für Ihre Hilfe.«

»Keine Ursache, Madame.« Mit einem geschmeidigen, diskreten Schritt drehte sich der Kellner um, und die Tür schloß sich fast lautlos hinter ihm. Der Bär naschte schon vom Serviertisch. Seine Panik war vergessen, weil er jetzt fraß und weil er ein Bär war.

Zou Zou stand neben ihm. »Du hattest einen Alptraum. Du bist plötzlich aufgewacht und hast dich nicht mehr zurechtgefunden. Bei Creative Management sind wir daran gewöhnt, mit verwirrten Künstlern zu arbeiten. Wir haben Verständnis für den *Druck*, unter dem ein Mann wie du steht. Hal...« Sie legte den Schriftsteller-und-Agenten-Vertrag von CMC auf den Serviertisch. »...wir sind auf deiner Seite. Laß es uns offiziell machen, ja, damit du in diesem Punkt beruhigt sein kannst? Wenn dich CMC vertritt, hast du Agenten, die sich um dich *kümmern.*« Sie reichte ihm den Stift. »Nur deine Unterschrift, Hal, damit du dich sicher fühlen kannst.«

Ganz langsam schaffte es der Bär, seinen Namen zu schreiben. Mit gerunzelter Stirn schaute er auf die Buchstaben hinunter, die dort entstanden und seine menschliche Identität festschrieben. Als er mit der Unterschrift fertig war, schaute er hoch und war ein bißchen stolz auf seine Leistung.

»Ich bin ja so glücklich, Hal«, sagte Zou Zou und sah das Meer der Diät-Mixgetränke zurückweichen; der blubbernde Plastikschaum würde das Geschäft anderer eifriger Meeresgöttinnen bleiben, die die Schlankheitsindustrie am Laufen hielten und mit ihrem Dreizack die zu fetten Hintern der Menschheit piekśten. Rasch faltete sie den Vertrag zusammen und steckte ihn in ihre Aktentasche. »Jetzt können wir uns entspannen.« Sie legte ihm die Arme um den Hals. Sein verführerischer Duft war unvergleichlich. »Eigentlich passiert mir so etwas nie«, sagte sie und drückte sich an ihn.

Er spürte, daß sie das, was sie vorher miteinander gemacht hatten, noch einmal tun wollte. Sie konnte nicht wissen, wie schwierig es für ihn gewesen war, wie sehr er sich hatte einreden müssen, daß ihr Körper einen Pelz trug.

Vinal Pinette ging voran zur Kantine des Holzfällerlagers, ihm folgte sein Hund, und Bramhall war das Schlußlicht. »Die Mannschaft is draußen bei der Arbeit«, sagte Pinette, »aber Ransome Spatt is bestimmt da. Das is der Bursche, zu dem wir wollen.«

Bramhall hörte in der Ferne das Geräusch von Kettensägen und dann ganz nah ein Summen, als eine Biene vorbeiflog. Seine Kiefer schnappten zu, und die Biene war in seinem Mund gefangen. Entsetzt spuckte er sie aus, und die verblüffte Biene landete auf einem Grashalm, wo sie sich mit den Beinen den Speichel von den Flügeln wischte.

Bramhall hörte Wasser plätschern und drehte sich zur Küchenbaracke um. Ein stämmiger Mann im grauen, ärmellosen Unterhemd stand in der Tür, in der Hand eine tropfende Wanne. »Na sowas, Vinal Pinette! Du alte Bisamratte! Wie geht's denn so?«

»Mich gibt's noch, Ransome.«

Bramhall und Pinette folgten Ransome Spatt nach drinnen. Zwei große Holzherde standen mitten im Raum, und auf beiden dampften Töpfe. Auf einem rohgezimmerten Tisch am Fenster standen Schüsseln mit frischem Brot und süßen Brötchen. »Haut rein«, sagte Spatt und schob Bramhall Butter und Marmelade rüber. »Vielleicht kriegt ihr heute sonst nix mehr.«

»Ist die Mannschaft vollzählig?« fragte Pinette.

»Jawoll.« Spatt rührte sechs Löffel Zucker in seinen Tee. »Aber ein Mann mit Erfahrung wär nicht schlecht, Vinal. Einer, der diesen Grünschnäbeln beibringt, wie's geht.«

»Ich bin jetzt beim Bücherschreiben eingestiegen«, meinte Pinette.

»Hab gar nicht gewußt, daß du Talent zum Schreiben hast.«

»Ich besorge nur das Rohmaterial«, sagte Pinette. »Art is der Schriftsteller.«

Bramhall nickte freundlich, aber er versuchte immer noch mit der Tatsache klarzukommen, daß er vor wenigen Minuten eine Biene im Flug geschnappt hatte.

»Aber Art hat nur Bären im Kopf«, sagte Pinette gerade, »deshalb wird unser Buch bestimmt was mit Bären sein.«

»Na, da seid ihr ja hier richtig.« Spatt nahm sich ein Brötchen und schnitt es vorsichtig auf. »Ich habe mein Bärenjunges im Wald gefunden. Das war von seiner Mama getrennt worden und hat schrecklich geheult, da hab' ich's mitgenommen. Es hatte eine Koje hier am Herd.« Spatt deutete mit seinem Messer hinüber. »Jeden Abend haben wir mit dem kleinen Kerl Armdrücken gemacht, hier am Tisch, und kein Mann im ganzen Camp konnte ihn schlagen. Stimmt's, Vinal?«

Pinette nickte. »Und der Bär war erst sechs Monate alt.«

»Der kleine Dreckskerl mochte Eiskrem«, sinnierte Spatt. »Der hat mit einer Tüte dagesessen, genauso wie du oder ich, und mit seiner großen Zunge alles aufgeschleckt. Und was für'n Gesicht der gemacht hat dabei! Abends, wenn wir uns unterhalten haben, saß er da, wo Sie jetzt sitzen...« Spatt schaute dabei Bramhall an. »...und hat zugehört, was die Männer so geredet haben.«

»Ich glaub ja«, sagte Pinette, »er hat jedes Wort verstanden.«

»Wenn du einen Bären richtig kennenlernst«, meinte

Spatt, »dann kapierst du, wie schlau die sind.« Er blies über den Rand seiner Teetasse. »Na ja, jedenfalls is eines Abends seine Mama ihn holen gekommen.« Er deutete in den hinteren Teil der Kantine. »Hat ein Loch unterm Fußboden gegraben. Gibt nichts Gefährlicheres als Mutter Bär, wenn sie von ihrem Jungen getrennt wird. Die hätte glatt das Fundament weggerissen, um reinzukommen. Also hab' ich die Tür aufgemacht, damit der Kleine rauskonnte. Aber ob du's glaubst oder nicht, der kleine Hurensohn wollte nicht weg. Er hat einfach dagestanden und seine Mama angestarrt. Dann hat er sich umgedreht und ist wieder in seine Koje geklettert, als ob er da was Wichtiges zu erledigen hätte.«

»Er mochte so gern Eiskrem«, erklärte Pinette und nickte Bramhall mit wissendem Blick zu.

»Na ja, Mama Bär hat sich diesen Quatsch nicht gefallen lassen«, fuhr Spatt fort. »Sie kam rein und hat uns angeguckt, als wollte sie sagen, kommt mir bloß nicht in die Quere.«

»Ham wir auch nich gemacht«, sagte Pinette.

»Sie hat ihr Junges im Genick gepackt, und der kleine Scheißer hat geheult wie ein Schloßhund, aber sie hat ihn rausgeschleppt. Er und Mama Bär sind im Mondlicht davongetrottet, und Mama hat ihn gleichzeitig abgeschleckt und ausgeschimpft. Und er hat uns über die Schulter angeschaut, als ob er vorhätte, wieder zurückzukommen.«

Pinette legte seine großen Holzfällerhände auf die Tischkante und schaukelte mit seinem Stuhl hin und her. »Ich hab' in meinem Leben 'ne ganze Menge Tiere kennengelernt, aber keins war so schlau wie dieses Bärenjunge. Wenn du zum Beispiel meinen Hund nimmst ...« Er deutete auf das Tier, das schuldbewußt zu ihm hochschaute, weil es wußte, daß jetzt einer seiner schwächeren Auftritte Thema war. »Der is in den Vorratsraum eingebrochen und hat 'nen 50-Pfund-Sack Futter auf einmal verdrückt. War so dick wie ein Ochsenfrosch und konnte nich mal mehr mit dem Schwanz wedeln. Das Schlimmste, was ich je gesehen hab.«

Der Schwanz des Hundes klopfte auf den Boden, als er sich jetzt mit gemischten Gefühlen an den Vorfall erinnerte. Ja, er war so voll gewesen, daß er sich nicht mehr rühren konnte, und die Blähungen hatten ihn eine ganze Weile geplagt, aber im großen und ganzen war die Erfahrung positiv.

»Ein Bär dagegen tät einfach den 50-Pfund-Sack fressen und höflich um noch einen bitten«, sagte Pinette.

Spatt schaute nachdenklich zum Fenster. »Bären sind was Eigenes.«

»Gibt nichts, was mehr eigen is als 'n Bär«, stimmte Pinette zu.

Der Bär ließ sich Zeit bei der Einrichtung seiner Wohnung, denn sie sollte perfekt aussehen. Das Licht kam aus pulsierenden Lavalampen. An einer Wand hing eine auf Samt gemalte Forelle. Die Wände waren mit einer bunten Kinderzimmertapete beklebt, auf der Teddybären mit Luftballons spielten. Vor dem Fernseher mit Großbildschirm lag ein Sitzsack, der sich der Gestalt des Bären angepaßt hatte. Er saß gerade darauf und schaute sich einen Zeichentrickfilm an. Ein grellfarbener Kojote, der, von einer Abrißbirne getroffen, flach an der Wand klebte, gefiel dem Bären ganz besonders. Er knipste die Lampe neben sich an, in der Tropfen von beleuchtetem Öl auf eine mit Blattgold überzogene Gips-Venus niederrieselten. Das Objekt mochte der Bär ganz besonders. Das war so, weil er ein Bär war.

Nachdem er ein wenig ferngesehen hatte, wurde er unruhig. Er ging in die Küche und machte den Kühlschrank auf. Der war voller Pasteten und Kuchen. »Hab' ich auch wirklich genug da?« Der Instinkt, Vorräte anzulegen, machte ihm immer noch zu schaffen, obwohl er sich ständig sagte: »Ich kann ja noch mehr holen«; das Tolle an der Zivilisation ist schließlich, daß man ständig einkaufen gehen kann. Um sich zu beruhigen, machte er seine Schränke auf und betrachtete die Honigvorräte. Auf jedem Regalbrett stand der goldene Nektar, und es gab keine Bienen, mit denen er sich streiten mußte, ein weiterer Vorteil des Großstadtlebens.

Er schlurfte zur Küche hinaus und setzte sich wieder vor seinen Trickfilm. Jetzt fuhr eine Dampfwalze über den Kojoten hinweg, und sein Hals wurde immer länger, als er zu fliehen versuchte. Der Bär klatschte in die Tatzen. »Da kommt er nicht mehr raus!« Aber er kam doch raus, und der Bär brummte anerkennend. Kojoten waren listig. Sie hatten ihm ein paarmal Fressen gestohlen. Man muß sie kräftig gegen einen Baum knallen, das kapieren sie. Dann benehmen sie sich anständig.

Diese Erinnerungen ließen ihn an den Wald denken, den er hinter sich gelassen hatte. »Ich sollte zurückgehen«, sagte er sich. Aber dann fiel ihm sein mit Honig gefüllter Schrank ein, und die Waldgedanken verschwanden. Er tappte in die Küche zurück und holte ein Glas Tupelo-Honig hervor. »Das hier«, sagte er und bewunderte die bernsteinfarbene Schönheit, »ist das einzige, was zählt.«

Das Klingeln des Telefons riß ihn unsanft aus seiner Meditation. Erschrocken wirbelte er herum und spreizte die Klauen, bereit, zuzuschlagen. Als er außer dem penetranten Geräusch nichts wahrnahm, wanderte er langsam von der Küche ins Wohnzimmer und näherte sich vorsichtig dem Telefon. Es war ein Kindertelefon und hatte die Form zweier Häschen, die Rücken an Rücken standen und mit den Ohren den Hörer hielten. Im Laden hatte es ihm gut gefallen, aber jetzt sah er es mißtrauisch an, seine Augen verengten sich, sein erster Impuls war, es kaputtzuschlagen. Schließlich sind Bären nicht für jeden zu Hause.

Die Häschen klingelten weiter, und bei jedem Klingeln leuchteten ihre Augen auf; das war ein Extra, das ihn im Laden entzückt hatte, aber jetzt schienen die Häschenaugen bösartig zu glühen, immer an und aus.

Er nahm den Hörer von der Gabel und legte ihn auf den Tisch. Damit waren die Häschen ruhiggestellt, aber dafür kam jetzt eine Stimme aus dem Hörer.

»Hal, bist du da? Hier ist Zou Zou . . .«

Weib, dachte der Bär und starrte das Telefon an.

»Hal, ich rufe schon seit Tagen bei dir an . . . Hal? Hast du zu tun? Schreibst du? Ich störe dich doch nicht, oder?«

Er schnüffelte am Hörer, versuchte, ihren Geruch zu entdecken, aber da war nichts. Während die Stimme weiterredete, gelang es ihm schließlich sie einzuordnen. Das war das Weibchen, das er gedeckt hatte. Vorsichtig hob er den Hörer ans Ohr.

»Hal, ich weiß, daß du da bist, ich kann dich atmen hören . . .«

Der Bär spürte, wie die winzige Stimme sich wie eine Biene in sein Ohr setzte. Er klopfte mit dem Hörer in die ausgestreckte Tatze, gespannt, ob etwas herausfallen würde; vielleicht ein winzig kleines Menschenweibchen mit Blütenpollen an den Beinen.

»Hal, bitte sprich mit mir. Ich bin wieder in Los Angeles und versuche, mein Leben weiterzuleben, aber ich muß wissen, wie es zwischen uns steht.«

Der Bär stellte sein Glas Tupelo-Honig auf den Tisch und drehte den Deckel.

»Hal, bitte sag mir, was du fühlst. Bedeute ich dir überhaupt irgend etwas?«

»Honig«, brummte der Bär, als er den Deckel abnahm und die goldenen Perlen bewunderte, die da heruntertropften.

»Ach, Hal, ich wußte, daß es nicht nur für eine Nacht war. Ich bin bereit, mich auf eine feste Beziehung mit dir einzulassen. Geht es dir auch so?«

»Klar«, antwortete der Bär.

»Hal, ich bin so froh, daß ich angerufen habe. Wenn du nur wüßtest, wie hin- und hergerissen ich war. Ich habe das Telefon angestarrt, hatte Angst, anzurufen, Angst,

dich beim Schreiben zu stören, Angst vor so vielen Dingen . . .«

Der Bär hörte dem Weibchen zu, das da in seinem Ohr summte. Er hörte lange zu, fasziniert von dem leisen Geräusch. Aber schließlich sagte er: »Na dann, auf Wiedersehen« und legte auf, zufrieden damit, wie er den Anruf erledigt hatte. Er war höflich gewesen und hatte doch gesagt, was er dachte.

Er hob sein Honigglas und hielt es an die Lippen. Als das süße Ambrosia über seine Zunge lief, wußte er, daß er dagegen nicht ankam.

»Da is der Kerl, den wir suchen«, sagte Pinette und deutete durch die Windschutzscheibe seines Lastwagens auf einen dünnen Mann, der am Straßenrand entlangging, einen Stock in der Hand und einen Jutesack mit leeren Dosen auf dem Rücken. Die Nachmittagssonne beschien ihn, und sein Schatten wanderte lang und mit klaren Umrissen über die Straße. »Gus«, rief Pinette und hielt neben dem Mann. »Steig ein.«

Der Mann reckte begeistert den Stock in die Luft, dann warf er ihn und den Sack auf die Ladefläche und kletterte ins Führerhaus. Süßer Limonadengeruch entstieg seinen Kleidern. Pinette sagte: »Gus, das is Art Bramhall. Er und ich schreiben 'n Buch zusammen.«

»Gus Gummersong«, meinte der Mann und schüttelte Bramhall die Hand.

Pinette fuhr vom Asphalt auf eine unbefestigte Straße und folgte ihr ein paar hundert Meter bis zu einer winzigen Hütte. Der Hof drumherum war mit Feuerholz, Reifen, Alteisen und einem Haufen Limo- und Bierdosen übersät.

»Bei Gott, ist das nicht ein prima Wetter?« sagte Gummersong und deutete mit seinem grauen Stoppelkinn zum totenstillen Nachmittagshimmel hoch. »Da freut man sich doch, nicht im Gefängnis zu sitzen.«

Bramhall folgte ihm in das kleinste Zimmer, das er je gesehen hatte. In der Mitte stand ein winziger Ofen, daneben eine schmale Liege. Ein Wassereimer mit einem Schöpflöffel stand auf einem Hocker, und an einem Nagel an der Wand hing eine Hose. Man kam sich vor wie in einer Klosterzelle – oder der Höhle eines Tieres –, und Bramhall fühlte sich seltsam wohl, besser, als er sich je in einer seiner Wohnungen gefühlt hatte. »Ich mag Ihr Haus«, sagte er.

»Hält die Fliegen weg«, antwortete Gummersong bescheiden. Seine fehlenden Zähne ließen ihn aussehen wie ein Narr aus dem Mittelalter. Für Bramhall hob er den Eimer vom Hocker. Dann setzte er sich auf die Liege, und Pinette setzte sich neben ihn.

Der Geruch der umliegenden Felder zog durch das winzige Fenster herein. »Erzählt mal von dem Buch, das ihr schreibt«, meinte Gummersong.

»Zuerst«, antwortete Pinette, »wollten wir über Bären schreiben.«

Gummersong griff unter seine Liege und zog mit einem gekrümmten dicken Finger einen großen Krug hervor. »Bärenfett. Der beste Platz für einen verdammten Bären. Im Krug.« Er schraubte den Deckel ab und hielt Bramhall den Krug unter die Nase. Der Geruch war überwältigend ranzig. »Wegen *dem* Bären müssen wir uns keine Sorgen mehr machen.«

Pinette nahm den Krug, ließ etwas Fett über seine Hand laufen und rieb seine Stiefel damit ein. »Das Beste, was es gibt, um sie wasserdicht zu machen. Probier's mal, Art.«

Bramhall tauchte einen Finger in das dicke Fett und verrieb es auf seinen eigenen Stiefeln, über die Spitzen und in die Nähte. Der Geruch erfüllte jetzt die Hütte und war ihm irgendwie vertraut, so, als hätte er ihn seit Jahren gekannt.

Gummersong schraubte den Deckel wieder auf den Krug und hielt ihn in einen Sonnenstrahl, der durch sein winziges Fenster fiel. Dann wandte er sich an Bramhall: »Da, für Sie.«

»Das kann ich doch nicht annehmen«, zögerte Bramhall, wollte die wenigen Besitztümer des Einsiedlers nicht noch verringern.

»Nimm schon«, mischte sich Pinette ein. »Bärenfett is für alles mögliche gut.«

Bramhall nickte und nahm den Krug auf den Schoß. »Danke, Gus.«

»Nicht der Rede wert. Das Ding hat nur Platz weggenommen.«

»Also«, fing Pinette wieder an, »wir sammeln Geschichten für unser Buch.«

»Gibt's für sowas Geld?« Gummersong lehnte sich erwartungsvoll vor.

»Irgendwann mal«, antwortete Pinette.

Gummersong griff nach dem Stock, mit dem er leere Dosen und Flaschen aufspießte. »Heißt immer irgendwann mal, hä?«

»Ich finde«, nahm Pinette den Faden wieder auf, »wir sollten uns 'ne Liebesgeschichte schreiben.«

»Da«, sagte Gummersong, »seid ihr bei mir genau richtig.«

Pinettes buschige Augenbrauen wanderten ein paarmal erwartungsvoll rauf und runter, und er schaute zu Bramhall rüber, ob der auch zuhörte.

»Die Liebe meines Lebens«, sagte Gummersong, »war 'ne Frau, die Wachhunde züchtet.« Er seufzte und hielt seinen Stock traurig im Arm. »Sie war nett anzusehen für eine Frau in ihrem Alter, und sie hat 'nem Mann was Gutes zu essen vorgesetzt. Aber nach 'ner Weile habe ich gemerkt, daß sie jeden Abend irgendwelche Tropfen in ihren Tee tut. Ich hab' gefragt, was das ist, und sie sagt: Arsen. Hat behauptet, es beruhigt ihre Nerven. Kann ja sein, ich hab's nie selbst probiert.«

»Du hast mir erzählt«, meinte Pinette, »daß es die Abende irgendwie friedlich gemacht hat.«

»Na ja, das stimmt«, antwortete Gummersong. »Aber sie hat's übertrieben. Fing an, den ganzen Tag lang Tropfen zu nehmen, und saß eines Abends ganz steif am Tisch. Messer in der einen Hand, Gabel in der anderen. Konnte sich über eine Stunde nicht rühren. Ich habe ihr gesagt, daß das Arsen nicht gut für sie is und daß sie aufhören soll damit. Aber sie hat's natürlich besser gewußt.«

»Starker Wille«, nickte Pinette.

»Mußte sie haben, bei ihrer Art von Arbeit«, meinte Gummersong. »Diese Wachhunde waren gemeine Mistviecher. Jedenfalls hat sie gesagt, sie würde gutes Geld verdienen, und welcher blöde Mann dürfte ihr sagen, was sie in ihren Tee tun soll?« Gummersong klopfte gedankenverloren mit dem Stock auf den Holzboden seiner Hütte, bevor er weiterredete. »Na ja, 'ne Woche später fand ich sie mit dem Gesicht nach unten im Hundezwinger, und ihre Nerven waren mehr als ruhig, sie war abgekratzt.«

»Da hat Gus 'n großen Fehler gemacht«, meinte Pinette. »Hätt' jedem von uns passieren können.«

»Ich bin abgehauen«, sagte Gus, »und hab mich nicht gefragt, was die Hunde machen, wenn sie Hunger kriegen. 'türlich ham sie sie gefressen.«

»So'n hungriger Hund is nicht wählerisch«, meinte Pinette.

»Aber sie waren an kein Arsen im Fressen gewöhnt und sind auch umgefallen.«

»Als Gus zurückkam, war die Polizei dicht hinter ihm.«

»Ham gesagt, ich hätt'se vergiftet.«

»Kam in die Zeitung und alles«, sagte Pinette bewundernd. »Passiert nich alle Tage, daß 'ne Frau von ihren Hunden gefressen wird, und der Freund hängt mit drin.«

»Hat mich alles Geld gekostet, den Fall vom Hals zu kriegen«, sagte Gus. »Mußte den Hof verkaufen. Aber trotzdem war mein Ruf hin.«

»Na, viel zu ruinieren gab's da ja nich.«

»Hast ja recht«, nickte Gummersong. »Na ja, Sir, als alles überstanden und der Richter bestochen war, hatte ich kaum noch ein Hemd am Leib. Ich hab mich so durchgeschlagen, bis ich das hier angefangen hab.« Gummersong hob wieder den Stock hoch. »Und ich war noch nie glücklicher als jetzt. Bin den verdammten Hof los, und mach mit meiner Zeit, was ich will.«

»Und das alles verdankt er seiner Arsen schluckenden Frau.« Pinette stand auf, um zu gehen. »Ich glaub, das wird unseren Lesern besonders gefallen.«

Gummersong brachte sie an die Tür. »Nehmen Sie ordentlich viel von dem Fett«, sagte er zu Bramhall.

»Danke, mache ich«, antwortete Bramhall und schwenkte den Krug. Die dicke, gelbliche Flüssigkeit gluckerte laut. Obwohl sein literarisches Leben von einem Bären ruiniert worden war, senkte er den Krug mit einer Art Respekt vor dem Inhalt. Und er empfand eine gewisse Bestätigung; vielleicht stand ihm etwas zu, weil er von einem Bären ruiniert worden war, und die Sache war jetzt in guten Händen.

Elliot Gadson und der Bär betraten den großen, mit Spiegeln ausgestatteten Trainingsraum von Gadsons Fitness-Studio. Der Bär trug Turnhosen und ein T-Shirt, genau wie Gadson, der seinem wohlbeleibten Klienten die Vorteile des Sports nahegebracht hatte. Gadson selbst war sehr gut in Form, schließlich war er früher in Yale Meister im Kunstspringen gewesen. Zur Zeit trainierte er an den Nautilus-Geräten des Studios unter Anleitung von Bart Manjuck, einem jungen Mann mit mächtigen Muskelpaketen, der jetzt auf sie wartete. Manjuck aß eine Protein-Waffel von Bel Air, die das Studio verkaufte, und trug das offizielle Studio-T-Shirt, dessen Ärmel sich um seine Bizeps spannten. Seine Hand lag locker auf einer senkrechten Metallstange, an der 500 Kilo Gewichte aufgesteckt waren.

»Bart«, sagte Gadson, »das ist mein Gast Hal Jam.«

»Freut mich, Sie kennenzulernen«, antwortete Manjuck. »Wollen wir mal ein bißchen schwitzen?« Er schätzte ab, wie gut Mr. Gadsons Freund wohl in Form war. Ganz schön übergewichtig, stellte Manjuck fest. Überhaupt keine Muskeldefinition. Und wie er dahinschlurft! Sieht aus, als bräuchte er seine ganze Kraft, um auf den Beinen zu bleiben. »Ich glaube, wir sollten bei Ihnen mit einem netten, leichten Programm anfangen. Nicht zu viel Gewicht, wir wollen ja nicht, daß Sie sich übermäßig anstrengen.«

»Mir recht«, meinte der Bär. Keine Anstrengung war genau das, was er gern hatte.

Überall im Raum stöhnten und schnauften Frauen und Männer, während sie ruderten und Gewichte stemmten und radelten und Treppen stiegen, die nirgendwo hinführten. Bald würde auch er Treppen steigen, die nirgendwo hinführten, und dann wäre er ein richtig kompletter Mensch. Er war erfreut, daß es so viele Weibchen im Studio gab. Vielleicht könnte er sie mal zu sich nach Hause zum Honig einladen. Aber als die Blicke der sportlichen Weibchen, die da am Pumpen waren, auf den dicken Kerl fielen, blieben sie desinteressiert. Diese Frauen arbeiteten an ihren tollen Körpern, die sie für ihre tollen Jobs brauchten, und Männer, die sich nicht in Form hielten, waren etwas Jämmerliches.

»Warum kommen Sie nicht hier rüber, Hal?« sagte Bart Manjuck. »Ich habe gerade ein Gerät für's Armtraining frei, da können Sie mit 20 Kilo Widerstand anfangen. Das wird Sie nicht zu sehr anstrengen.«

»Toll«, sagte der Bär entgegenkommend. Er folgte Manjuck, stieß sich den Zeh an dem Stapel Gewichtscheiben und hob sie hoch, um sie aus dem Weg zu räumen. »Okay?« fragte er und hielt den tausend Pfund schweren Stapel fragend in die Luft. Bart Manjucks Kopf schoß nach vorn wie der eines verblüfften Kamels. Die Frauen mit den durchtrainierten Körpern hörten auf zu pumpen und sahen zu, wie der dicke Kerl mit der anderen Hand einen zweiten 500-Kilo-Stapel aufhob. Fürsorglich trug er beide in eine Ecke und setzte sie vorsichtig ab.

Eine zierliche Frau mittleren Alters erhob sich von ihrem Nautilus-Gerät und kam rasch auf sie zu. »Du mußt mich vorstellen, Elliot«, meinte sie mit ihrem kehligen Südstaatenakzent, den man in dieser Woche gerade in allen morgendlichen Talkshows hören konnte. »Eunice Cotton«, sagte sie und streckte Jam die Hand hin. »Sie sind mir vielleicht ein Gewichtheber.«

»Na ja, genaugenommen war es kein richtiges Heben«, sagte Bart Manjuck, hüpfte in seinen Nike-Turnschuhen auf und ab und ließ seine Brustmuskeln spielen.

Gadson mischte sich ein. »Eunice, das ist Hal Jam. Ich habe Ihnen sein Buch geschickt.«

»*Sie* sind Hal Jam? Aber ich *liebe* Ihr Buch«, sagte sie. Eigentlich hatte sie das Manuskript noch nicht gelesen, aber es lag seit ein paar Tagen auf ihrem Schreibtisch und wartete auf eine zitierbare Lobeshymne für den Buchumschlag. Jedesmal, wenn sie ihre Kaffeetasse darauf abstellte, hatte sie den Text auf sich wirken lassen.

Die Bücher, die Eunice schrieb, handelten von Engeln. Ihr neues Buch, *Engel im Bett*, war einfach und schön geschrieben, ein Buch für jeden, genau wie ihr letzter Bestseller *Engel im Geschäftsleben.* In ihrem Werk spürte man die ruhige Leichtigkeit des Bayou und einen alchimistischen Erfindungsreichtum, den sie von ihrem Vater geerbt hatte. Dieser hatte sein Leben damit verbracht, aus Maismehl, Wasser und Zucker Schnaps zu brennen. Eunice war aus den Sümpfen von Louisiana nach New Orleans gezogen, um Friseuse zu werden – ein aufgedonnertes Mädchen mit hübschen, festen Brüsten und allzeit bereitem Lachen. Eines Tages hatte sie die Dämpfe eines besonders starken Haarsprays eingeatmet und eine Vision gehabt – ein starker, gutaussehender, keuscher Mann mit eisgrauen Locken war ihr erschienen und hatte erklärt, er sei ihr Schutzengel und würde einen Star aus ihr machen. Also setzte sie sich abends hin und hackte einen 200 Seiten langen Text über Engel herunter, geschrieben in dem Plauderstil, den Friseusen mit ihren Kundinnen pflegen, während sie ihnen die Locken eindrehen. Ihr Textverarbeitungsprogramm korrigierte ihre Schreib- und Grammatikfehler, mehr oder weniger, und bei der Buchmesse in New Orleans verteilte sie Exemplare des Manuskripts mit Spiralbindung. Elliot Gadson bekam das Manuskript von Eunice in die Hand gedrückt, warf einen Blick darauf, erwartete etwas Kurioses oder einfach nur Verrücktes und begriff sofort, welches Potential diese Engel boten. Er nahm Eunice beiseite, wollte herausfinden, ob sie ihre fünf Sinne beisammen hatte und entdeckte, daß sie eine echt amerikanische Quasselstrippe war, die Träume so gekonnt zusammenbraute wie ihr Vater, Anvil Cotton, seinen Schnaps. Sie nahm zuviel Tränen und Zucker für ihre Mischung, aber genau das machte diese zu einem unvergeßlichen Gesöff und brachte der Cavendish Press ein Vermögen ein. Eunice zog nach New York City, kaufte eine Sieben-Zimmer-Wohnung im Dakota-Gebäude und wurde zu einem beliebten Talkshow-Gast. Sie lief nicht mehr so aufgedonnert herum, ließ sich einen Haarschnitt wie die heilige Johanna verpassen, trug unauffällige Klamotten und plauderte mit Geraldo und Ophrah im Fernsehen, doch unter der schmucklosen Verpackung steckte immer noch die aufregende Friseuse. Wenn sie ihr kehliges Lachen schallen ließ oder eine deftige Bemerkung machte, war das Publikum begeistert.

Eunice konnte den Blick nicht von dem stämmigen jungen Schriftsteller wenden, dem sie gerade vorgestellt worden war. Er glich in Gestalt und ungeahnter Kraft ihrem Papa Anvil (der konnte der Polizei in einem pechschwarzen Sumpf auch dann noch entkommen, wenn er sich volle Schnapsfässer auf den Rücken geschnallt hatte). Und da war noch etwas an diesem Mann, etwas – na ja, engelhaft war das richtige Wort. Sein Blick war schüchtern zu Boden gerichtet, und er schien unfähig, mit ihr zu sprechen. Seit ihr damals der

Engel erschienen war, hatte Eunice sich von Männern ferngehalten und behauptet, Engel mit eisgrauen Haaren seien die Partner, die die Natur der Frau zugedacht hatte, aber von Hal Jam ging eine überirdische Kraft aus – als sänne er über das Unsichtbare nach. Tatsächlich sann er über den Geruch nach, der von all den Eisen pumpenden Maiden im Studio ausging. Stark, dachte er. Macht einen Bären ganz kirre.

Eunice warf einen kurzen Blick in den hohen Spiegel. Sie war gerade im Schwimmbecken gewesen, deshalb wirkte ihre Frisur wie eine knappe Mütze, die ihre Wangenknochen und die vollen Lippen betonte. Gadson überlegte, ob sie vielleicht eine Art gespaltene Persönlichkeit besaß, denn die sinnliche Frau, die vor ihm stand, glich in nichts der prüden Autorin von *Engel im Bett*, die schrieb, daß die spirituellen Absichten der geflügelten Wesen sich in keuschen Kopfkissenphantasien erfüllten. Die imaginären Engel legten sich nachts neben die Leserinnen und hielten sie in federleichter Umarmung, die aufregend keusch blieb.

»Elliot ist der beste Lektor, den es gibt«, sagte Eunice zum Bären, während Gadson die Treppe ins Nirgendwo hinaufstieg. »Er hat mich entdeckt, als ich keinen blassen Schimmer vom Schreiben hatte.«

Der Bär trat unbehaglich von einem Fuß auf den anderen. Überall im Raum wippten Brüste und zitterten Schenkel, als trabten riesige Bärenfrauen auf einem Waldpfad auf ihn zu.

All diese Weibchen könnten mir gehören, sagte er sich. Ich muß nur hier alles kaputthauen und die anderen Männchen plattmachen.

War das vielleicht die falsche Art Gymnastik?

Könnte sein. Am besten, ich verziehe mich, bevor ich was falsch mache.

»Na dann, auf Wiedersehen«, sagte er und wandte sich zur Tür.

Eunice Cotton hatte seit ihrem letzten Friseurkongreß keinen Mann mehr angemacht, und damals war sie besoffen. Jetzt war sie Dienerin eines Engels. Jedenfalls glaubte sie das; manchmal glaubte sie allerdings, daß sie einfach nur verrückt war. Manchmal sagte ihre innere Friseusenstimme: *Eunice, du hast nicht alle Tassen im Schrank.*

»Ist das nicht ein wunderbarer Tag heute? Jetzt ist es wirklich Herbst geworden.« Sie holte ihn auf der Straße vor dem Fitness-Studio ein. »Macht es Ihnen etwas aus, wenn ich ein Stück mitkomme?« Na sowas, dachte Eunice, ich bin doch tatsächlich hinter diesem Dicken her.

Der polierte Marmorkopf eines Engels stand zwischen ihnen auf dem Kaffeetisch. Es war einer von hunderten von Engeln, die Eunice in ihrer Wohnung hatte. Ihre Sammlung reichte von feinen, alten Gemälden aus Europa bis zu Engeln, die mit der Kettensäge aus Baumstämmen gesägt worden waren. Ein billiger Wachsengel mit einem Docht im Kopf konnte sie so sehr anrühren wie ein Engel auf einem Renaissancegemälde. Manchmal war sie in gehobener Stimmung, manchmal sentimental, und wenn sie sentimental war, brachte es am ehesten ein Plastikengel aus Hongkong. Dann stellte sie den kleinen Racker neben ihren Computer, und das kitschige Lächeln verlieh ihrer Inspiration Flügel. Dann beschrieb sie, wie eine Frau sich mit Engeln einlassen und an ihnen festhalten kann, egal, wie beschissen ihr Leben ist.

Der Bär war auf der Hut. Seine biologische Uhr war

schon durcheinander, weil er ein Weibchen gedeckt hatte, ohne daß für ihn Paarungszeit war. Seither wachte er mitten in der Nacht auf und kratzte an den Wänden.

Eunice lehnte sich in ihrem Sessel zurück, der zwischen zwei Tischen mit Engelslampen stand. Die geflügelten Bronzewesen trugen weiße Lampenschirme, auf denen wiederum sanft erleuchtete Engelskörper schwebten. In einer Ecke des Wohnzimmers stand ein lebensgroßer Engel in Ostereierbunt und trug einen von Eunices Hüten, schräg über ein Auge gezogen. In der Ecke gegenüber stand ein Barock-Meisterwerk von Franz Schwanthaler, an dessen fein ziselierter Flügelspitze Eunice einen ihrer Regenschirme aufgehängt hatte. Die Feuerböcke im Kamin waren Engel, und der ovale Spiegel über dem Kamin wurden von den ausgebreiteten Armen eines vergoldeten Engels gehalten. Ein runder Kaffeetisch mit Marmorplatte, der am Fenster stand, hatte als Sockel einen muskulösen, spärlich bekleideten Engel, den Elliot Gadson ganz besonders mochte. Überall in der Wohnung wurden Gegenstände von Engeln getragen, die leer vor sich hinlächelten, wie schöne junge Männer auf Valium. Die Bettpfosten waren vier Engel, deren nackte Füße zu schweben schienen. Der Anblick dieser vier gutaussehenden Gestalten hatte Eunice *Engel im Bett* eingegeben. In der Küche klebten kleine Engelmagneten am Kühlschrank, und andere Engel, die wie Vorratsschüsseln geformt waren, enthielten Kochlöffel. Auf dem Klo hielt ein Messingengel die Rolle Toilettenpapier. Ein anderer trug die Seifenablage in der Dusche. Sein desinteressierter Gesichtsausdruck sollte der Badenden wohl versichern, daß ihr nackter, duschgelglänzender Körper ihn nicht zum Sündenfall bewegen konnte. Der Bär war ganz verwirrt von all den Engeln um sich herum. Er kannte keine Engel und dachte, ihm sei wohl etwas an den Menschen entgangen. Vielleicht hatten sie Flügel, die sie die meiste Zeit sorgfältig zusammengefaltet versteckt hielten.

Eunice legte eine CD mit Rachmaninows *Vespern* auf. Sie mochte zwar eine ungebildete Sumpfschlampe sein, erkannte aber himmlische Musik, wenn sie sie hörte.

Menschliche Stimmen im überwältigenden Zusammenklang der Musik waren etwas Neues für den Bären, und seine Ohren drehten sich in die Richtung, aus der die Töne kamen. Dies war die unergründliche Essenz menschlichen Seins, und das traf ihn schwer. Menschen waren so komplex, so unbegreiflich, so reich in ihrem Ausdruck. Was konnte dagegen ein Bär schon bieten?

Eunice sah, daß er auf einer sehr hohen Ebene einstieg. Hätte sie noch eine weitere Bestätigung gebraucht, was seinen Charakter betraf, hier war sie. Eunice war sich sicher, daß auch er Engel hörte.

Der Bär schloß die Augen, und die Töne umfingen ihn mit ihrer ganzen Majestät. Frauenstimmen stiegen höher, Männerstimmen wurden tiefer, männlich und weiblich vereinten sich in einem Teppich der Gefühle, der seine eigenen primitiven Regungen, sein Brummen und Schnaufen bei Lust oder Unbehagen winzigklein erscheinen ließ.

»Woran denkst du, Hal?«

Er machte die Augen auf und sah sie an, dann schaute er zum Fenster hinaus, hinüber zum Park und den Gebäuden auf der anderen Seite, an der Fifth Avenue. Die Lichttürme, die die Menschenwelt errichtet hatte, schienen ihn aus zahllosen Augen anzustarren, wie ein Himmel voller Eulen. *Wenn du unsicher bist, greif an*, sagte die uralte Stimme seiner Tierseele. Er krümmte die Tatzen und streckte sie wieder. *Schlag alles zu Klump. Du bist vielleicht nicht so schlau wie die Menschen, aber du bist stärker als jeder von ihnen.*

»Ich fühle mich in letzter Zeit so ausgelaugt«, seufzte Eunice und setzte sich ihm gegenüber. »Ich habe vier Engelbücher geschrieben, und mir fällt ums Verrecken kein Engel für ein neues ein. Ein Schriftsteller ist wie eine flackernde Kerze, nicht wahr?« fragte sie, und als sie die Worte aussprach, war ihr klar, daß nicht sie, sondern der Engel in ihr redete. Hal Jam hatte das bewirkt. Sie wußte einfach, daß ihn lauter Engel der ersten Garnitur umgaben.

Der Bär ging aufgeregt ans Fenster. Er hatte schon auf Berggipfeln gestanden und auf weite Gebiete schweigender Wildnis geschaut und seinen Platz darin gespürt. Aber wo war sein Platz in dieser Stadt? Alles, was er hatte, war Appetit, der simple, alles verschlingende Hunger eines Tieres.

Die Musik flog davon, in Höhen, in die er nicht folgen konnte. Er kam sich vor wie eine Maus im Bienenstock. Auch Mäuse mögen Honig, und sie schleichen sich in Bienenstöcke, ohne zu wissen, welche Gefahr ihnen droht. Sie werden am Eingang, attackiert von der gesammelten Kraft der Bienen, zu Tode gestochen. Er selbst war im großen menschlichen Bienenstock, hörte das Summen aus den unendlich vielen Zimmern, wo das menschliche Mysterium zelebriert wurde und der Menschenstachel bereit war, den Eindringling zu lähmen. In seinen dunklen Augen stand Angst und er schoß herum, weg vom Fenster.

»Hal ...«

Er sah einen Baum und riß ihn mit den Wurzeln aus, wie Bären es tun, wenn sie wütend werden. Der Baum war zwar ein antiker Garderobenständer in Engelsgestalt, und die Wurzeln waren flach, aber er war trotzdem eine wirkungsvolle Waffe. Er schwang ihn herum, zertrümmerte den CD-Spieler mit seiner Musik und den lebensgroßen Gipsengel daneben. Als er neu ausholte, verhedderte er sich im Vorhang, was seine Panik noch vergrößerte. Den Vorhang hinter sich herziehend, raste er wie ein wildgewordener Beduine durchs Zimmer.

Eunice verstand sofort, was los war. Ihre Recherchen zum Thema Engel hatten ihr eine schockierende Erkenntnis gebracht: Es gab viel mehr Dämonen als Engel, weil diese sich sexuell fortpflanzen konnten. Das *Theatrum Diabolorum* aus der Zeit Martin Luthers gab die Zahl der Dämonen mit 10.000 Milliarden an. Wieviel mehr von den kleinen Dreckskerlen mochte es heutzutage geben! Und einer von ihnen saß Hal Jam im Genick. Da er sich den höheren Schwingungen geöffnet hatte, konnten die bösen Mächte leichter in ihn eindringen. Dieser gute Mann war die Beute des Erzhalunken Ahriman und seiner Legionen.

»Ahriman, laß den Scheiß!« Eunice packte das Ende des flatternden Vorhangs und zog daran. Plötzlich am Hals festgehalten, blieb der Bär abrupt stehen und ruderte mit den Tatzen durch die Luft.

»Mir kommen keine miesen Drecksteufel ins Haus!« brüllte Eunice. »Verstanden?«

Der Bär hörte den Tonfall *gefährliches Weibchen* und erinnerte sich daran, daß Bärenmänner, die dieses Warnsignal mißachteten, durchaus ein großes Stück Fell und Haut einbüßen können. Also tat er das, was Bärenmänner in solch einer Lage tun. Er tat so, als ob er woanders hinschaute. Neu daran war, daß er das in einen Vorhang eingewickelt tat, aber man muß sich eben anpassen. Er nahm einen Briefbeschwerer in

Form eines Engels in die Hand und betrachtete ihn mit gespieltem Interesse.

»Raus aus diesem Mann, du schrecklicher Teufel! Im Namen des Heiligen Michael, laß ihn in Frieden!«

Der Bär tat weiter so, als trüge er immer Vorhänge, wenn er Briefbeschwerer anschaute.

»Zurück in deine Höhle, Ahriman, du herumstreunendes Stück Dreck!« Eunice war froh, daß Jam sich wieder beruhigte, und ihr wurde klar, wie gut es für die Menschen war, Engel anzurufen, wenn sie den Koller kriegen, depressiv werden, düstere Stimmungen haben, eigentlich bei allen Ereignissen, die mit Unsicherheit und Verrücktheit zu tun hatten und Ahriman und seinen Kumpanen Tür und Tor öffneten. Sie griff nach Notizbuch und Stift.

»Na dann, auf Wiedersehen«, sagte der Bär und wickelte sich aus dem Vorhang. Die Lage hatte sich wieder beruhigt, und niemand hatte den Zoowärter gerufen. Er hatte sich über etwas aufgeregt, aber das war jetzt vorbei. Er ging zur Tür.

Der Schock ist unsäglich, schrieb Eunice, *wenn Ihr Ehemann plötzlich gewalttätig wird. Ist das der Mann, den ich geheiratet habe? Ist wirklich er es, der da die Vorhänge herunterreißt?*

Der Bär ging zum Aufzug und drückte auf den Knopf. Er dachte nicht an den Schrecken, der ihn erst vor ein paar Minuten gepackt hatte, und auch nicht an das schreckliche Benehmen, das er an den Tag gelegt hatte. Es war passiert, aber jetzt passierte es nicht mehr. Das ist alles, was einen Bären interessiert.

Psychologie kann man vergessen, weil sie nichts nützt. Denn es ist ja nicht Ihr Mann, der sich so aufführt. Genaugenommen ist es ein Teufel.

Eunice hatte ihr neues Buch – *Engel beim Streit.*

»Das ist einfach brillant«, sagte Gadson. Er saß in Eunices Wohnzimmer, und sie war neben ihm auf der Couch. Die beiden hatten gerade gemeinsam die ersten beiden Kapitel von *Engel im Streit* gelesen, und im Hintergrund spielte Rachmaninows *Vespern*. »Wie bist du da nur drauf gekommen?«

»Hal Jam hat mich auf die Idee gebracht. Gefällt es dir wirklich?«

»Ich liebe es. Genau das Buch, das wir brauchen, Eunice. Ich habe so viele Beziehungen mit blöder, sinnloser Nörgelei kaputtgemacht. Ein Engel hätte so viel verhindern können.« Gadson warf einen Blick auf den Barockengel in der Ecke, dessen Schmollmund, nackte Arme und Körper ihn an einen kubanischen Küchenhelfer erinnerten, der bis vor kurzem sein Lebensgefährte gewesen war. Sie hatten sich erbittert gestritten wegen eines Schwamms mit Spülmittel. Gadson wollte nämlich das Geschirr lieber mit heißem Wasser und sehr wenig Spülmittel säubern. Wenn ich mir vorstelle, daß ich ihn rausgeworfen habe, dieses wunderschöne Geschöpf, nur wegen eines Schwamms. »Ja, Eunice, wir brauchen einen Engel, einen unbeteiligten Dritten, an den wir uns wenden können. Und du sagst, Hal hat dich auf die Idee gebracht?«

»Er ist ein verkleideter Engel«, sagte Eunice. »Seine Einfachheit. Seine Unschuld.«

»Sehr ungewöhnlich«, gab Gadson zu.

»Aber dann liest man sein Buch – und ich habe es jetzt gelesen, Wort für Wort...« Eunice deutete auf das Manuskript von *Schicksal und Sehnsucht* auf ihrem Kaffeetisch, »...und man begreift, daß hinter seiner Unschuld eine sehr weise Seele steckt.« Sie stieß einen Seufzer aus, der allen weisen Seelen wie Hal und ihr selbst galt, die in dieser schwierigen Zeit auf die Erde zurückgekehrt waren. »Wir sind uns sehr nahegekommen.«

»Wie nahe?«

»Wir haben eine tiefe, spirituelle Verbindung.«

»Ach, komm, Eunice, du redest hier mit deiner Tante Elliot. Schläfst du mit ihm?«

»Darüber sind wir hinaus.«

»Niemand ist darüber hinaus.«

»Wir essen zusammen zu Mittag. Wir gehen im Park spazieren.« Sie deutete auf das Herbstlaub draußen vorm Fenster. »Wir reden kaum. Irgendwie ist das nicht nötig.«

»Er ist sehr verschlossen, das stimmt«, nickte Gadson. »Aber zu dir paßt Schweigen nicht, Eunice.«

»Er wirkt beruhigend auf mich. Und ich glaube, ich habe ihm auch geholfen. Weißt du, daß Ahriman in ihn gefahren ist?«

»Ahriman?«

»Der Fürst des Bösen.« Eunice legte die Hand auf eine Statue des Heiligen Michael, die in Korea vom Fließband gelaufen war. »Ich habe den Erzengel gerufen, damit er Ahriman in den Hintern tritt.«

Gadson nickte nachdenklich. Wenn er mit Eunice zusammen war, ließ er seine Vernunft pausieren.

Die Statue von Sankt Michael in den Händen, beugte sich Eunice zu ihm. »Hast du Hal mal von Fallen und Schlingen reden hören?«

»Das fand ich immer sehr merkwürdig.«

»Fallen und Schlingen des Teufels, Elliot. Hal weiß, daß Ahriman hinter ihm her ist.«

»Wie schauderhaft«, meinte Elliot mitfühlend und betrachtete die geflügelten Schatten an den Wänden. Er hielt Eunice für eine Frau, die mehrere Jahrhunderte in der Evolution zurückgefallen war, und so Engel befreit hatte – geistige Überreste aus dem Mittelalter, vermutete er, die immer noch in den verschütteten Ebenen des Bewußtseins herumspielten und das Verhalten beeinflussen konnten. Deshalb kauften die Leute Eunices Bücher.

»Ahriman ist hinter jedem her, Elliot.«

»Uns wird er nicht erwischen, Liebling.« Gadson legte den Arm um seine Autorin und drückte ihre Schulter. Dann deutete er auf das neue Manuskript. »Dir ist natürlich klar, daß *Engel beim Streit* direkt zu *Engel im Gerichtssaal* führt?«

Eunice klatschte in die Hände. »Elliot, du bist ein Genie!«

»Jeder, der seinen Nachbarn, den Chef, die Ehefrau, die Regierung oder einen völlig fremden Menschen vor Gericht bringt, sollte als gut vorbereiteter Kläger immer einen Engel dabeihaben.«

»Seit meinem letzten Buch ist die Tatsache, daß Frost das vergleichende *Wie* 0,54 mal pro Seite verwendete, allgemein bekannt.« Dr. Alfred Settlemire von der University of Maine saß neben seinem Kollegen Bernard Wheelock vom Fachbereich Anglistik im Auto. Sie fuhren eine Straße entlang, die durch große Nutzwälder führte, aus denen gelegentlich mit Fichtenstämmen beladene Langholzlaster steuerten. »Aber«, fügte Settlemire hinzu und strich sich den Spitzbart, »daß er 0,07 mal pro Seite *als ob* verwendete, ist nicht allgemein bekannt. Das ist das Ergebnis meiner neuen Untersuchung über ihn. *Ihnen* muß man ja nichts über die Bedeutung dieser Arbeit erzählen.«

»Natürlich nicht«, antwortete Wheelock enthusiastisch; schließlich war er nur Dozent am Fachbereich, und Settlemires Buch über die Verwendung des *als ob* war bereits bei einem wichtigen Universitätsverlag unter Vertrag. Wheelock konnte sich zwar nicht vorstellen, daß irgend jemand wissen wollte, wie oft Frost *als ob* verwendet hatte, aber er wußte, daß er über Erfolg noch eine Menge zu lernen hatte.

»Temporale Simultanität, wissen Sie«, fuhr Settlemire fort. »Von entscheidender Bedeutung, wenn man Frost verstehen will. Und an diesem Punkt kommen dann eben diese 0,07 mal *als ob* zum Tragen. Hat man sich klar ausgedrückt?«

»Absolut.« Am klarsten war Wheelock, daß jetzt, da die Regierungszuschüsse weggefallen waren, Streichungen im Fachbereich Anglistik erwartet wurden. Settlemire mit seinem vornehmen Auftreten, seinem beeindruckenden Schädel und seinen *als obs* war vom Fachbereich nicht wegzudenken. Wheelocks eigene Position war wackelig. Aber wenn Bramhall nicht mehr da wäre ...

»Wenn Frost doch noch leben würde«, seufzte Settlemire. »Ich würde ihm gern meine *als ob*-Untersuchung vorlegen.«

»Er wüßte sie bestimmt zu schätzen.«

»Man fühlt sich ihm einfach im Geist verbunden«, sagte Settlemire. »Fleiß, vielleicht ist das das Geheimnis. Sich auf das *als ob* stürzen.«

»Ich beneide Sie darum«, meinte Wheelock, der sich noch nie auf irgendwas gestürzt hatte.

»Ihre Arbeit ist noch im Entstehen«, antwortete Settlemire freundlich.

»Ich glaube, hier geht's zu Bramhall.«

Sie fuhren einige Meilen auf der kurvenreichen, unbefestigten Straße bis zu Bramhalls Abzweigung. »Ich möchte wissen«, sagte Wheelock, »ob es stimmt, was wir über seinen Gesundheitszustand gehört haben.«

»Jeder Mensch, der sich freiwillig daranmacht, einen Bestseller zu kopieren, flirtet mit ethischer Fragmentierung.« Settlemire lächelte überlegen, redete aber nicht weiter, und Wheelock empfand eine seltsame Mischung aus Sorge und Hoffnung. Der Leiter des Fachbereichs hatte sie losgeschickt, um die Lage zu erkunden. Bramhall hatte alle Briefe des Fachbereichs ignoriert, und sein freies Jahr war vorüber. Es kursierten Gerüchte über einen Nervenzusammenbruch. Der Leiter des Fachbereichs mußte es genau wissen. Die Frage, die Wheelock im Kopf herumging, war die: Wenn Bramhall geht, werde ich ihn dann ersetzen? Wheelock mochte Bramhal zwar, hoffte jetzt aber doch, er möge tot oder verrückt geworden sein.

Sie parkten vor Bramhalls Hütte und stiegen aus. Settlemire klopfte laut an die Tür. Niemand antwortete. »Vielleicht ist er draußen auf den Feldern?« Settlemire ging voran durch den Obstgarten. »Er hat sein freies Jahr verplempert, soviel kann ich Ihnen sagen. Als ich mein letztes unterrichtsfreies Jahr genommen habe, da habe ich gearbeitet, Wheelock. Ich habe die *Wie* gezählt. Es war eine schwere Aufgabe, aber man wußte, sie war von entscheidender Bedeutung, wenn man Frost verstehen wollte. Heutzutage übernimmt natürlich der Computer das Zählen. So hat Pettinzoo seine *Anzahl des Nirgendwo bei Wallace Stevens* erarbeitet. Will sagen – man muß arbeiten. Nicht eine offenkundige Kopie von *Tun Sie's nicht, Mr. Drummond* verfassen.« Settlemire warf mit weichem, elegantem Schwung einen Stein in den Wald. »Bramhalls Gebiet ist die moderne amerikanische Literatur. Er hätte bei so vielen Autoren das *Wie* zählen können. Ich habe Pionierarbeit geleistet. Jetzt ist der Weg frei. Ein neues Feld der Literaturkritik wurde eröffnet. Er hätte sich in dieser Bewegung etablieren können. Aber nein. Er hat sich anders entschieden.«

Wheelock deutete auf die Scheunentür. Bramhall war dort gerade aufgetaucht und schaute verstohlen umher. Wheelocks Herz machte einen Satz. Er ist paranoid. Ah, wunderbar, wunderbar ...

Sie gingen auf ihren Kollegen zu, und Settlemire rief: »Bramhall, wie geht's Ihnen?«

Bramhall beäugte sie schweigend. Merkwürdige Ideen kreisten in seinem Kopf, mit einer Geschwindigkeit, um die ihn jeder verrückte Erfinder beneidet hätte. Aufgrund einer wunderbaren Alchimie, die er sich nicht erklären konnte, nahm er in diesem Augenblick neben allem anderen ein Murmeltier wahr, dessen Bau dicht neben der Stelle lag, wo Settlemire und Wheelock gerade standen. Bramhall spürte das Unbehagen des Murmeltiers, schien sogar seine Gedanken zu fühlen – Vorsicht, Mißtrauen – man kann nie wissen, wer einem einen Terrier ans Loch setzt.

Settlemire trat zu Bramhall und streckte ihm die Hand entgegen. »Gut, Sie zu sehen, Alter. Man hört, Sie seien unpäßlich.«

»Ein Bär hat mein Buch gestohlen.«

Settlemire warf Wheelock einen kurzen Blick zu, einen von der Sorte, die Pfleger in einer Nervenklinik tauschen, wenn ein neuer Messias eingeliefert wird. »Ein Bär hat Ihr Buch gestohlen? Unglaublich. Man wußte gar nicht, daß Bären so etwas tun.«

Bramhall hörte den Zynismus heraus, war aber nicht beleidigt. Seine Aufmerksamkeit galt seinem unterirdischen Bekannten, dem Murmeltier, das gerade fieberhaft sein Schlupfloch erweiterte, den wichtigsten Fluchtweg, um den ein umsichtiger Nager sich immer kümmern muß. Nur eine Vorsichtsmaßnahme, sagte die undeutliche Stimme in Bramhalls Kopf, hauptsächlich Ausbesserungsarbeit, damit ich nicht unvorbereitet bin, wenn die feindliche Schnauze ankommt.

Wheelock meinte: »Wir alle haben uns Sorgen um Sie gemacht, Arthur.«

Bramhalls Nase zuckte. Der Geruch, den Wheelock absonderte, war der nach Ehrgeiz, ein süßer, fettiger Geruch, als würde Wheelock in seinem Hemd ein Schwein braten.

»Der Fachbereich wollte wissen, ob Sie Schwierigkeiten mit der Postzustellung hatten«, sagte Settlemire.

»Ich mache keine Post mehr auf.«

»Ach.« Wheelock bemerkte Bramhalls verdreckte Hosen. Und auf seiner Stirn scheinen Haare zu sprießen. Eine Drüsenstörung?

»Schauen Sie, Arthur, ich habe Ihnen ein Exemplar meiner *Qualifizierbaren Qualifikanten bei Frost* mitgebracht. Es ist nur ein Anfang, aber der ist richtungsweisend. Da bleibt noch viel Forschungsarbeit zu leisten.«

Bramhall roch Settlemires akademische Selbstzufriedenheit, den Geruch toter Fliegen, die auf einem Fensterbrett im Speicher vertrocknen.

»Man nimmt an, Sie haben aufgehört, Bestseller zu kopieren. Nun gut, es hat nicht funktioniert. Ein Bär hat das Manuskript gestohlen, egal. Wie auch immer. Wir brauchen keine Erklärung. Wichtig ist: Es ist noch nicht zu spät.«

»Vielleicht hat Arthur keine Lust mehr auf Universitätstätigkeit«, meinte Wheelock hoffnungsvoll. »Wir sollten ihn nicht drängen.«

Bramhall drehte sich um, ging zurück in den süßen Heugeruch der Scheune. Ihre stämmigen Balken, die sonnengetrockneten Bretter, ihr Alter gaben ihm Halt angesichts dieser Boten aus seinem früheren Leben.

»Arthur«, fragte Wheelock sanft, »sollen wir einen Arzt holen?«

Bramhall ließ sich auf einen alten Heuballen in einer der Pferdeboxen sinken und schüttelte den Kopf. Er beneidete das Murmeltier um sein Schlupfloch, diesen geheimen Ort, in den es verschwinden konnte, wenn unwillkommene Besucher es beim Nachdenken störten.

»Ich lasse mein Buch hier auf dem Heu liegen«, verkündete Settlemire. Bramhall nickte noch einmal, und ihm war bewußt, daß sein Schweigen sein Professorenleben an der Uni von Maine beendete.

»Wir gehen jetzt, Arthur. Wir werden allen Grüße von Ihnen ausrichten. Und werfen Sie einen Blick in die *Qualifizierbaren Qualifikanten.* Vielleicht ist es genau das, was Sie jetzt brauchen.«

Die beiden Professoren verließen die Scheune und gingen zurück übers Feld. »Ich würde sage, er leidet unter einer Depression«, sagte Settlemire. »Wie Hamlet, wissen Sie. Eine Welt ›voller Überdruß, schal, oberflächlich und nutzlos‹.«

»Vielleicht ist es etwas Ernsteres«, meinte Wheelock, und sein Blick fiel auf einen ausgebleichten Knochen im Gras, Teil einer Kreatur, deren Erdentage genau hier geendet hatten.

Bramhall blieb auf seinem Heuballen sitzen und starrte die glatten Holzstangen an, mit denen die Pferdebox einfaßt war. Auf einer der Stangen war ein Muster, das ein Insekt unter der Rinde hinterlassen hatte.

Er betrachtete das Muster und hatte das Gefühl, das Werk eines uralten Kalligraphen zu studieren, dessen Lebensgeschichte hier festgehalten war. Der Inhalt war unverständlich, wog aber für ihn schwerer als Settlemires *Qualifizierbare Qualifikanten*.

Er hörte ein Auto auf dem Fuhrweg zur Scheune rumpeln. Als er zur Tür hinausschaute, sah er die behaarte Frau am Steuer sitzen. Sie fuhr bis an die Scheune, stellte das Auto ab und stieg aus. Das Murmeltier steckte den Kopf aus seinem Loch und stieß einen langen Pfiff aus, der wie der eines Menschen klang. Die behaarte Frau drehte sich nach ihm um und lächelte, dann schaute sie wieder Bramhall an. »Ich mag Murmeltiere. Sie sind die einzigen, die hinter mir herpfeifen.«

Langsam kam sie auf die Scheune zu. Sie hatte gehört, daß Arthur jetzt der Natur näher war, und dieses Gerücht hatte ihr Interesse an ihm wieder aufleben lassen. Sie trug ein dickes Flanellhemd und Jeans und hatte einen Strauß Trockenblumen in der Hand. Als sie die Scheune betrat, sagte sie: »Ich habe Kräuter für den Winter gepflückt, und dachte, ich bringe Ihnen ein paar vorbei.« Sie hatte sich Trockenblumen ins Haar geflochten, und ihre Stimme war so süß wie die goldenen Äpfel, die nebenan im Obstgarten darauf warteten, vom Baum zu fallen. Als sie sich ins Heu setzte, verrutschten ihre Jeans etwas und gaben ihre behaarten Waden frei. Bramhall fand sie unwiderstehlich.

Er lag auf dem Heuboden seiner Scheune, und die behaarte Frau lag neben ihm. Sie hatte jetzt das Flanellhemd ausgezogen, und er sah, daß sie auch unter den Armen Fell hatte. Sie benutzte kein Deodorant, und ein erregender Duft umhüllte ihn, als sie die Arme hob, um ihr Haar zu lösen.

Die behaarte Frau hatte von dem schüchternen und zurückhaltenden Professor ein behutsames Vorspiel erwartet und war verblüfft, als Bramhall sie packte, herumdrehte und nach vorn beugte.

»Arthur ... meine Güte ...« Ihr Intimbereich wurde zu schnell bedrängt. Genau genommen war er gerade vollständig ausgefüllt worden.

Die kleinen Vögel flogen in der Scheune herum und zwitscherten, weil ihre Nester aus Schlamm und Zweigen im Dachgebälk wackelten. Ach, diese ungeschickten Menschen, sie sind so schwerfällig, und ein Nest ist etwas so Zerbrechliches.

Aus Bramhalls Kehle drang ein Knurren. Er biß die behaarte Frau in die Schulter und hatte dabei am Steißbein ein merkwürdiges Gefühl, als würde dort ein Schwanz heftig hin und her wedeln. Dann erlebte er die Art von Orgasmus, die der Held seines Buches gehabt hatte – als würde ein riesiger See der Lust im Innersten der Erde angezapft.

Die Zehen der behaarten Frau spielten mit den trockenen Heuhalmen. Als die Flut ihrer eigenen

Ekstase verebbte, schaute sie über ihre Schulter und sah, wie Bramhall sie betrachtete. »Du bist ein Naturereignis«, murmelte sie und fuhr ihm mit der Hand über die erstaunlich breite Brust.

Die kleinen Vögel flogen in die Scheune und wieder hinaus und plauderten miteinander. Jetzt waren ihre Nester wieder sicher, aber solange die Menschen am Bumsen waren, mußte man auf das Schlimmste gefaßt sein.

»Ein Bär hat meinen Roman gestohlen«, murmelte Bramhall sein Mantra an die hohe Scheunendecke.

»Was meinst du damit?«

Bramhall antwortete nicht sofort, weil ihm das Sprechen inzwischen schwer fiel. Aber schließlich fiel ihm ein Fragment aus seinem Leben als Literaturprofessor ein. »Shakespeares *Wintermärchen.* Bühnenanweisung, dritter Akt, Szene drei.« Er stand auf und ging zur Scheunentür, ohne Hemd und Hose anzuziehen. »Geht ab, gefolgt von einem Bären«, sagte er und wanderte Richtung Wald.

»Arthur!« Die behaarte Frau war, obwohl sie sich als Naturkind empfand, nicht darauf vorbereitet, nackt durch die Wälder zu laufen, besonders nicht bei dieser Kälte. Sie zog sich rasch an. »Wart auf mich!« Als sie den Waldrand erreichte, war Bramhall verschwunden. Die behaarte Frau hielt nach einem Pfad Ausschau, aber da war keiner. Sie hatte das Gefühl, soeben in ein beängstigendes Mysterium des Waldes eingeweiht worden zu sein. Er hatte gesagt, ein Bär hätte seinen Roman gestohlen, aber was konnte das bedeuten? Wollte er damit sagen, daß sein Buch vom Geist eines Bären gechannelt worden war? War das der Grund für seine ungehemmte Sexualität? Was für geheime Kräfte besaß dieser Mann? Und auf welchem Wochenendseminar hat er sie bekommen?

Der Bär schlenderte in der frischen Herbstluft durch Greenwich Village. Ein wunderbarer Abend für einen Spaziergang auf zwei Beinen, sagte er sich. Sich bewegen wie ein richtiger Mensch. Baseballmütze, Schlips mit Gummiband, bequeme Schuhe. Was konnte sich ein Bär Schöneres wünschen?

Er fing an, Menschenmengen mit ihren Gerüchen zu mögen. Universal Studios hatte sein Buch für eineinhalb Millionen Dollar gekauft, und Elliot Gadson hatte ihn zu seinem Schneider mitgenommen, wo mehrere neue Maßanzüge entstanden waren. Einen davon trug der Bär heute abend, einen grauen Tweedanzug, der perfekt saß. Der Schneider hatte heftig gegen den Schlips mit Gummiband opponiert, aber es gab Punkte, da durfte man keine Kompromisse machen, fand der Bär.

Er ging in den Washington Square Park. Die Schachspieler saßen an ihren Tischen, und er blieb stehen und sah ihnen zu.

Keiner weiß, daß ich ein Bär bin. Ich stehe einfach da, die Tatzen in den Hosentaschen, nichts weiter als noch ein haariger Typ im Park. Mit beschwingten Schritten ging er weiter. Eine junge Frau glitt, mit den Armen schwungholend, auf Rollschuhen vorbei. Sowas sollte ich mir auch anschaffen, dachte er, so bewegt sich ein Bär heutzutage fort.

Fasziniert sah er der Rollschuhläuferin nach und bemerkte die Hundewiese erst, als es zu spät war. Hunde rannten hinter Stöcken und hintereinander her und probierten verschiedene Arten der Paarung aus. Ein Beagle-

Männchen sauste mit wehenden Ohren auf kurzen Beinen fast im Tiefflug um einen Baum herum, als es den Bären witterte. Es kam rutschend zum Stehen, starrte ihn kurz an, warf dann den Kopf zurück und stieß ein urzeitliches Heulen aus. Es übertönte das Gekläff und Geknurr der anderen und war die Aufforderung zur Jagd. Die anderen Hunde stimmten ein, rannten zum Zaun, warfen sich dagegen, heulten und bellten, stellten die Nackenhaare auf und fletschten die Zähne.

Der Bär änderte rasch die Richtung, zog seine Baseballmütze tiefer und versuchte sich unsichtbar zu machen, aber nach ein paar nervösen Schritten nahm er zum Bärengang auf allen Vieren Zuflucht.

»Rauch, Rauch«, säuselte eine Stimme über ihm.

Er zwang sich auf die Hinterbeine, neben ihm stand ein Mann mit verfilzten Haaren und einem Ring im Ohr.

»Gras, Hasch, Crack«, murmelte der jamaikanische Jungunternehmer und ging neben ihm her. »Was soll's sein, Mahn?«

»Kartoffelchips«, antwortete der Bär und drehte sich nervös nach den Hunden um.

Der Jungunternehmer zog die Stirn in Falten. Er hatte keine Zeit zu verschwenden. Wie ein echter Amerikaner arbeitete er jeden Tag, um sich große Autos und kleine Telefone leisten zu können. »Ich habe kalifornisches Sinsemilla, Mahn.«

»Hast du auch Brezeln?«

Der Jungunternehmer schaute verärgert. Im Park kam es aufs Image an, und er konnte es sich nicht leisten, daß man sich über ihn lustig machte. Er bohrte dem Bären einen Finger in die Brust. »Heh, Mahn, wenn du mich verkackeiern willst, reiß ich dir den Arsch auf.«

Der Bär warf ängstliche Blicke zurück zu den heulenden Hunden und verschwand schleunigst aus dem Park. Hunde konnten ihn entlarven und zu einem rasenden, verzweifelten Tier werden lassen, das die Aufmerksamkeit aller auf sich zog und verhaftet und in den Zoo gesperrt wurde. Ich war nicht vorsichtig genug, dachte er. Ich bin hochnäsig geworden. Denk an das, was Bettina gesagt hat: Erst wenn du deinen Namen in Karatschi richtig schreiben kannst, bist du ein Star.

Er wanderte weiter durchs Village zu Gadsons Loft in SoHo. Er war schon einmal dort gewesen, und die Gerüche der Restaurants und Läden hatten in seinem Kopf eine Art Stadtplan entstehen lassen, dem er jetzt folgte – von griechischem Essen zu italienischem Essen zu chinesischem Essen. Am Eingang zu Gadsons Loft-Gebäude roch er das Peeling von Linique, das Gadson benutzte. Er klingelte und ging die Treppen hoch, einer Wolke von Parfums und Eau de Colognes und einem Gewirr von Stimmen entgegen.

»Hal, wie schön, daß Sie gekommen sind.« Gadson empfing ihn an der Tür und führte ihn durch den Flur, in dem Plakate von schwulen Nachtlokalen aus der Zeit der Jahrhundertwende hingen – Little Bucks, der Artistic Club, der Black Rabbit of Bleeker Street, wo »die Französische Fee« seine bemerkenswerten Auftritte hatte. Da hing eine vergrößerte Seite aus dem New York Herald von 1892, wo »unbeschreibliche Orgien« geschildert wurden, die in einem Nachtclub namens The Slide in Greenwich Village stattgefunden hatten. Der Bär betrachtete die Plakate und war von den Männern in ihren Abendanzügen mit Spazierstöcken und Capes beeindruckt. Er mußte mit Elliot reden, so ein Cape wollte er auch.

Gadson führte ihn in den Hauptraum des Loft, dessen Eingang mit großen Farnen in schmalen Vasen geschmückt war. Umgebaute Gaslampen leuchteten an den Wänden, und die Einrichtung war viktorianisch. Die Gäste gehörten größtenteils zur Literaturszene und hatten gerüchteweise von Hals Buch und dem Verkauf der Filmrechte an Universal gehört. »Er sieht tatsächlich Hemingway ähnlich«, bemerkte mehr als ein Gast, obwohl einige meinten, das sei nur ein erster Eindruck, keine echte Ähnlichkeit.

Bettina sah aus wie die Bienenkönigin. Ein schwarzgoldenes Kleid umhüllte ihre summende kleine Gestalt, und ihre Augen loderten in dem fiebrigen Feuer, das sie verzehrte. Sie rannte hektisch durch den Raum, weil sie überall zugleich sein wollte. Ein Tortilla-Chip blieb an ihrem wehenden Schal hängen, als sie am Buffet vorbeischoß, und Chum Boykins schnappte zwanghaft danach.

Bettina winkte Eunice Cotton zu, die in einer Ecke stand, und ging zu ihr. Von *Engel im Bett* waren jetzt eine Million Exemplare verkauft, und Eunice würde Bettinas Genie ewig dankbar sein. Bettina hatte sie auf eine lange Lesereise durch den Bibelgürtel in den Südstaaten geschickt, und der Absatz war in die Höhe geschnellt, weil Bettina auch einen jungen Stripper für die Tour engagiert hatte. Der Stripper bekam eine kurze, weiße Tunika verpaßt und mußte die Damen voll grenzenloser Liebe anblicken, während Eunice aus *Bett* vorlas. Während der Signierstunde danach widmete der muskulöse Engel Eunice seine ganze Aufmerksamkeit, kümmerte sich ständig um sie, flüsterte mit ihr, alles von Bettina inszeniert, um deutlich zu machen, was Engel für Menschen tun. Die Lesungen waren ein Renner, und der Engel ging inzwischen allein auf Werbetour durch die Einkaufszentren. Gadson hatte mit ihm einen Vertrag für seine Autobiographie gemacht, Arbeitstitel *Befleckte Flügel.*

»Hal Jam ist da«, zwitscherte Bettina aufgeregt Eunice zu. »Ich hab schon Angst gehabt, er würde nicht kommen.«

»Dieser Mann ist ein Heiliger«, seufzte die Engelautorin.

»Sollen wir so weit gehen?« fragte Bettina.

»Er steht über allem, Bettina. Du hast mir selbst gesagt, daß er sich aus Publicity nichts macht.«

Zu ihrer größten Verblüffung mußte Bettina zugeben, daß das stimmte. Sie kannte Schriftsteller, denen Politik oder sogar Sex piepegal waren, aber sie hatte noch keinen getroffen, dem nichts an Publicity lag.

Eunice legte den Kopf in den Nacken und schloß die Augen. »Es passiert, sowie Hal Jam auftaucht: Ich höre meinen Engel.«

»Was sagt er denn?« fragte Bettina mit echtem Interesse. Sie wünschte sich so sehr einen eigenen Engel, wußte aber, daß sie dafür niemals in Frage kam. Sie fühlte sich wie das Überbleibsel eines bankrotten Reisebüros – hatte zu viele Leute losgeschickt, um Bücher zu verhökern. Ihr Blick wanderte zur Tür. »Da kommt gerade Zou Zou Sharr. Kennst du sie? Sie ist eine Top-Agentin aus Hollywood.«

»Ich habe mein Haar auch mal genau in diesem Rotton gefärbt«, meinte Eunice. »Früher habe ich ganz vielen Leuten dieses Rot verpaßt.«

Bettina sauste durch den Raum und hakte sich beim Bären unter. »Hier ist jemand, den Sie kennenlernen müssen. Wenn er Ihr Buch mag, könnte das sehr nützlich sein.«

Sie stellte ihn Kenneth Penrod vor, einem Englischprofessor an der Columbia-Universität und Autor des Buches *Der Niedergang der Literatur.* Penrod fand den Bären ungewöhnlich schweigsam und mochte das. Penrod wartete, das Weinglas in der Hand, während der Bär sich abmühte, seine Gedanken in Worte zu fassen und mit gequältem Blick Richtung Washington Park schaute. Schließlich sagte der Bär sehr langsam: »Ich habe das Heulen der Hunde gehört.«

Das tiefe Gefühl in der Stimme des Bären glich in nichts dem oberflächlichen Zeug, das Penrod gewöhnlich bei solchen Veranstaltungen zu hören bekam. »Ich weiß genau, was Sie meinen«, antwortete er. »Unsere literarischen Werte werden von Leuten wie Ramsbotham da drüben völlig korrumpiert.« Er deutete auf den zweiten prominenten Kritiker im Raum, Samuel Ramsbotham von der New York-Universität, von dessen Buch *Die literarische Revolution* doppelt so viele Exemplare verkauft worden waren wie von Penrods Buch. »Hunde? Sie haben vollkommen recht. Die heulen vor unserer Tür.«

Der Bär blickte rasch zur Tür des Lofts hinüber, und seine Halsmuskeln schwollen an. »Ich hasse Hunde.«

»Ein oder zwei kommen immer, gewöhnlich mit einem Gefolge von Jüngern.« Penrod schaute noch einmal abschätzig zu Ramsbotham hinüber.

Die Halsmuskeln des Bären bebten. »Ich reiße sie in Stücke.«

»Hoffentlich tun Sie das.« Penrod war beeindruckt. Dieser Jam lebte seine Überzeugungen. So selten. So ganz, ganz selten. »Ich kann's selbstverständlich kaum erwarten, Ihren Roman zu lesen. Bettina und Elliot haben mir schon viel davon erzählt.«

Der Bär nickte, aber sein Blick wanderte immer wieder zur Tür und dann zum Fenster. Daß ihm nichts daran lag, über sein eigenes Buch zu reden, beeindruckte Penrod noch mehr. Er ist nicht von Ehrgeiz zerfressen, dachte der Kritiker. Er macht sich ebensolche Sorgen um die Krise der Literatur wie ich. »Eventuell würden Sie von meinem *Niedergang* profitieren«, sagte Penrod. »Ich werde dafür sorgen, daß Ihnen der Verlag ein Exemplar schickt. Es ist natürlich eine Pionierarbeit, enthält aber vielleicht *einige* Punkte, mit denen Sie übereinstimmen werden.«

»Wie kommt ihr beide miteinander zurecht?« Bettina kam angeschossen wie ein Wirbelwind, schüttete dabei Champagner in Penrods Westentasche und weichte seine Taschenuhr, ein Familienerbstück, gründlich ein.

»Oh Gott, Ken, tut mir leid«, stotterte Bettina und versuchte, den vergossenen Champagner mit ihrem Schal aufzutrocknen.

»Aber das macht doch nichts, Bettina«, sagte Penrod. »Sie schütten doch schon seit Jahren Sachen über mich. Ich sehe das als eine Art Ritual.«

Der Bär ging zum Fenster des Lofts und schaute nervös zum Washington Square, wo er nie wieder spazierengehen konnte. »Hunde«, flüsterte er.

»Was ist mit Ihnen?« Gadson stellte sich neben ihn.

Der Bär versuchte, mehr zu sagen, konnte aber die Feinheiten dieser seit Urzeiten bestehenden Feindschaft nicht ausdrücken. »Sprechen ist schwer.«

»Ich weiß«, sagte Gadson. »Ich war drei Jahre alt, bevor ich auch nur ein einziges Wort sagen konnte. Ich hatte die Wörter im Kopf, war aber wählerisch mit meinen Zuhörern.« Sie wanderten mit Abstand zu den Gästen an einer Bücherwand entlang, die Gadsons Sammlung von Erstausgaben enthielt. »Bücher waren immer meine besten Freunde. Ihnen geht es sicher genauso. Sie sind auf dem Land aufgewachsen und haben bestimmt nicht viele Menschen gesehen.«

»Ich sah einen Mann durchs Fenster.«

Gadson war ratlos. »Und haben Sie ihn kennengelernt?«

»Ich hing da rum«, antwortete der Bär; er versuchte, seine Erinnerung an die damalige Zeit auszudrücken, weil Menschen das so machten, sie redeten über Dinge, die ihnen passiert waren. Für einen Bären ist die Vergangenheit unwichtig, aber er wollte ein Mensch werden, also versuchte er, sie zu beschreiben. »Er hatte was, und ich wollt's haben.«

Gadson war verblüfft. Hatte Jams außergewöhnliche Schüchternheit damit zu tun, daß er sich nicht zu seinem Schwulsein bekennen konnte? Der Verleger zog Jam ans Ende des Raums zu einem bemalten Wandschirm. Auf dem Wandschirm waren zwei japanische Matrosen dargestellt und ein weiterer Mann, im Schatten, am Pier.

»Ich wollte sein Fleisch«, mühte sich der Bär. »Er hat es gezeigt.«

»Sie wollten ... sein Fleisch?«

»Ich konnte nichts dagegen tun.«

»Und?«

»Ich habe es gepackt.«

Plötzlich sah Gadson alles vor sich, einen warmen Sommernachmittag, und den unbekannten Mann, der, nackt bis zur Hüfte, wahrscheinlich beim Heumachen, die Muskeln spielen ließ. Es klang idyllisch.

»Fleisch«, wiederholte der Bär und erinnerte sich jetzt genauer an den Batzen Wildbret, mit dem er sich davongemacht hatte. »Saftiges Fleisch.«

»Sie nennen die Dinge beim Namen, Hal.«

Der Bär streckte seine lange Zunge heraus und leckte sich über die Schnauze. »Lecker.«

»Hal, mein lieber Freund, wenn Sie jemals wieder Lust auf einen ... Batzen Fleisch haben ...«

Dem Bären gefiel der Ernst, mit dem sein Verleger das Thema Fleisch behandelte. Er legte Elliot die Tatze auf die Schulter. »Sie verstehen.«

»Und ob, Hal, und ob. Ich verstehe vollkommen.« Diese unerwartete Übereinstimmung mit Jam ließ Gadson sanft erglühen. Sie hatten Nähe riskiert und sicheren Boden gefunden. »Aber werden Sie je darüber schreiben? Mit Ihrer besonderen Art könnte das sehr schön werden. Es könnte Ihr nächstes Buch sein.«

»Das nächste Buch ...« Die Stirn des Bären legte sich in Falten.

»Nur nichts erzwingen, Hal. Es wird schon kommen.«

»Ich kann es nicht finden.«

»Es könnte damit anfangen, daß Sie diesen Mann durchs Fenster sehen. Wir brauchen so ein Buch, Hal. Überlegen Sie nur mal: wenn Hemingway uns erzählt hätte, wie sein Sexualleben wirklich war!«

Zou Zou Sharr kam zögernd auf sie zu. Es gab andere Leute im Raum, mit denen sie plaudern sollte, aber sie wollte nur bei Hal sein. Gadson streckte ihr die Hand entgegen, und sie trat zu ihnen, unter eine sternförmige Lampe, deren Lichtschein auf ihre Haarpracht fiel. »Wie geht es dir, Elliot?« fragte sie, aber ihre Augen hingen an Jam, suchten in seinem Blick nach einem Zeichen der Zuneigung.

Der Bär roch das Weibchen. Es war das Weibchen, das er gedeckt hatte, also war sie seine Hollywood-Agentin, die sein Buch für eineinhalb Millionen Dollar verkauft hatte. Er roch ihr Verlangen. Sehr gut, dachte er. Leicht. Außergewöhnlich. Zart. Nicht die schwere Holzhammerausdünstung von Bärenweibchen, die ihren Duft in dichten Wolken in den Schneisen der Wälder hinterlassen. Schockiert dachte er daran, wie sein Herz früher zu rasen anfing, wenn er diesem herben Geruch begegnete; nur ein Hauch davon, und schon schnüffelte er damals hektisch herum, um herauszufinden, aus welcher Richtung der Geruch kam, bereit, jedem anderen Bären in den Arsch zu treten, der ihm in die Quere kam. Menschenweibchen brachten ihren Brunftgeruch viel feiner ins Spiel, sprühten noch andere Gerüche darüber, damit er nicht so leicht auszumachen war. Und dann deckten sie alles mit Rüschenhöschen zu. Das war Evolution. Bärendamen hatten noch so viel zu lernen und würden wahrscheinlich niemals Rüschenhöschen tragen.

»Ich muß euch kurz verlassen«, meinte Gadson mit einem Blick auf neu ankommende Gäste.

»Hal, ich habe dich so sehr vermißt«, hauchte Zou Zou, sobald Gadson weg war. Sie drückte sich an Jam. Die unglaubliche Kraft seiner Sexualität, dachte sie, hat mich den ganzen Kontinent überqueren lassen. Das, und noch ein paar Abschlüsse, die ich für meine Zukunft brauche, ich darf die Abschlüsse nicht vergessen, ich sollte mich mit den Gästen unterhalten, aber, mein Gott, ich kann nicht von diesem Mann lassen.

Dem Bär tat der Rücken weh. Er wäre lieber zu Hause gewesen, Trickfilme angucken, und wollte sich jetzt höflich verabschieden und gehen. Er streckte dem Weibchen die Hand hin. »Also dann«, sagte er, »auf Wiedersehen.«

»Hal, bitte, das kannst du nicht sagen.«

»Nicht?«

»Nein, das kannst du einfach nicht.«

Verwirrt probierte er es mit einer anderen Abschiedsformel, die er gelernt hatte. »Wie wär's mit – leck mich am Arsch?«

Zou Zou war kurzzeitig verblüfft von seinem Vorschlag, drückte ihm dann aber plötzlich die Tatze. »Wenn's dir Spaß macht, Liebling.«

Der Bär drehte sich um, Zou Zou blieb an seiner Seite. »Gehen wir?« fragte sie. »Jetzt?«

»Klar doch«, brummte der Bär. Er steuerte auf die Tür des Lofts zu, eine Bewegung, die Gadson und Bettina schnell registrierten.

»Aha«, sagte Gadson, »sie ist mir zuvorgekommen.«

»Das hätte dir nichts gebracht, Elliot«, konstatierte Bettina. »Er ist nicht *so rum.*«

»Große Sportler sind *alle* ein bißchen so rum, meine Liebe.«

»Penrod mag ihn.«

»Nun, Penrod ist *ganz bestimmt* so rum.« Gadson beeilte sich, seinen Autor zu verabschieden, und traf ihn mit Zou Zou im Flur. »Gute Nacht, Hal, laß uns diese Woche mal Mittagessen gehen.«

»Klar«, antwortete der Bär; ihm gefiel, wie sich die Menschen zum Essen verabredeten und sicher sein konnten, daß die Teller gefüllt würden, wenn sie kamen. Er ging die Treppe hinunter und dachte darüber nach, daß sie überall Essen hatten, das auf sie wartete. Bei Bären war das anders.

»Was für ein klarer, kühler Abend«, seufzte Zou Zou, als sie auf die Straße traten. »Wollen wir ein Stück laufen?«

Der Bär schnupperte in der Luft nach Hunden, aber in der unmittelbaren Umgebung waren keine. Hundescheiße lag herum, natürlich. Ganz Manhattan war voller Hundescheiße. Hundescheiße war der alles beherrschende Geruch in Manhattan. Die Hunde hatten mit ihrem Dreck in der Menschenwelt ein ziemlich großes Revier abgesteckt. Er verstand, daß es als Markierung nötig war, aber sie waren zu weit gegangen.

Zou Zou schaute ihn beim Gehen von der Seite an. Ihr Herz wartete immer noch auf ein Zeichen echter Bestätigung von ihm. »Es war zu lang«, sagte sie und versuchte ihm etwas zu entlocken. »Und zu weit. Nachts wache ich auf und bin überwältigt von der räumlichen Entfernung zwischen uns.«

Der Bär nickte, er verstand nur wenig und war noch weniger interessiert. Ereignisse waren nur in dem Moment wichtig, in dem sie passierten. Alles, was nicht gerade jetzt geschah, war unwirklich. Und in diesem Augenblick war nur sein Hunger real. Er hätte die Party nicht verlassen sollen, ohne etwas zu essen; jetzt würde er das unterwegs nachholen müssen, und in dieser Gegend gab es keine Restaurants. Vielleicht konnte er eine Ratte fangen. Oder sogar eine Handvoll Ameisen, die angenehm essigsauer schmeckten.

»Ich weiß, daß wir beide unsere Arbeit haben«, sagte Zou Zou, »aber im Augenblick kann ich mich überhaupt nicht auf meinen Job konzentrieren. Weil ich nur dich im Kopf habe. Hätte ich das nicht zugeben sollen? Aber warum sollte ich meine Gefühle verbergen? Dazu haben wir keine Zeit.«

Der Bär hatte keine Ahnung, was das zu bedeuten hatte. Er dachte gerade, Kartoffelchips wären auch nicht schlecht, besser als Ameisen, aber Ameisen waren schon in Ordnung.

Zou Zou überfiel plötzlich das Gefühl, vielleicht doch zu weit gegangen zu sein. Sie wollte ihn nicht verschrecken, indem sie klammerte. Und damit bin ich mal wieder völlig ratlos, was meine Beziehung angeht. »Ich meine ja nicht, daß ich von dir irgendwas erwarte,

Hal. Du hast etwas ausgelöst, das schon, aber eigentlich geht es darum, wie ich mich fühle. Du hast mir ein neues Ziel gegeben. Ich rede jetzt nicht nur von Sex, auch wenn mir das natürlich die Augen geöffnet hat. Aber ich habe angefangen, einige deiner Grundsätze zu übernehmen, und sie bekommen mir sehr gut. Zum Beispiel deine Abneigung gegen gesellschaftliche Normen und die Art und Weise, wie du nur im Augenblick lebst. Warum sollte ich nicht auch so leben?«

»Brezel!« sagte der Bär mit der aufflammenden Begeisterung, die Zou Zou für die Aufrichtigkeit ihres Bekenntnisses erhofft hatte. Er deutete aufgeregt auf einen Verkaufswagen vor ihnen, und sie war verletzt und wütend, bis sie das Glänzen in seinen Augen sah und erkannte, daß er ihr, wie immer, den Weg wies zu der Zou Zou, die sie sein wollte: spontan und frei. »Ja, natürlich«, sagte sie lächelnd, »laß uns eine Brezel essen.«

Er kaufte Brezeln für beide, und sie gingen weiter. Zou Zou hakte sich bei ihm ein. »Du hast eine gute Art, Schwülstigkeit lächerlich zu machen, Hal. Ich brauche das.«

»Eine gute Brezel.«

»Ja, das stimmt, das stimmt wirklich«, antwortete sie, und steckte sie in ihre Handtasche, »aber ich glaube, ich hebe mir meine für später auf.«

»Ich mag Salz.«

»Der Geschmack des Lebens«, seufzte Zou Zou. »Das verstehe ich, Hal, wirklich.«

Während sie weitergingen, suchte der Bär unter jedem Baum nach einer Aktentasche mit Manuskripten.

»Du siehst nachdenklich aus«, sagte Zou Zou, als sie seinen gesenkten Blick bemerkte. Jetzt war sie sich sicher, daß ihre Ehrlichkeit, was ihre Gefühle betraf, ihn irritierte. Gehörte er vielleicht auch zu den Männern, die bindungsunfähig waren? »Ich will nicht, daß du dich in der Falle fühlst.«

»Falle?« Der Bär schaute sie erschrocken an, wandte den Kopf ruckartig den Schatten zu. »Sind da Fallen?«

»Hal, es gibt immer Fallen.«

»Wo?« Er schnupperte nach dem Geruch von Fleisch und Stahl.

»Mach dir keine Sorgen. Ich habe keine gestellt.«

»Aber vielleicht jemand anders.« Langsam bewegte er den Kopf vor und zurück, seine Nase fuhr durch die Luft.

»Wie meinst du das? Verabredest du dich mit jemand anderem?« Sie wußte, daß er sich mit Eunice Cotton zum Mittagessen traf, angeblich rein freundschaftlich. Aber konnte man diesem Engel verhökernden Miststück trauen, daß sie die Finger von einem Fang wie Hal ließ? »Hal, ich glaube, ich habe ein Recht darauf, das zu wissen. Mit wem triffst du dich noch?«

»Na ja«, sagte er, »mit Elliot.«

»Tatsächlich?« Schmerz und Angst trafen sie wie ein Stich. Sie wußte, daß Hal hemmungslos war im Bett, aber sie hatte nicht gedacht, daß er bisexuell sein könnte. »Und triffst du ... Vorkehrungen?«

»Was ist das, Vorkehrungen?«

Bin ich in Gefahr? fragte sich Zou Zou und hoffte, daß Elliot vernünftig genug war, sich vorzusehen. Aber sicher, das war er ganz bestimmt, obwohl Männer irrsinnig rücksichtslos sein konnten, wenn sie mal in Fahrt kamen. »Gefällt es dir mit Elliot?«

»Wir amüsieren uns.«

»Was macht ihr denn?«

»Was man halt so macht.«

»Was man halt so macht«, wiederholte Zou Zou, konsterniert, weil sie jetzt Teil einer Dreiecksgeschichte war. Wie naiv bin ich eigentlich, fragte sie sich. Die erste Nacht im Plaza, als er so zurückhaltend war – jetzt verstehe ich. »Hal, wir können doch darüber reden. Mit wem hast du lieber Sex? Mit Männern oder mit Frauen?«

»Brezel.« Der Bär warf einen Blick über die Schulter. Der starke Geruch von Pferdeschweiß stieg ihm in die Nase, und dann sah er einen berittenen Polizisten um die Ecke biegen und ihnen folgen.

Der Polizist trug makellose Handschuhe, seine Reitstiefel glänzten; er ritt wie ein Macho, und sein Pferd war ein echtes Machopferd. Es schiß am liebsten an belebten Kreuzungen und stolzierte dann weiter. So stolzierte es auch jetzt, weil es gerade vor einer Kunstgalerie eine saftige Ladung losgeworden war und als Zugabe noch laut gefurzt hatte. Pferd und Reiter warfen dem Bären einen abschätzigen Blick zu. Was macht denn der verdammte Fettkloß mit dieser gutaussehenden Tussi? fragte sich der berittene Polizist. Komm her, Schätzchen, hier kannst du 'nen Ritt haben.

Mit ihm und mit mir, Lady, sagte sein Machopferd. Aber dann stieg dem Pferd ein äußerst beunruhigender Geruch in die große, flache Nase. *Ist das denn die Möglichkeit?* wunderte es sich und blieb wie angewurzelt stehen. Der Polizist gab ihm in John Wayne-Manier die Sporen, das Pferd nahm noch einmal kräftig Witterung auf. Es war darauf trainiert, sich bei Menschenansammlungen ruhig zu verhalten, Gewehrschüsse und platzende Wasserrohre zu ignorieren, aber das New Yorker Polizeihandbuch der Pferdedressur enthielt keinen Abschnitt zu »Bär auf der Straße«. Im Pferdegehirn liefen uralte Bilder ab, von Pferden, die von Bären gefressen wurden, und – das war eine nette Zugabe des kollektiven Pferdeunterbewußtseins – danach rollten die

Bären die Pferdehaut zu einer schönen Kugel zusammen und markierten damit ihr Revier. Das Pferd hatte Visionen von herausgerissenen Gedärmen, wieherte und stellte sich auf die Hinterbeine. Der Polizist kämpfte mit den Zügeln, während das Pferd bockte, vorn und hinten hochging und voller Entsetzen ausschlug. Der berittene Polizist wurde im Sattel vor- und zurückgeschleudert, und seine männlichen Stiefel verloren den Halt in den männlich herumflatternden Steigbügeln. Das darf doch nicht wahr sein, dachte er und spürte, wie er rückwärts aus dem Sattel rutschte und dann, als das Pferd noch einmal bockte, über den Pferdehintern abrutschte und sich am Schwanz festhielt. Er landete wie ein Bündel auf der Spring Street und rappelte sich wieder auf, versuchte, so zu tun, als sei er absichtlich mit einem artistischen Trick rückwärts aus dem Sattel gesprungen; aber sein Helm hing ihm über die Augen und sein Pferd galoppierte davon.

»Der arme Mann«, meinte Zou Zou.

»Hier lang«, sagte der Bär und schob sie in die entgegengesetzte Richtung.

»Aber vielleicht ist er verletzt.«

»Hier lang«, wiederholte der Bär, denn der berittene Polizist warf ihm einen wütenden Blick zu.

»Was ist los, Hal?« fragte Zou Zou leise.

»Der Zoo«, sagte der Bär.

»Die Welt ist ein Zoo, das stimmt, aber du mußt dich doch nicht vor der Polizei verstecken. Oder?« Jetzt, wo sie wußte, daß er sexuell zweispurig fuhr, war sie sich nicht sicher, ob er nicht auch noch in andere dunkle Dinge verwickelt war.

Der Bär zog sie eilig viele Häuserblocks weiter, bis er einen völlig neuen Geruch aufnahm, den von Sesamöl und Räucherstäbchen und großen Mengen eingelagertem Getreide. Vor ihnen tauchte eine Telefonzelle in Form einer Pagode auf. Sie waren in einem Stadtviertel, das er noch nie erkundet hatte. Er war entzückt von den engen, gewundenen Straßen, die ihm mit ihren Winkeln und Schatten wie ein Wald vorkamen. Die Gerüche faszinierten ihn immer mehr.

Frischer Fisch kam dazu und gestopfte Ente und der schwere, rauchige Geruch von Restaurants. Zou Zou spürte, wie sich ihre Stimmung mit der seinen veränderte, als sie durch das Gewirr von Eindrücken schlenderten, die Chinatown ausmachen. Na gut, dann ist er eben bi, überlegte sie, was soll's? Ich freue mich des Lebens, wenn ich mit ihm zusammen bin. Ich habe eine Brezel in der Handtasche. Ich befreie mich von meinen Zwängen.

Sie gingen von Schaufenster zu Schaufenster und betrachteten die kleinen Welten, die da ausgestellt waren, Affen aus Jade und Blumen aus Papier, rote Seidenlampen und antike Münzen. Plötzlich erstarrte der Bär. Sie standen vor einer chinesischen Apotheke und schauten auf große Schalen mit knorrigen Wurzeln und getrockneten Beeren. Neben den Schalen stand eine Reihe von Flaschen, und auf jeder Flasche prangte das Porträt eines Bären. Der Bär blinzelte und las langsam: »Gallenblase ... vom ... *Bären?*« Erschrocken wich er zurück.

»Hal ...« Zou Zou konnte ihm die schmale, gewundene Straße hinunter kaum folgen. Gallenblase vom Bären, dachte der Bär, und rannte mit schwingenden Armen und wirbelnden Beinen davon. Nicht gut. Gar nicht gut.

Während er rannte, sah er links und rechts Menschen in Eingängen stehen und konnte ihre Gedanken hören: *Warte bis der Bär vorbeikommt, schneide ihm die Gal-*

lenblase heraus, zermahle sie zu Pillen. Nimm jede Stunde zwei davon.

Er raste aus der kleinen Seitenstraße auf die Bowery und winkte mit ausgestreckter Tatze nach einem Taxi. Ein Mann ging vorbei und schaute ihn an. *Kennst du vielleicht einen Bären? Bring ihn mit. Wir stecken seine Gallenblase in eine Flasche.*

Meine kriegt ihr nicht! Nicht die Gallenblase von Hal Jam!

Der Bär brüllte nach einem Taxi, riß sich zusammen, als er merkte, daß er wie ein Bär klang. Beruhige dich, sprich langsam. »Tax-iii«, säuselte er in der sanftesten Stimmlage, zu der er fähig war, da tauchte Zou Zou neben ihm auf.

»Hal, wohin fahren wir denn?«

»Tax-iii«, rief er nochmal, er wollte schleunigst aus diesem Viertel verschwinden.

»Irgend etwas in diesem Schaufenster hat dich aufgeregt. Was denn?«

Ein Taxi hielt neben ihnen, und der Bär sprang hinein. Zou Zou folgte ihm. Gespannt schaute er zum Rückfenster hinaus.

Mein Gott, überlegte Zou Zou, dreht er jetzt durch, so wie Hemingway? Oder hat er irgendeine Droge genommen? Und wenn ja, warum gibt er mir nichts davon ab?

Gallenblase vom Bären, dachte der Bär. Das ist das wahre Gesicht der Menschen. Sie tun zivilisiert, sie tragen Höschen mit Rüschen dran, aber wenn ihnen danach ist, stecken sie dich in eine Flasche.

»Weißt du was, Hal?« fragte Zou Zou. »Ich finde, wir sollten tanzen gehen. Du mußt dich ein bißchen ablenken.« Sie gab dem Fahrer die Adresse eines Clubs, und das Taxi fädelte sich in den Verkehr ein.

Der Bär schob langsam den Kopf vor und zurück und kämpfte seine animalischen Ängste nieder. Er hatte eine Menge riskiert, damit sein Buch veröffentlicht wurde, und durfte jetzt nicht schwach werden. Aber er hatte wieder eine Identitätskrise und fand weder in der Menschen- noch in der Tierwelt Halt. Da war nichts als ... diese Frau mit den hübschen Beinen. Er mochte Beine, die nicht behaart waren. Er mochte glattrasierte Beine. War das nicht ein Zeichen seines wachsenden Menschseins?

»Hal, wie lieb ... aber doch nicht auf dem Rücksitz eines Taxis.« Sie holte seine Tatze unter ihrem Rock hervor. Der Bär versuchte es noch einmal und ließ seine Tatze über das weiche, angenehme Fleisch ihres Schenkels gleiten.

»Bitte, Hal, benimm dich nicht wie ein Tier.«

Er wich zurück. »Ich bin kein Tier!«

»Aber nein, natürlich bist du keines.« Sie sah, daß sie ihn verletzt hatte, und versuchte, es wieder gutzumachen, drückte ihr Bein sanft an seines. »Ich bin glücklich über deine Zuneigung, aber ...,« sie deutete mit dem Kopf auf den Fahrer, der auf der anderen Seite der Trennscheibe saß »... wir müssen bis später warten.«

Der Bär verstand das mit dem Fahrer nicht. Er wußte nur, daß er am Durchdrehen war und sich zu beruhigen versuchte. Ich fahre im Taxi durch Manhattan. Wie viele Bären können das von sich sagen?

»Hal, Liebling, bitte sei nicht beleidigt.« Zou Zou war bekümmert, weil sie sich den Zärtlichkeiten dieses großen Schriftstellers verweigert hatte, der zudem der erstaunlichste Liebhaber war, dem sie je begegnet war. »Ich habe mich wie eine Närrin benommen. Hier ...« Sie legte seine Tatze auf ihren Schenkel, auf den spitzenbesetzten Rand ihrer Nylonstrümpfe. »Aber zieh das hier über, nur zur Vorsicht.« Sie setzte sich rittlings auf den Bären, und ihr Rock rutschte über die Schenkel nach oben.

Der Bär war immer noch in Panik, aber Zou Zous Zärtlichkeiten besiegten langsam seine Angst davor, ein Niemand zu sein. Wenn er niemand wäre, dann hätte sie ja ihre Beine nicht so um ihn gelegt. Ein Menschenweibchen zu decken gab einem das Gefühl, jemand zu sein. Vielleicht machen es die Menschen deshalb so oft. »Ich bin jemand«, murmelte er.

»Ja, Hal, ja, das bist du. Und ich bin eine Agentin. Manchmal ist alles so kompliziert. Ich denke immer an Abschlüsse. Ich vergesse den Pulsschlag des *Lebens.* Oh... oh... ohmeingott, ich kann nicht glauben, daß das passiert... in einem Taxi...«

Der Bärenkehle entfuhr ein Freudengebrüll. Zou Zou bewegte sich auf und ab, getrieben von der Leidenschaft und dem pockennarbigen Straßenbelag, der das Taxi hin und her schleuderte. »Hal... du bist wunderbar...« Sie liebte ihn. Da. Sie hatte es zugegeben. Ihre Bewegungen wurden schneller, ihre Eifersüchte und die Unsicherheit, die er in ihr ausgelöst hatte, lösten sich in einer Hitze auf, die ihren Körper erfüllte wie die Verzückung über einen erfolgreichen Abschluß. Sie rang nach Luft, stieß sich den Kopf an der Decke des Taxis, dann sank sie gegen seine Schulter. Noch nie im Leben, dachte sie. Nie auch nur annähernd so.

Der Bär machte die Augen zu, hatte seinen Frieden wieder gefunden, seine Verwirrung überwunden. Ein wichtiger Meilenstein des Menschseins lag hinter ihm: Er hatte es mehr als einmal pro Jahr gemacht.

»Hal... ich fühle mich so vollkommen... ich meine... vollkommen... *erfüllt.*« Notizen zu Vertragsabschlüssen mit phantastischen Summen darauf schossen ihr durch den Kopf. »Du hast mir eine neue Welt eröffnet«, erklärte sie, zog langsam ihre Unterwäsche zurecht und strich eine Strähne ihres langen feuerroten Haares zurück. Sie wollte einfach nur in seinen Armen liegen, aber das Taxi war fast am Ziel angekommen. Sie sah, daß er Schwierigkeiten mit seinem Reißverschluß hatte, und half ihm. »Du bist ein Wunder.«

»Ich bin jemand«, meinte der Bär.

Das Taxi setzte sie vor einem kleinen südamerikanischen Nachtclub ab. Zou Zou stand neben dem Bären auf dem Bürgersteig und zog ihren Rock glatt. Endlich zufrieden mit ihrer Erscheinung, führte sie ihn in den Club, den sie von der Premierenfeier eines Tanzfilms her kannte, die ihre Agentur organisiert hatte. Der Besitzer gab ihnen mit viel Trara den besten Tisch des Hauses (was nicht stimmte), dann küßte er Zou Zou galant die Hand.

Der Bär betrachtete fasziniert die Tanzenden. Paare schwebten an ihnen vorüber, ihre Körper glitten auseinander und wieder aufeinander zu mit der Sinnlichkeit eines Sommers im Wald: Im Rhythmus der Musik bewegten sich die Männer aggressiv und die Frauen lockend durch den Raum.

Zou Zou brachte ihn auf die Tanzfläche, dem südamerikanischen Bigband-Sound entgegen. Sie kannte die Schritte, sie führte sicher, und der Bär folgte ihren Bewegungen. Seine Schritte waren zuerst zurückhaltend, aber dann brach sich die uralte Eleganz des Tanzbären Bahn. Er hörte den langsameren Takt in der Musik und übernahm die Führung. Seine Schritte waren sicher und elegant. Seine große, tonnenförmige Gestalt wirkte überraschend majestätisch, und plötzlich spielte die Kapelle nur noch für ihn, die Musiker merkten, daß nur er *es* draufhatte. Die anderen Tänzer sahen bald, daß da ein einmaliges Talent mit beeindruckendem und dennoch lockerem, ungekünsteltem Stil über die Tanzfläche glitt.

»Hal, ich hatte ja keine Ahnung...« Zou Zou hatte noch nie einen so eleganten und doch zurückhaltenden Partner gehabt. Er bewegte sich mit solcher Würde, seine bedächtige Anmut beeindruckte die anderen Tänzer, die ihm bewundernd zusahen. Die behenden Drehungen seines plumpen Körpers waren enorm sexy. Zou Zou sah, wie die anderen Frauen ihn anschauten. Er hatte es nicht nötig, große Gesten zu machen; seine Überlegenheit war diskret und daher um so deutlicher. In den vergangenen Sommern hatte er stolz den Wald durchstreift, und sein Gebrüll hatte die Bäume erbeben lassen. Das zeigte sich irgendwie in den Bewegungen, die er jetzt zu Trompetengeschmetter und Trommelklang vollführte. Einer der Tänzer meinte zu seiner Partnerin, er kenne diesen Burschen, das sei ein argentinischer Tangokönig, der gern aß; einer dieser Riesen, die das Leben zu genießen wußten. Und die New Yorker Tänzer, die miteinander so heftig konkurrierten wie überall auf der Welt, erwiesen ihm die größte Ehre – sie machten Platz, damit er glänzen konnte.

Als der Tanz zu Ende war, gingen Zou Zou und der Bär zu ihrem Tisch zurück, begleitet von einem Schwall von Komplimenten, die von Hochachtung für den Bären sprachen. Zou Zou, zu der er gehörte, bekam ebenfalls Komplimente ab, etwas, was ihr beim Tanzen noch nie passiert war. Hal Jam wurde für sie mit jedem Augenblick wichtiger. Diese lockere Affäre hatte eine unvorhergesehene Wichtigkeit bekommen. Plötzlich wußte sie, daß er ihr das Herz brechen würde, und sie wußte auch, wie – durch die Zurückhaltung, die er immer an den Tag legte und die, das erkannte sie jetzt, von großer Würde getragen war. All das machte ihn zu dem Schriftsteller, der er war, und plötzlich war ihr klar, daß sie auf der Tanzfläche miterlebt hatte, wie sehr er seiner Persönlichkeit Ausdruck verleihen konnte. Sein Auftauchen in der Literaturszene war kein Zufall; er war ein Naturtalent, so wie es Hemingway gewesen war. Und wie Hemingway würde er unvermeidlich berühmt werden. Dieser bevorstehende Ruhm würde ihn nur von ihr entfernen, und daß sie mithalf, diesen Ruhm zu schaffen, war Ironie des Schicksals.

Arthur Bramhall saß mit Vinal Pinette und Gus Gummersong in Gummersongs Hütte. Pinettes Hund lag im Hof und schaute einer Meise zu, die Samen aus Gummersongs Vogelhäuschen pickte. Von der anderen Seite des hartgefrorenen Feldes wimmerte eine Kettensäge wie ein großer Metallkäfer. Auch Bramhall betrachtete den Vogel, und wie der Hund stellte er sich vor, er hätte den Vogel im Mund und würde die winzigen Knochen zermahlen.

»Mit mir passiert was sehr Merkwürdiges«, sagte er zu Gummersong und Pinette.

»Am besten wär, du würdest mit 'ner Frau zusammenziehen«, meinte Gummersong. »Nix ändert die Haltung von 'nem Mann so sehr wie 'ne Frau.«

Die Säge verstummte. Alles war still, nur die Meise piepste.

»Aber schaut euch doch nur mal meine Arme an«, sagte Bramhall. »Die sind riesig.«

»Die sin' schon was dicker geworden«, nickte Pinette.

Bramhall nahm einen eisernen Schürhaken. »Ich hab das Gefühl, ich könnte den über meinem Kopf verbiegen.«

»Mir wär lieber, daß du's läßt«, meinte Gummersong höflich.

Bramhall hörte eine Maus unter dem Hüttenboden dahinhuschen, und das rhythmische Gleiten der Schlange, die ihr nachpirschte. Die Maus biß vorsichtig auf ein Weizenkorn. Die Schlange biß flink in die Maus.

»Homer is scheint's mit dem Sägen fertig«, sagte Pinette und sah eine Gestalt übers Feld kommen.

Homer schlenderte auf die Hütte zu und schaute zur Tür rein. »Vinal, kannst du mich in die Stadt mitnehmen?« erkundigte er sich nebenbei.

»Na klar doch, Homer. Wo willste hin?«

»Hab gedacht, ich schau mal im Krankenhaus vorbei«, sagte Homer und zog ein Taschentuch hervor. In dem Taschentuch lag ein Zeh. »Hab mit der Kettensäge meinen Fuß erwischt.«

»Was hast du auf die Wunde getan?« fragte Gummersong.

»Fichtennadeln und Harz.«

»Das Beste«, meinte Gummersong. »Ich hab 'n paar ordentliche Säbeleien gesehen in meinem Leben, und wir ham sie immer mit Fichtennadeln und Harz gestopft.«

»Ich wollte mir schon die ganze Zeit Stiefel mit Stahlkappen kaufen«, lächelte Homer, als sie zum Pritschenwagen gingen. »Aber immer kam was dazwischen, und ich hab's nie geschafft.«

»Was kaufen will gut überlegt sein«, meinte Gummersong.

Sie stiegen ein, Homer und Bramhall mit Pinette ins Führerhaus, Gummersong kletterte mit Pinettes Hund auf die Ladefläche. Als der Wagen über die unbefestigte Straße holperte, legte Homer sein kostbares Bündel auf den Boden und fragte Pinette: »Wie geht's dir denn so, Vinal?«

»Kann nicht klagen«, antwortete Pinette. »Und selbst?«

»Oh, ganz gut«, sagte Homer, der Verlust seines großen Zehs zählte offenbar nicht. Während er den beiden Männern zuhörte, empfand Bramhall eine ähnliche Gleichmut. Das war ganz neu für ihn, und schien mit dem Gefühl von Animalität zusammenzuhängen, er nahm das Leben hin, so wie Tiere es tun.

Der Wagen röhrte die kurvenreiche Landstraße entlang. Ein Fluß floß glitzernd zu ihrer Linken. Homer untersuchte seine Stiefelspitze. »Hat scheint's aufgehört zu bluten.«

»Fichtennadeln und Harz«, nickte Pinette. »Ich hab mal 'n Bär erwischt, und der Kerl hat *seine* Wunde mit Fichtennadeln zugestopft. Ich hab ihn nie gekriegt.«

»So'n Bär ist durchtrieben«, stimmte Homer zu.

»Einer hat Arts Tasche geklaut.«

»Tatsache?« fragte Homer interessiert. »War was Wertvolles drin?«

»Eigentlich nicht.« Bramhall hatte das Gefühl, in der Kategorie »verlorene Gegenstände« wiege Homers Zeh viel schwerer als sein Roman.

Der Wagen fuhr in ein Schlagloch und die drei Männer wurden hochgeschleudert und stießen mit den Köpfen ans Autodach. »Schlecht repariert dies Jahr«, sagte Pinette. »Der Teer hält irgendwie nich.«

»Kommt drauf an, wie man den drauftut.« Homer war weise. »Das Loch muß sauber sein, und dann kommt das Zeug in Schichten rein.«

Jemand klopfte ans Rückfenster der Fahrerkabine. Bramhall drehte sich um. Gummersong machte Zeichen, daß sie anhalten sollten.

»Was zum Teufel will er denn?« fragte Pinette.

»Er deutet auf den Straßenrand«, meinte Bramhall.

»Wahrscheinlich hat er 'ne Limodose gesehen.« Pinette zuckte die Achseln. »Die holen wir uns auf'm Rückweg.«

Gummersong schrie gegen das Röhren des Wagens an. Mühsam das Gleichgewicht haltend, zeigte er auf die Straße. Schließlich zerrte er sich den Stiefel vom Fuß, deutete auf seinen großen Zeh und und dann wieder auf die Straße. Bramhall warf einen Blick auf den Boden der Fahrerkabine. »Entschuldigung, Homer, aber wo ist dein Zeh?«

Homer griff nach unten, schaute umher, sah unter das Armaturenbrett und unter den Sitz. »Is anscheinend weg.«

»Weg?« fragte Pinette.

»Der ist wohl zwischen den Brettern durchgerutscht«, sagte Homer mit unverändertem Gleichmut. »Du hast da unten 'n paar ordentliche Ritzen.«

Pinette fuhr an den Straßenrand, wendete und rief Gummersong auf der Ladefläche zu: »Wo ham wir ihn denn verloren, Gus?«

Gummersong beugte sich zum Fenster rein und deutete: »Da vorn, bei dem Hydranten, dem, der so schief is.« Gummersong, der den Straßenrand so gut kannte wie sein eigenes Gesicht, hielt mit geübtem Blick Ausschau, während sie zurückfuhren. »Da, am Rand vom Asphalt.«

Pinette bremste sanft ab und hielt, die Vorderräder standen jetzt links und rechts vom Zeh. »Hol ihn«, meinte er zu Gummersong.

Pinettes Hund sprang als erster vom Wagen und verschwand unter der vorderen Stoßstange. Er schnappte sich den Zeh, kaute zweimal, ob er schmeckte, und schluckte ihn dann hinunter.

Schön würzig, dachte er sich. Nur eine Prise Salz dran. Schwanzwedelnd kam er wieder unter der Stoßstange hervor.

»Vinal«, sagte Gummersong. »Dein Hund hat 'n gefressen.«

»Was gefressen?«

»Homers Zeh.«

Pinette riß die Tür auf und sprang heraus. Der Hund

schaute stolz zu ihm hoch, weil er dachte, er hätte die Sache gut gemacht.

»Du blödes Vieh.« Pinette schlug mit dem Hut nach dem Hund, der schnell beiseite sprang. Auch Bramhall und Homer stiegen aus.

»Er hat deinen Zeh gefressen«, erklärte Pinette zerknirscht.

Homer sah den Hund an, der begeistert hechelte und mit dem Schwanz wedelte. So viel Aufmerksamkeit nicht gewöhnt, senkte er den Kopf zwischen die Pfoten und begann eifrig zu bellen.

Homer nickte ergeben. »Hat wahrscheinlich gedacht, das wär 'n Wiener Würstchen.«

Jetzt, wo du's sagst, bellte der Hund, fällt's mir auch auf.

»Na ja.« Homers Stimme klang so sachlich wie zuvor, »das war's wohl.« Er streckte die Hand aus und tätschelte geistesabwesend den Hund.

»Hunde mögen halt Wiener Würstchen«, seufzte Gummersong.

Genau, bellte der Hund. Die sind gut für uns.

Das Erscheinen des Buches wurde mit einer Party in einem Lagerhaus downtown gefeiert, das entkernt und zur neuesten, heißesten Disco umgebaut worden war. Die Wände waren aus Backstein und die elektrischen Leitungen lagen offen. Backsteinsäulen stützten die Decke der höhlenartigen Halle; rundherum liefen Laufstege wie Balkone; hinter der Bar hingen Poster von James Dean und Marilyn Monroe, und alle möglichen Berühmtheiten schoben sich durch den überfüllten Raum. Der finster dreinblickende Bär mit den mißtrauischen Knopfaugen schmückte das Titelbild von *Gentleman's Quarterly. Publishers Weekly* und *The Village Voice* hatten Interviews abgedruckt. Von einigen Feuilletons waren bereits begeisterte Vorab-Kritiken eingegangen, dazu enthusiastische Kommentare von berühmten Schriftstellern, die Hal Jam in ihrem erlauchten Kreis willkommen hießen.

Der Bär hatte das Essen für die Party selbst ausgesucht. Das Buffet war mit Torten und Kuchen beladen. Daneben standen Krüge mit Honig und Ahornsirup. Auf jedem Tisch lagen die dünnen Schokoladetäfelchen von Michael Gerard und Gaston Le Notres feine französische Karamelbonbons, vom Bären ausgewählt im Au Chocolat Shop des Kaufhauses Bloomingdale. Der Bär hatte auch darauf bestanden, seine Venuslampe mitzubringen, die wie ein seltsamer Fetisch zwischen den Torten und Kuchen thronte.

Bettina schoß durch die Menge, verschüttete Drinks und arrangierte Photos. Sie schlug Boykins auf den Rücken. »Heute abend lassen wir es krachen, Chum.

Wir haben Bilder von Hal mit Dr. Ruth und Henry Kissinger; wer sonst zählt auf dieser Welt?«

Professor Kenneth Penrod von der Columbia-Universität redete über den Niedergang der Literatur, und sein Rivale Samuel Ramsbotham von der NYU redete über den Niedergang von Kenneth Penrod. »Penrod gibt dem Schriftsteller viel zu viel Bedeutung«, dozierte Ramsbotham. »Eine echte Untersuchung der zeitgenössischen Literatur beginnt mit denen, die sie lehren. Der Lehrer ist der Schlüssel, denn der Lehrer erschafft das alles entscheidende Wesen, den Leser. Nicht, daß ich *mich selbst* in irgendeiner Form für wichtig halte! Ich gebe gern zu, daß ich das meiste, was ich weiß, von meinen Studenten gelernt habe. Das ist eine radikale Ansicht, aber was sagen die Studenten? Was lesen sie?« Professor Ramsbothams Studenten lasen, was er ihnen vorschrieb, und ganz oben auf der Liste standen die Anthologien, die er herausgab, für die er alle sechs Monate Tantiemen kassierte. »Was ich glaube, erkannt zu haben«, sagte er halblaut zum Bären, »ist eine neue Art von Leser. Einfacher in seinem Geschmack. Gelangweilt vom herkömmlichen Erzählstil, auf der Suche nach Büchern mit stark visuellem Inhalt. Ich glaube, wir erleben gerade den Untergang des traditionellen Romans mit all seiner manischen Selbstbezogenheit. Was meinen Sie?«

»Schlagsahne«, antwortete der Bär und schaufelte sich eine anständige Portion auf ein Stück Nußtorte.

»Das finde ich auch«, stimmte Ramsbotham zu. »Warum die grundlegende menschliche Erfahrung nehmen und zwanghaft zu etwas anderem machen? Sehr schön ausgedrückt, Jam.«

Die Musik wummerte, und der Bär nickte jedesmal glücklich, wenn jemand nach etwas Süßem griff. Meine

Party, sagte er sich stolz. Läuft wie geschmiert. Er hielt ein Karamelbonbon gegen das Licht. Genauso sollte ein Bonbon aussehen. Er schob es sich ins Maul, und die Spitzen seiner Reißzähne glänzten. Die meisten Bären könnten so einen Abend nicht verkraften. Die würden wahrscheinlich nervös werden und jemanden beißen.

Seine Gäste fanden ihn einen ungewöhnlich bescheidenen Gastgeber, der sich mehr um ihr Wohlbefinden kümmerte als um sein eigenes. »Er spielt überhaupt nicht den großen Schriftsteller«, bemerkte eine junge Frau von *Women's Wear Daily*.

»Dieses süße Zeug ist mein Ende«, sagte eine junge Frau von *Esquire*. »Ich habe gerade mit einem einzigen Bissen 2.000 Kalorien geschluckt.« Zwischen ihnen stand die blattgoldüberzogene Gipsvenus, schamlos übergewichtig, und an ihren ausladenden Hüften perlten beleuchtete Öltropfen herab.

»Ich glaube, er will uns klarmachen, daß wir unser Ideal des ausgehungerten Körpers aufgeben sollen.«

»Schon allein dafür hat er den National Book Award verdient.« Die junge Frau von *Esquire* nahm ein Stück Schokoladenkuchen.

»Ich habe gehört, daß er eine Beziehung hat«, sagte die Frau von *Women's Wear Daily* und nickte in Richtung Eunice Cotton.

»Aber hat er wirklich ein Verhältnis mit ihr? Ich habe gehört, sie wären nur Freunde.«

»Wer weiß das schon? Ich meine, sie ist sowas von verrückt.«

»So verrückt sollten wir auch sein.«

»Stimmt. Vier Bestseller hintereinander. Ich persönlich kann sie nicht lesen.«

»Oh, ich weiß nicht. *Engel im Bett* war amüsant.«

»Finden Sie? Mir kam es vor wie Sex mit einem Heizkissen.«

Der Bär kam vorbei und freute sich, Weibchen zu sehen, die Schokoladenkuchen aßen. Menschenweibchen schienen die Vielfalt der angebotenen Süßigkeiten gar nicht auszunutzen. Er drehte sich um, weil ihm jemand auf die Schulter getippt hatte, und sah eine schlanke junge Frau mit großer Brille, die ihm ein Mikrophon entgegenhielt.

»Carmen DaCosta, WFMU. Welcher Schriftsteller hat Sie am meisten beeinflußt?«

Der Bär trat kurz verlegen von einem Fuß auf den anderen und schob sich die Tatze ins Maul, dann deutete er auf die einzige Schriftstellerin, die er kannte – Eunice Cotton.

»Eunice?« fragte sie und schaltete das Mikrophon ab. »Merkwürdig, daß ein literarisches Schwergewicht wie Sie das sagt. Ich mag die Bücher von Eunice, sie sind amüsant, aber können Sie sowas ernstnehmen?«

»Torte.« Der Bär versuchte das Gespräch wieder auf die wesentlichen Themen zuzusteuern.

»Das Gefühl hatte ich auch immer. Aber wollen Sie andeuten, daß ihre Bücher mehr sind als das?«

»Mehr Süßigkeiten.« Er versuchte, sich klarer auszudrücken. »Süßigkeiten sind gut.«

Carmen schob mit dem Mittelfinger ihre Brille hoch. Sie hatte einen flinken Verstand, und der viele Zucker, den sie jetzt im Blut hatte, machte ihn noch flinker. »Ich glaube, ich verstehe, was Sie meinen. Sind die süßen Pop-Engel von Eunice der Ausgleich für die Verbitterung der neunziger Jahre?«

Der Bär nickte. Er hatte das Maul voll Marzipan. Heute bin ich gut im Fragenbeantworten, dachte er.

»Und es macht Ihnen nichts aus, zuzugeben, daß Sie

von Pop-Philosophie lernen können? Das ist sehr erfrischend, Mr. Jam. Auch ich hasse den Snobismus der Literatur. Ich meine, warum sollte ich mich schuldig fühlen, wenn ich ein Buch von Eunice lese und dabei ein so angenehmes, schnulziges Gefühl habe? Ist doch egal, daß sie auf die Tränendrüse drückt. Sowas ist gesund. Wissen Sie was? Können wir nicht mal ein längeres Interview machen? Wenn es ruhiger ist?«

Bettina trat zu ihnen. »Ich wette, Hal hat Ihnen nicht erzählt, wie sehr er Ihre Sendung mag, Carmen. Sollen wir für morgen ein ausführliches Interview arrangieren?«

Die beiden Frauen gingen zusammen weg, und der Bär stieß einen leisen Seufzer der Erleichterung aus. Wenn Menschen mit ihm redeten, schien sein Verstand plötzlich nicht mehr zu funktionieren. Ich bin immer noch ein bißchen unsicher, dachte er. Das wird sich ändern mit der Zeit. Er stellte sich vor, wie er locker mit Leuten plauderte und all die schnellen Klänge menschlicher Unterhaltung von sich gab. Der Durchbruch muß bald kommen, dachte er. Ich habe heute abend nur ganz selten gebrummt.

»Schreiben Sie an einem neuen Buch?« fragte eine Stimme neben ihm.

Der Bär schüttelte den Kopf. »Ich kann keines finden.«

»Das kommt schon«, sagte Alice Dillby, eine junge Verlagsassistentin von Cavendish Press. Sie wollte so gern behilflich sein, und ihre Begeisterung wuchs durch die Partystimmung und den Honig in ihrem Blut. »Wo liegt denn Ihrer Meinung nach das Problem?«

»Ich habe unter jeden Baum geguckt.«

»Aber Sie haben schon etwas, worüber Sie schreiben wollen, oder?«

»Nein«, antwortete der Bär.

Alice sah ihn bewundernd an. Was sie bei einem Mann am liebsten mochte und nur selten fand, war Bescheidenheit. Deshalb hatte Hal Jam eine derartige Ausstrahlung – weil er nicht angab. »Sie haben wahrhaftig gelebt«, sagte sie.

»In einer Höhle.« Er schlürfte seinen Honig, sein Geständnis brachte ihn nicht aus der Ruhe, weil er wußte, daß die Leute immer alles anders verstanden als er es meinte. Er fand es eigenartig, daß er der Grund für diese Riesenparty war, er, ein Bär. Ich habe das alles zustande gebracht, sagte er sich. Weil ich zur richtigen Zeit am richtigen Ort war. Die Gelegenheit kam in einer Aktentasche, und ich habe sie ergriffen. Ich habe nicht gezögert.

Sie spürte, daß er ihr etwas Wichtiges zu sagen versuchte. »Eine Höhle?«

»Im Winter.«

»Sie meinen Plato? Das Höhlengleichnis?«

»Gemütliche Höhle. Träume.«

»Ja, ja«, nickte Alice begeistert. »Wir geben uns mit dem Traum in der Höhle zufrieden, statt unser echtes, wahres Selbst zu suchen. Wer von uns lebt schon sein Ideal aus?«

Die Stimme von Alice vermischte sich mit den anderen Partygeräuschen. Der riesige Raum der Disco summte, und die Ohren des Bären richteten sich nach vorn, als drohe von dort Gefahr. Die Welle seines Glücksgefühls wurde zu Angst. Lichter huschten über Alices Haut und ließen sie in weißem und rotem Neonlicht aufleuchten, ihr Gesicht mit den großen Zähnen schien heftig zu pulsieren.

»... würde Sie gern mit dem Bürgermeister photographieren, Mr. Ham, bitte ...« Jemand zerrte den Bär von

Alice weg, und ein Blitzlicht flammte auf. Das Summen wurde lauter, und der Raum wurde größer und furchterregender ... Menschen ... Menschen ... die einzigen Feinde des Bären.

»Hal, ich möchte dir ... von *Psychologie heute* ...«

»... wie Ihre Heldin lernt, für ihre Rechte einzutreten ...«

Der düstere Raum wuchs immer weiter, und groteske menschliche Gestalten tauchten auf, schwatzend, gestikulierend, bedrohlich. Er schob sich über die Tanzfläche. Gadson hielt ihn fest. »Hal, wir haben es geschafft.« Gadsons Arm legte sich betrunken um die Schultern des Bären. »Wir haben ihnen altbewährte amerikanische Kopulation gegeben, und sie sind begeistert. Jetzt mischen wir etwas Exotischeres darunter. Wir attackieren ihre sexuellen Stereotype. Wir tanzen *Begin the Beguine* mit ihnen.«

Der Bär entwand sich Gadsons Umarmung und ging weiter Richtung Tür. Professor Penrod trat ihm in den Weg. »Die Fischsymbolik in Ihrem Buch ... die Angel ...«

Der Bär umrundete den einflußreichen Professor und stürzte zum Ausgang, ohne sich um die neugierigen Blicke seiner Partygäste zu kümmern.

»Na sowas!« rief die Redakteurin von *Women's Wear Daily*, als sie ihn verschwinden sah. »Das ist wirklich erfrischend. Ich meine, Autoren tun immer so, als wären sie publicityscheu, aber habt ihr je gesehen ... ?«

»Was tut er uns da an?« rief Gadson Bettina zu. »Weiß er denn nicht, wieviel diese gottverdammte Party kostet?«

Auch Eunice sah den Rückzug des Bären und rannte ihm nach. Bei der Party zum Erscheinen ihres ersten Buches, noch bevor sie ihren Wandel von der Friseuse zur Schriftstellerin vollzogen hatte, war sie ebenfalls ausgeflippt, voller Angst, die Leute könnten sich über sie lustig machen, wenn sie ihre Engel lobten. »Hal, warte!«

Die Tatzen auf die Ohren gepreßt, rannte der Bär die Straße hinunter, versuchte die Geräusche der Menschenwelt zu überhören.

Er schnupperte herum, hoffte, den Geruch zu finden, der ihn im Wald immer zu einem sonnenbeschienenen Hang geführt hatte, wo wilde Iris blühte. Von dort aus konnte er in ein wunderschönes Tal sehen, in dem es alles gab, was ein Bär am liebsten mag – Fische, Nüsse, Beeren und die sanfte Stille des Tages, an dem man sie sammelt. Die Gesellschaft von Krähen war genug, ihr Flügelschlag in der unbewegten Luft, ihr durchdringender Schrei erzählten ihm von der Eule, dem Adler, dem Habicht. Die Füchse zogen sich zurück, wenn er kam. Er war der König des Tals. Als ihm die beißenden Abgase von Manhattan in die Nase stiegen, spürte er, wie sein großes Herz brach. Er hatte das Paradies weggeworfen, für Ruhm und Honig.

»Hal, bitte warte auf mich!« Eunice rannte ihm nach, mit wehenden Haaren, eine Parfumwolke hinter sich herziehend. Ihre hohen Absätze klackerten. »Hal, bitte!« Sie erreichte ihn und packte ihn am Ärmel. Aufbrüllend drehte er sich um, und sein Unglück traf sie bis ins Mark. »Mein armer Liebling«, rief sie und umarmte ihn, ohne sich um die beiden Photographen zu kümmern, die ihr gefolgt waren. Bettina hatte ihnen den Weg gezeigt und rief jetzt, sie sollten sich die Gelegenheit, den Liebesstreit zwischen ihren Top-Schriftstellern zu photographieren, nicht entgehen lassen.

Blitzlichter flammten auf, und der automatische Filmtransport der Kameras surrte, Bettinas Gier nach ausführlicher Photoberichterstattung steigerte ihre

Stimme zu einem Kreischen. »Seht zu, daß ihr das Dekolleté aufs Bild kriegt!«

Eunice schoß herum. »Bettina, wie kannst du nur?« Danach wandte sie sich huldvoll den Photographen zu, gewährte ihnen einen tiefen Blick in ihren Ausschnitt und fiel erneut dem Bären um den Hals. »Ich weiß, wie du dich fühlst, Hal. Ich habe das alles auch durchgemacht.« Sie streichelte sein Gesicht und ihre visionären Augen füllten sich mit Tränen. »Das billige, abgeschmackte Ritual des Erfolgs. Es ist monströs, es verletzt zutiefst. Aber das ist der Preis, den wir dafür bezahlen müssen, daß wir reich und berühmt sind. Und meine Engel haben mir klargemacht, daß reich und berühmt sein in Ordnung ist. Die Engel mögen reich und berühmt.«

In der Abenddämmerung rutschten Arthur Bramhall und Vinal Pinette eine bewaldete Schlucht hinunter, um zum Eingang einer Höhle zu kommen. Bramhall beschnupperte aufmerksam den Eingang. Es roch nach Fichtenzweigen und Bär. Über die trockenen Fichtennadeln, die den Boden bedeckten, kroch er hinein.

»Wie sieht's aus?« Pinette stand hinter ihm am Höhleneingang, durch den das Dämmerlicht hereinströmte.

»Verlassen.«

Pinette folgte ihm und hockte sich auf die trockenen Zweige. »Mein Onkel Filbert hat probiert, in 'ner Höhle zu wohnen. Leonora Spraggins war hinter ihm her, weil er ihr 'n Kind angehängt hat, und die fünf Brüder von Leonora waren auch hinter ihm her.«

Bramhall setzte sich, lehnte sich an die Wand. Das Getriebe der Welt war weit weg. Hier gab es nur den Geruch des Bären und der Fichtenzweige und den Blick aus der Höhle hinaus auf die Bäume. Ein Seufzer der Zufriedenheit durchfuhr ihn, als wäre er eine größere Kreatur, deren Ansprüche nicht leicht zu erfüllen sind, ein Wesen, für das eine geräumige Höhle wie diese genau richtig war.

»Zu allem Überfluß war auch die Polizei hinter Filbert her, weil er beim Bingo betrogen hat. Da war so 'ne nette Höhle genau richtig.«

Bramhall kroch hinaus, riß von einer nahen Fichte einen Armvoll Zweige ab und kam zurück. Pinette schaute zu, wie er die Zweige ausbreitete. »Als Filbert wieder rauskam, war alles okay. Die Polizei hat ihn vergessen gehabt, und Leonora hat sich 'nen anderen

Ernährer angelacht, der hat'n Kropf gehabt, so groß wie 'ne Saatkartoffel. Meinste, wir sollen das aufschreiben? Mein Gedächtnis ist nich mehr so wie früher, und vielleicht kriegen wir so'n Stoff nie wieder. Ich glaube, sowas is richtig für Unterhaltungsromane.«

Bramhall saß auf den frischen Zweigen. Er fühlte sich in dieser Höhle, die vor einer Million Jahren entstanden war, sogar geborgener als in seiner Scheune oder in Gummersongs Hütte. Die Grotte hatte unzählige Generationen von Tieren beherbergt, und er spürte, daß sie den Platz gemocht hatten, als hätten die Höhlenwände die Erinnerung an ihre Gefühle bewahrt.

»Onkel Filbert muß viel nachgedacht ham in seiner Höhle, weil, als er wieder rauskam, hat er sich 'n Darlehen von der Regierung besorgt und 'n eigenen Lebensmittelladen aufgemacht. Er wär heute 'n reicher Mann, wenn er nich 'n kleinen Fehler gemacht hätte.« Pinette schaute durch das Halbdunkel der Höhle zu Bramhall hinüber.

»Was für einen Fehler hat Onkel Filbert denn gemacht?«

»Er hat sich jeden Abend mit 'nem Krug Wein in den Schlaf getrunken, was ja an sich nich riskant is. Aber einmal hat er nach dem Krug gegriffen und statt dessen einen mit Chlorbleiche erwischt. Am nächsten Morgen ham wir ihn gefunden, steifer als 'n Nudelholz, die Flasche immer noch fest in der Hand.« Pinette nickte feierlich ins Dunkel. »Da ham wir mal 'ne erbauliche Geschichte darüber, was man am Bett stehen haben soll und was nich. Die Leute mögen so'ne Geschichten.«

Bramhall sah, daß an der zerklüfteten Felswand der Höhle Fellbüschel des früheren Bewohners hängengeblieben waren. Er spürte dieses Geschöpf, spürte, wie es hier ein und aus gegangen war, so wie er gerade, und wie es sich ein bequemes Bett gebaut hatte. Er spürte seine Größe, seine erstaunliche Macht, seinen absoluten Anspruch auf diesen Raum. Und er wußte mit seltsamer Gewißheit, daß dieses Geschöpf nicht zurückkommen würde.

»Hal, hier ist Bettina. Es wird Zeit, daß Sie zu Ihrem Interview gehen. Erinnern Sie sich? Die Aufzeichnung mit Bryant Gumbel. Vor Ihrem Haus wird eine Limousine auf Sie warten. Ich treffe Sie dann bei NBC.« Bettina saß in ihrem Büro bei Cavendish Press und redete in ihr Kopfhörertelefon, so hatte sie beide Hände frei für den Papierkram, den Hal Jams Lesereise mit sich brachte. Alle wichtigen Zeitungen, Fernsehsender und Radiostationen hatten vierfarbige Broschüren bekommen, und die Türen hatten sich geöffnet. In der Mappe lag ein Romanauszug, den der *New Yorker* gebracht hatte, dazu eine faszinierende Biographie von Jam, ausgedacht von Bettina. Außerdem eine Reihe witziger Bemerkungen von Jam, die ebenfalls von Bettina stammten. Ein Hochglanzphoto des Bären im Format 13 mal 18 lag auch dabei. Es war hinreißend ausgeleuchtet und wirkte sehr literarisch.

Bettina legte auf und schaute ihre Assistentin an. »Ich glaube, er hat keine Ahnung, wie schwer es ist, einen Auftritt bei *Today* zu arrangieren. Hoffentlich kommen er und Bryant Gumbel miteinander klar.«

Der Bär fuhr im Aufzug nach unten, grüßte höflich den Portier, trat auf die Straße, roch den Central Park und ging darauf zu, vorbei an der wartenden Limousine, hinter deren Steuer Zinatoon Nipunik von der Firma Lightning Limo saß. Nipunik bückte sich gerade, um ein Falafel-Bällchen aufzuheben, das aus seinem Pita-Brot auf den Boden der Limousine geflutscht war, und verpaßte so das Erscheinen seines Fahrgastes.

Der Bär verschwand im Park. Es war der erste Winter, den er wach verbrachte, und er genoß die düstere Landschaft. Die große Zeitverschwendung, Winterschlaf genannt, durch die er Jahre seines Lebens verloren hatte, war nicht mehr nötig. Schließlich hatte er jetzt Zentralheizung. Er wälzte sich im trockenen Gras, strampelte und brummte leise und zufrieden. Dann ging ihm etwas wie ein beunruhigender Schatten durch den Kopf, etwas, das er tun sollte. Was, was, was?

Interview!

Wo?

Irgendwo.

Irgendwo, irgendwo, irgendwo.

Mit jemandem.

Mit wem?

Sag's mir nicht, warte, ich weiß es.

Seine Zunge umspielte seine Schnauze, und es fiel ihm ein. Gumball!

Der Bär verließ den Park Richtung Westen und wußte, daß er alles im Griff hatte, sowie er den Eingang zur U-Bahn sah.

Er mochte U-Bahn-Eingänge, weil sie wie Höhlen ausschauten. Er ging selten an einem vorbei, ohne die Treppe hinunterzusteigen. Wenn er dann unten war, fühlte er sich in den Tunnels mit ihrem Echo wie zu Hause. Bei einem dieser Abstecher in die Tiefe hatte er Kaugummikugeln in runden gläsernen Automaten entdeckt, die an den Säulen der U-Bahnsteige befestigt waren. Hätte es in seiner Höhle im Wald einen solchen Kaugummiautomaten gegeben – er hätte vielleicht nie den Wunsch gehabt, wegzugehen. Aber wieder hatten es die Menschen mit ihren überlegenen Geisteskräften geschafft, diesen großen Schritt vorwärts zu tun.

Jetzt ging er in den U-Bahnhof hinunter, durch das

Drehkreuz und betrat den Bahnsteig. Und tatsächlich, da war ein Kaugummiautomat.

Mit geht's gut hier, dachte er, und steuerte auf den Automaten zu.

Er steckte ein 25-Cent-Stück in den Schlitz, drehte den Hebel, und heraus kam eine große, rote Kaugummikugel. Er nahm sie in die Tatze und starrte sie an.

Interview.

Mit einem Gummiball.

Er wartete, und während U-Bahnen kamen und gingen und die Kaugummikugel bewegungslos in seiner Tatze lag, überlegte er, ob er vielleicht etwas vergessen hatte.

Er steckte die Kugel in den Mund.

Der knallrote Zuckerguß, mit dem die Kugel überzogen war, schmolz auf seiner Zunge, und die krebserregenden Bestandteile der Farbe streichelten seine Geschmacksknospen, absolute Spitze.

Er kaute fröhlich und hatte das Gefühl, daß das Unternehmen doch noch gut ausgegangen war. Er hatte ein Interview mit einem Gummiball. Publicity war einfach. Warum machte sich das kleine, vogelähnliche Weibchen bei seinem Verlag bloß die ganze Zeit solche Sorgen deswegen?

Eine U-Bahn ratterte in den Bahnhof. Er stieg ein. Es war das erste Mal, daß er Zug fuhr, aber heute war der richtige Tag, um Neuland zu betreten.

Er setzte sich, und die Bahn fuhr los. Er starrte auf die Tunnelwände, die vorbeisausten und kaute nachdenklich seine Kaugummikugel.

Er fuhr viele Haltestellen weit, schließlich wurde er hungrig. Zeit zum Aussteigen, dachte er, erhob sich und wartete, bis der Zug das nächste Mal hielt. Er kam in einem Viertel heraus, das er noch nie zuvor gesehen hatte. Er ging die Straße entlang und roch die Luft, aber noch ehe er alle Gerüche erkannt hatte, hielt ihn ein dominantes breitschultriges Männchen mit rotglänzendem Anzug an. Das dominante Männchen hatte zwei Weibchen in kurzen Röcken dabei. »Hehda, Bruder«, sagte das dominante Männchen, »willst du nich die barmherzigen Schwestern 'n bißchen in Bewegung bringen?«

Die Weibchen lächelten ihm zu, und eine drehte die Hüfte so, daß ihr Unterleib den Bären einlud, und sagte: »Willst du was von meiner Muschi, Schätzchen?«

Der Bär hatte tatsächlich Hunger und fand es nett, daß sie anbot, ihr Katzenfleisch mit ihm zu teilen, aber Katze gehörte nicht zu seinen Leibspeisen. »Nein, danke«, sagte er. »Auf Wiedersehen.«

»Er ist nicht hier!« kreischte Bettina in ihr Handy und stapfte wild vor dem NBC-Gebäude hin und her. »Ich habe Ihre Firma beauftragt, meinen Autor abzuholen und herzubringen, und jetzt ist er nicht hier!«

»Mein Fahrer da«, sagte Manfaluti Kheyboom, der Inhaber der Firma Lightning Limo. »War vor Haus.«

»Aha, und wo ist er jetzt?«

»Er fahren.«

»Ohne meinen Autor?«

»Ihr Autor nicht auftauchen.«

»Was meinen Sie, er ist nicht aufgetaucht? Er hat das Gebäude verlassen.«

»Mein Fahrer fragen. Keiner nix wissen.«

»Nun, nix ist genau das, was ich Ihnen zahlen werde.«

»Mein Fahrer drei Stunden verlieren.«

»Und ich habe meinen Autor verloren.«

»Nicht mein Schuld. Schuld von Autor.«

»Ihre Mutter ist an allem schuld!« sagte Bettina und beendete das Gespräch mit heftigem Fingerdruck auf die Unterbrechertaste ihres Handy. Manfaluti Kheyboom schüttelte traurig den Kopf und dachte, da kommt man nach Amerika, müht sich ab, die Sprache zu lernen, stellt einen guten Fahrer ein, und hat nichts als Probleme.

Der Bär wußte nicht, daß er in Harlem war, aber er wußte, daß hier alles anders war als in seinem Viertel. Aus den Fenstern drang Musik, und die Leute schienen es nicht so eilig zu haben wie in anderen Stadtteilen. Sie standen an den Straßenecken und schwatzten, während die Leute in seinem Viertel immer nur rannten und einander nicht einmal anschauten. Er merkte, wie er sich entspannte, und beschloß hierherzuziehen.

Er trug seinen grauen Tweedanzug und seine Baseballmütze, dazu den Schlips mit dem Gummiband, und er wollte auch so einen rotglänzenden Anzug, wie ihn das dominante Männchen getragen hatte.

Er ging weiter und schnüffelte sich seinen Weg durch die Gerüche aus den Restaurants. Zwei schwerbewaffnete Kinder beobachteten ihn. Sie waren Brüder, und die größeren Kinder nannten sie die Tinys – Tiny One und Tiny Two. Tiny One hatte einen Intelligenzquotienten von 200 und konnte schon Zeitung lesen, als er noch Windeln trug. Sein Ziel war, Gangster zu werden und einen weißen Lincoln mit vergoldeten Chromleisten zu fahren.

Tiny Two hatte das Prinzip des großen Einmaleins entdeckt, als er mit den Kugeln an seinem Laufstallgitter herumspielte. Schon bevor er sprechen konnte, hatte er sich durch komplizierte mathematische Ableitungen gearbeitet, und jetzt konnte er mit verblüffender Geschwindigkeit kopfrechnen. Sein Ehrgeiz war, feinstes Crack zu verkaufen, sechzig Blocks in Harlem zu kontrollieren und 1.000 Dollar pro Tag zu verdienen. Tiny One und Tiny Two wußten, daß sie die schlauesten Typen von Harlem waren, aber ältere Bandenmitglieder traten ihnen oft in den Hintern. Also hielten sie nach Gelegenheiten Ausschau, um die älteren zu beeindrucken. Und der große Macker, der da eben im Viertel aufgetaucht war, könnte so eine Gelegenheit sein. Er war groß, und er sah nach was aus. »Will sich wahrscheinlich 'n Stück vom Revier krallen«, meinte Tiny One.

»Wenn sich hier jemand was krallt, dann sind wir das«, sagte Tiny Two und streichelte das verborgene Magazin seiner Maschinenpistole.

Der Bär spazierte fröhlich dahin und probierte seine neueste Imitation eines Menschen aus. Er ahmte den Gang des dominanten Männchens im roten Anzug nach, ein rhythmisches Wiegen von Rumpf und Becken, und dazu Schritte, die so fest auftraten, als wollte er den Boden testen.

»Der Typ läuft wie'n Loddel«, konstatierte Tiny One.

»Ziemlich spießig angezogen für 'n Loddel.«

Der Bär bemerkte ein paar ungewöhnliche Gesten, die junge Leute in dieser Gegend mit den Fingern machten, wenn sie sich auf der Straße trafen, und er machte auch diese Gesten nach.

»Gottverdammt nochmal, er macht Zeichen!« schrie Tiny One. Wenn jemand, der nicht zur herrschenden Gang gehörte, Handzeichen machte, mußte er sterben. »Der macht das Viertel runter! Hat keinen Respekt für die Zeichen! Den knall ich ab, den Scheißkerl!«

»Wir sin noch nich nah genug. Bleib cool, Mann.«

Tiny One und Tiny Two gingen schneller. »Ich werd

dem dicken Macker den Arsch abfackeln, dafür, daß er so Zeichen macht«, knurrte Tiny One. Irgendwo in seinem schlauen Kopf wußte er, daß er in einem Spiegelkabinett hockte, aber weil er erst acht war, konnte er an nichts anderes denken als daran, im Spiegel möglichst groß zu wirken.

»Yeah, der hat heut zum letzten Mal Zeichen gemacht«, nickte Tiny Two, der eine ähnlich verschwommene Selbsteinschätzung hatte. Manchmal waren seine blitzschnellen Rechenkunststücke von Gedanken an seine Zukunft begleitet, die ihm Angst machten, aber sie kamen und gingen zu schnell.

Die Tinys arbeiteten sich näher ran an den Bären. Er war stehengeblieben, um drei Männern zuzuhören, die an der Straßenecke sangen. Ihre Stimmen klangen schöner als alles, was er je gehört hatte. Die Männer improvisierten mehrstimmig, und seine Ohren rotierten, weil es so wunderbar war. Es hörte sich etwa so an: *»Schuu-dup-en schuu-bii-duu…«*

Ihr mehrstimmiger a cappella-Gesang schuf einen Klang, den der Bär glaubte mit der Tatze greifen zu können.

»Der Dreckskerl hat schon wieder Zeichen gemacht«, knurrte Tiny Two.

»Wir müssen auf die andere Seite, sonst schießen wir noch die King Tones über'n Haufen.«

»Wär aber klasse, ihn gleich neben den King Tones umzunieten.«

»Klar, die stehen bestimmt auf 'n bißchen Drama beim Singen.«

Die King Tones hießen King Cobra, Kaiser Wilhelm und Imperial Decree. Imperial Decree hatte eine neue Sorte Verdünner zu sich genommen, der seiner Stimme ein Timbre gab, das ihm gefiel. Seine Stimme war die tiefste, die der Bär bei einem Menschen behört hatte, und dazu die lieblichste; wie schwerer, goldener Sirup strömte sie aus seiner Kehle in die Luft. Aber inzwischen verdrehte Imperial Decree die Augen, weil der Verdünner wirkte, und seine Knie wurden auch immer wackliger.

»Alles okay, Imp?« fragte King Cobra, der Chef der Gruppe.

»Is gleich vorbei ...«, ächzte der Sänger und schwankte leicht, »muß nur mal 'n Augenblick hier ...« Imperial Decree drückte die Wange auf den Boden, weil sich sein Kopf immer schneller zu drehen schien. »Ich muß ... mich festhalten ...«

»Singste jetzt von da unten?«

»Ich sing überall.«

»Okay, also nochmal von vorn.«

Tiny Two und Tiny One hatten sich inzwischen so aufgebaut, daß sie den dicken Macker im Schußfeld hatten. »Jetzt«, sagte Tiny Two, »das sind wir dem Viertel schuldig«, und holte seine Waffe unter dem Hemd hervor.

»Schuu-duuuup-en schuuuuu-bii-duuuuu ...«

Wieder klang alles wunderbar, aber dem Bären fiel auf, daß ein Teil fehlte. Der Sänger mit der tiefen Stimme bewegte die Lippen, aber man hörte keine Musik mehr, nur leises Blubbern.

»Scheiße, jetzt isser total hinüber«, sagte King Cobra. »Vinylharz macht einen alle.«

Der Bär machte das Maul auf, und plötzlich kam ein tiefes, melodisches Brummen heraus, denn Bären sind Tiere mit Musik im Herzen. Sein gewaltiger Baß klang, als käme er aus der Tiefe eines Fasses. Die King Tones schauten ihn überrascht an, sangen weiter und ihre Blicke sagten: *Nur zu.*

Der Bär stimmte ein, schwebte fröhlich in der Melodie dahin und wurde Teil des harmonischen Gesangs.

Sein musikalisches Brummen übernahm den Baßpart und er sang aus vollem Herzen. Sein mächtiges Zwerchfell dehnte sich, und sein großer Brustkorb wirkte wie ein gewaltiger Resonanzkörper.

Der Kerl klingt wie das Nebelhorn auf der Staten Island-Fähre, dachte King Cobra.

»Solange er singt, können wir ihn nich plattmachen«, meinte Tiny Two.

Der Bär wiegte sich im Takt der Melodie, vor lauter Konzentration kniff er die Augen zusammen, seine Stimme rumpelte in den tiefsten Tiefen. Kaiser Wilhelm sang in klarem Falsett, wie ein Falke im Wind, ein durchdringend lieblicher und trauriger Ton, ein Ton, den der Bär gut kannte und den er mit seinem gewaltigen Gebrumm untermalte. Als der Gesang verklungen war, legte ihm der Chef den Arm auf die Schultern und sagte: »Bruder, du reißt dir echt den Arsch auf beim Singen.«

Bruder, dachte der Bär aufgeregt. Seine Imitation eines Menschen war offenbar perfekt gewesen. Was für ein Durchbruch!

»Okay«, fand Tiny Two, »der Song is rum, jetzt könn wir ihn umlegen.«

Als Two und One ihre Knarren zogen, schaute King Cobra zu ihnen rüber. »Was zum Teufel habt ihr vor?«

»Der dicke Macker hat Zeichen gemacht«, krähte Tiny Two. »Hat das Viertel beleidigt.«

»Macht euch vom Acker, bevor ich euch den Arsch aufreiße«, knurrte King Cobra, der selbst nur knapp einssechzig war, aber wegen seiner musikalischen Fähigkeiten im Viertel hohes Ansehen genoß. »Das is unser Soul-Bruder.« Er drückte die Schulter des Bären fester. »Wenn einer so'n Sound draufhat, isses mir scheißegal, was er für Zeichen macht. Kapiert?«

»Yessir«, nickten die beiden Tinys und steckten die Waffen wieder weg.

»Reibt eure Winzpimmel und mischt euch nich in Sachen ein, die euch nix angehn.«

Die beiden Tinys verdrückten sich, und King Cobra sagte zum Bären: »Durchgeknallte kleine Scheißer, ham nix Besseres zu tun als Leute abzuknallen. Ham nich kapiert, dasses für alles ’n richtigen Ort und Zeitpunkt hat. Komm, wir rappen noch’n bißchen.«

Der zu kurz geratene Chef der King Tones konnte 80.000 Wörter in einfache, doppelte und dreifache Reime einbauen. Der pulsierende Rhythmus seines Raps ließ den Bären aufgeregt auf und ab hüpfen und die Arme wie Kolben vor und zurück schwingen; dazu sang er wie eine riesige Baßtuba. Imperial Decree drehte sich auf den Rücken und starrte zum Himmel. Das Weiße in seinen Augen sah jetzt aus wie Terpentin. Er begleitete die Musik mit schwachem Fingerschnippen. »Klingt gut«, ächzte er. »Klingt echt gut.«

Als der Song zu Ende war, wandte sich King Cobra an den Bären. »Wird Zeit, daß wir dem Bruder da unten was zwischen die Kiemen schieben, damit das Zeug aufhört zu wirken. Magste auch’n Happen?«

»Bißchen Muschi bewegen«, nickte der Bär; sein linker Arm zuckte immer noch rhythmisch vor und zurück.

King Cobra beugte sich über Imperial Decree. »Kannste aufstehen, Imp?«

»Glaub ... ich bleib besser liegen«, stöhnte Imperial Decree, und seine Baßstimme vibrierte im Randstein, während seine Augen in verschiedene Richtungen wanderten.

»Scheiße«, meinte King Cobra, »wenn wir den hier liegen lassen, fährt ihm ’n Bus den Hintern ab.«

Der Bär beugte sich vor, hob Imperial Decree mit

einer Tatze hoch und drapierte ihn sich vorsichtig über die Schulter.

»Schönen ... Dank auch«, murmelte Imperial Decree mit dem Kopf nach unten.

»Du mußt mit dem Verdünner aufhören, Mann, der macht dich fertig.«

»Amen«, stöhnte Imperial Decree.

Die Hände an den verborgenen Waffen, folgten Tiny One und Tiny Two den King Tones und dem Bären. Wenn der dicke Macker den King Tones Ärger machen sollte, würden sie ihm den Arsch wegblasen.

»Da vorn is 'ne richtig tolle Kneipe, heißt Ralph's«, sagte King Cobra zum Bären. »Dienstagmittags gibt's bei Ralph's immer'n Spezialgericht für 75 Cent.«

Der Bär nickte, seine Nase zuckte, als er den Geruch erschnüffelte, den der Ventilator der Kneipe verteilte. Er war sehr zufrieden damit, wie sein Tag bisher verlaufen war. Er hatte einen Gummiball interviewt, und jetzt hatte er auch noch Freunde gefunden. Einer von ihnen hing über seiner Schulter.

Sie betraten das kleine Restaurant, das ziemlich voll war, alles Leute aus der Gegend. Da standen ein paar Tische mit Plastikblumen drauf; gegenüber vom Fenster ein Tresen mit ein paar wackligen Barhockern. Der Bär schnupperte, und der Geruch gefiel ihm. Er hob seinen neuen Freund von der Schulter und setzte ihn neben dem Fenster ab.

King Cobra las vor, was auf einer Tafel als Dienstagmittag-Spezial stand. »Brathähnchen, Pommes, Salat und zwei Scheiben Brot. Was Besseres gibt's in der ganzen Stadt nicht.« Er wandte sich an den Bären. »Ralph ruiniert sich mit diesen 75-Cent-Gerichten. Aber er will, daß die Leute was zu essen haben.«

Der Bär nickte. Das verstand er. Wenn du Leuten beim

Essen zuschaust, dann fressen sie in der Regel nicht dich.

Ralph erschien hinter der Durchreiche und stellte ein Spezialgericht hin. Ihm war nicht so ganz klar, daß er sich mit seinem Sonderangebot ruinierte. Er wußte, daß irgendwas mit der Kalkulation nicht stimmte, aber den Grund bei seinem 75-Cent-Spezialgericht zu sehen, kam ihm nicht in den Sinn. Wenn die Leute reinkamen, sich setzten und eine gute Portion der in einem besonderen Teig gebackenen Hähnchen aßen, dann war für Ralph die Welt in Ordnung. Er sah zu Imperial Decree hinüber, der da in seiner Ecke lehnte. Wieder auf Terpentin, wahrscheinlich. Und singen konnte er wie Pavarotski. »Solltest mal 'ne Platte aufnehmen«, rief Ralph Imperial Decree zu.

»Schwer reinzukommen«, gab King Cobra zurück.

»Ich bin reingekommen«, sagte der Bär.

»Ehrlich?«

»Durchs Rückfenster.«

»Ich mein was anderes«, sagte King Cobra. Er merkte langsam, daß der dicke Macker irgendwie ein Rad ab hatte. Einer von den großen, langsamen Typen, die in der Schule nicht ganz mitkamen. »Wir versuchen, ins Showbusiness reinzukommen, verstehste? Aber wir haben nich die richtigen Beziehungen.«

»Publicity«, meinte der Bär.

»Sag das nochmal?«

»Sie klingen wirklich fabelhaft«, zwitscherte Bettina. Bettina wohnte in alphabet city an der Lower East Side, in einer dreckigen Straße, die nicht besonders sicher war, aber sie besaß dort ein ganzes Haus und bewohnte zwei Stockwerke selbst. Heute war die Straße sicherer, weil Tiny One und Tiny Two Bettinas Tür bewachten.

Die Tinys hatten so lange gebettelt, bis sie mitkommen durften. King Cobra hatte schließlich nachgegeben, weil es in dieser Gegend Leute gab, die ihn aus geschäftlichen Gründen umbringen wollten, und die Tinys waren unschlagbare Leibwächter.

Der Bär balancierte einen vollen Teller auf den Knien und widmete sich hingebungsvoll dem Essen, mit sich zufrieden, weil er Bettina und die King Tones zusammengebracht hatte. Er hatte sie angerufen, und sie hatte sofort eine Limousine geschickt, und alle waren mitgefahren und unterwegs gab es Oliven und Erdnüsse.

»... weiß zu schätzen, daß du uns hergebracht hast, Bruder«, sagte King Cobra leise zum Bären, der neben ihm auf der Couch saß. »Genau sowas ham wir gebraucht.«

»Kein Problem«, antwortete der Bär.

»Wenn du einen wegham willst«, raunte der kleine Rapper, »sag den King Tones Bescheid, wir erledigen das für dich.«

Es klingelte an der Tür und die Tinys ließen Chum Boykins herein. Boykins sah erstaunt die zwei kleinen Jungen an, die Minimaschinenpistolen in der Hand hielten.

»Zu Miß Quint?« fragte Tiny One.

»Der ist in Ordnung«, rief Bettina aus dem Wohnzimmer.

»In Ordnung?« rief Boykins und trat ins Wohnzimmer. »Was ist denn hier los, Bettina?«

»Chum, das sind die King Tones.«

»Wie geht's?« fragte Boykins und nickte der Gruppe zu.

»Gut geht's«, sagte King Cobra, »und das verdanken wir der Güte von 'n paar so guten Menschen.« King Cobra lächelte Bettina und den dicken Macker an. Er wußte jetzt, daß der dicke Macker keine Meise hatte, sondern vielmehr ein berühmter Schriftsteller war, der seine Beziehungen nicht nur für sich nutzen wollte. Seit sie wußten, wer der dicke Macker und seine Freunde waren, hatten auch die Tinys ihre Haltung geändert. In Bettinas Wohnung entdeckten sie als erstes die Reklamepappfigur des zwei Meter fünfzehn großen Basketballhelden Fahmahoo Shameel, dessen Autobiographie bei Cavendish Press ein Bestseller war. Die Tinys starrten den lebensgroßen Shameel an, und Bettina sagte, sie könnten ihn haben. Damit hatte sie die beiden gewonnen, die ihr sofort ewige Treue schworen, und ihre Maschinenpistolen allzeitbereit klicken ließen. Jetzt saßen sie nebeneinander auf Bettinas Couch und mampften ihren selbstgebackenen Mohnkuchen.

Bettina schaute Boykins an. »Wollen Sie noch ein paar gute Nachrichten hören?« fragte sie. »Hal hat heute sein Interview mit Gumbel verpaßt.«

»Gummiball«, nickte der Bär.

»Oh Gott, nein«, sagte Boykins. »Haben Sie's wieder eingerenkt?«

»Bryant hatte volles Verständnis«, lächelte Bettina. »Wir kennen uns schon lange.«

»Sie dürfen Hal nie aus den Augen lassen«, mahnte Boykins.

»Wir übernehmen das für Sie«, piepste Tiny One. »Wir sorgen dafür, daß er hinkommt, wo er hinsoll.«

»Bettina, wir sind für Hal verantwortlich, als wäre er unser Kind«, mahnte Boykins. »Er ist große Städte nicht gewöhnt. Sie bringen ihn durcheinander.«

»Es wird nicht mehr vorkommen, Chum. Aber jetzt hören Sie sich die Musik an.«

»Ehrlich, ich mache mir große Sorgen wegen der bewaffneten Kinder an Ihrer Tür.«

»Chum, wen kennen Sie im Musikgeschäft?«

»Ein paar Leute. Warum?«

»Weil die King Tones groß rauskommen werden, und Sie können mit einsteigen.«

»Ich bin Literaturagent, Bettina.«

»Ich rede hier von echten Megahits, Chum.«

»Aha.« Boykins hatte seine Prozac-Dosis auf vierzig Megahits gesteigert, sein Serotoninpegel war hoch, und Micky Maus mit seinen unerbittlichen Forderungen war so gut wie verschwunden. Die King Tones sahen aus, als könnten sie ein größeres Problem werden. Schließlich trug einer von ihnen Flügelmuttern im Haar, und ein anderer roch stark nach Terpentin. Würde ein weiterer schwieriger Klient die Wunder von Prozac zunichte machen und ihn wieder in einen Automaten verwandeln?

»King Cobra, Kaiser Wilhelm und Imperial Decree«, stellte Bettina die Gruppe vor.

»King Cobra... Kaiser Wilhelm... Imperial Decree...« Boykins hatte sein Notizbuch gezückt und schrieb sich die Namen mit seiner kleinen, präzisen Handschrift auf. Dann schaute er die Kinder auf Bettinas Couch an. »Und wer sind die da?«

»Wir sind die Tinys«, sagte Tiny One, die Backen voller Kuchen.

»Die werden jetzt öfter mal vorbeikommen«, sagte Bettina, die den Tinys nicht widerstehen konnte. Ihre zornigen, kleinen Gesichter, die schnellen paranoiden Blicke in die Runde und ihr brillanter Kinderverstand – Bettina hatte sie ins Herz geschlossen. Sie betrachtete die Tinys und fühlte sich wie ein Muttertier. Die beiden waren Wunderkinder auf einer Wolke.

Die King Tones fingen an zu singen, und der Bär sah mit großem Vergnügen zu. Die Leute aßen Kuchen, und seine neuen Freunde hatten jetzt das, was jedes menschliche Wesen brauchte, einen Agenten und eine PR-Dame.

Vinal Pinette ging allein durch den Wald. Schneeflocken umwirbelten ihn. An dem steilen Abhang angekommen, arbeitete er sich langsam zur Höhle hinunter.

Der Tag war hell und windstill; ein Blauhäher flatterte vorüber, zerriß die Luft mit seinem durchdringenden Schrei und segelte dann weiter, ins Tal hinunter. Pinette schob die Fichtenzweige zur Seite, die den Eingang versperrten und kroch in die Höhle.

Arthur Bramhall lag ganz hinten im Dunkeln, zusammengerollt auf seinem Bett aus Gras und Fichtenzweigen. Die Höhlenwand war vereist. Pinette schaute Bramhall beim Atmen zu und fragte sich, wie jemand so tief schlafen konnte. »Ich hab gewußt, daß du'n harter Bursche bist, Art, hier is der Beweis.«

Pinette hockte sich hin und leistete seinem Freund Gesellschaft.

»Ist er da drin?« fragte eine Stimme hinter ihm.

Er drehte sich um und sah die behaarte Frau draußen stehen.

»Ja«, sagte er und kroch rückwärts aus der Höhle.

»Glauben Sie nicht, daß er erfriert?«

»Der hat jetzt seinen eigenen Rhythmus, und wenn man den stört, kratzt er womöglich ab. So seh ich das.« Pinette schüttelte sich den Schnee von der Mütze und rückte sie wieder zurecht. »'n Eskimo kann sich einfach in seinem Iglu zusammenrollen und monatelang pennen, heißt's. Manche halten's aus, andere nich.«

Die behaarte Frau hatte großen Respekt vor Vinal Pinette. Sie sah in ihm den Weisen, der sich in den Wäldern auskannte. »Art macht so eine Art spirituelle Reise, oder?«

»Egal, was er macht, ich werd ihn nich stören. Nich, wenn jemand seinen Rhythmus hat.«

Pinette und die behaarte Frau gingen auf einem Pfad, den der Schnee schnell zudeckte, zusammen durch den Wald zurück.

Die Auftritte bei den Talkshows am Morgen waren nicht leicht für den Bären. Was ein Fernsehstudio ist, kapierte er nicht so ganz, und jeder Besuch in einem machte ihn hochgradig nervös. Aber Bryant Gumbel war beeindruckt: Hal Jam hatte während des Interviews kein einziges Mal den Titel seines Buches erwähnt. Gumbel fand, das zeichne den echten Künstler aus – er hatte es nicht nötig, auf sein Werk hinzuweisen; in Wirklichkeit hatte der Bär den Titel vergessen. Als Harry Smith ihn für *CBS This Morning* interviewte, hatte Bettina den Titel auf die Manschette des Bären geschrieben. Er schaute während des ganzen Interviews darauf, sprach dann aber von dem Buch als »Manschette«. Recht besorgt setzte Bettina ihn in den Flieger nach Boston.

Ich bin der erste Bär in der Luft, sagte er sich, als er auf die Erde tief unter sich schaute. Der Sitz ist ein bißchen eng, aber man bekommt Erdnüsse. Alles, was ein Bär braucht, um so etwas zu überstehen.

Im Flughafen von Boston wartete eine füllige Frau auf ihn, die ein Exemplar seines Buches hochhielt. »Hi, ich bin Julie Moody, Ihre Begleiterin.« Der Bär folgte ihr gehorsam. Genau mein Typ Frau. Die Bärenfigur. Riecht wie 42.

Nachdem sie sein Gepäck abgeholt hatten, führte ihn Mrs. Moody vom Flughafengebäude zum Parkplatz. »Ich muß Sie gleich zu Ihrem ersten Interview bringen. Danach haben Sie frei und können es sich im Hotel gemütlich machen. Hier ist mein Auto.«

Sie öffnete die Vordertür und er stieg ein.

»Ich mag Ihr Buch sehr«, sagte Mrs. Moody, als sie

sich hinters Steuer setzte. »Es ist so romantisch.« Sie warf ihm einen Blick zu. »Haben Sie sich das alles ausgedacht?«

»Ich hab's unter einem Baum gefunden.«

»Wo einen halt die Muse küßt...«, stimmte Mrs. Moody zu und arbeitete sich durch den dichten Flughafenverkehr. »Lieber Himmel, was für ein Chaos, und Sie haben ein Live-Interview. Glauben Sie, wir passen da durch?« Sie fuhr von der Straße herunter und in eine abgesperrte Baustelle, vorbei an großen Baggern und Bauarbeitern, die hysterisch mit Warnfahnen wedelten und ihr nachschrien. Sie winkte zurück und fuhr weiter durch die Baustelle, und dann wieder zurück auf die Straße, der Stau lag jetzt weit hinter ihnen. Sie warf ihrem Romanautor wieder einen Blick zu. »Sie schreiben so schön über die Natur«, sagte sie seufzend und fuhr jetzt mit überhöhter Geschwindigkeit Richtung Boston. Während sie geschickt mit Bremse und Gaspedal arbeitete, rutschte ihr Rock hoch. Verblüffend, wie unterschiedlich die Beine von Menschenfrauen aussehen, dachte der Bär. Bärenfrauen haben alle die gleiche pelzige Form.

Er machte die Augen zu und atmete Mrs. Moodys provozierende Düfte ein, die sich in ihrem Auto konzentrierten. Mrs. Moody fühlte sich äußerst merkwürdig, so, als führe sie vollkommen nackt. *Herr im Himmel*, dachte sie und kurbelte das Fenster herunter.

Die beiden erreichten Boston und schlängelten sich durch den Verkehr zum Fernsehstudio. Der Bär saß ruhig und zufrieden auf dem Beifahrersitz und betrachtete neugierig die Leute auf der Straße und bewundernd Mrs. Moodys Beine. Gedanken hatte er keine im Kopf. Er genoß einfach, die Leute und die Beine von Mrs. Moody anzuschauen. Straßen kamen ins Blickfeld und verschwanden wieder, und Mrs. Moodys Beine bewegten sich beim Autofahren, und sein Kopf war ein stiller See, in dem sich vorüberziehende Bilder spiegelten.

»Sie sind sehr schweigsam«, sagte Mrs. Moody. »Meditieren Sie gern, bevor Sie ein Interview geben?«

»Was ist ein Interview?«

»Etwas blasiert zu sein, ist gut. Aber Sie wollen doch nicht Ihre Spontaneität verlieren! Ich habe es bei so vielen Autoren erlebt. Nach ein paar Dutzend Interviews fangen sie an, auf dieselben Fragen immer dieselben Antworten zu geben, und dabei geht all ihre Frische verloren.«

Der Bär hatte keine Ahnung, wovon sie redete und schaute deshalb zum Fenster hinaus. Er ahnte, daß menschliches Verstehen eine Art Netz war, das ständig neue Maschen bekam, und er stellte sich vor, wie ein Menschenwesen dieses Netz geschickt auswarf; aber in seinen Bärentatzen würde dieses Netz des Verstehens zur Falle werden, ihn in dem schimmernden Gewebe erbärmlich herumzappeln lassen und schließlich in die Knie zwingen, während dunkle Gestalten mit Knüppeln langsam näher kamen.

Mrs. Moody fuhr auf einen Parkplatz. Der Bär stieg aus und folgte ihr in ein großes Gebäude. Ein Wachmann stellte ihnen Passierscheine aus. Der Bär strich seinen Ausweis sorgfältig glatt. »Hal Jam«. Er betrachtete die Buchstaben, die seinen Namen bildeten. Er mochte seinen Schein, jetzt wußten alle, daß er jemand war.

»Hier geht's rein«, sagte Mrs. Moody, »ins grüne Zimmer.«

»Das ist gar nicht grün«, antwortete der Bär, als sie in dem kleinen Wartesaal Platz nahmen.

»Das sind grüne Zimmer meistens nicht«, meinte Mrs. Moody.

Wieder staunte er über die Komplexität von Menschen, die einen Raum grün nannten, wenn er gar nicht grün war. Was hatte das zu bedeuten?

Ein junger Mann betrat den grünen Raum, der gar nicht grün war: »Sind Sie Hal Jam?«

Der Bär deutete auf den Ausweis an seinem Revers. Der junge Mann streckte ihm die Hand entgegen. »Ich bin Scott Emery, Produktionsassistent. In etwa fünf Minuten gehen wir auf Sendung. Kann ich Ihnen was bringen?«

»Popcorn«, seufzte der Bär, der oft fernsehen mit dem im Fernsehen Auftreten verwechselte. Das war so, weil er ein Bär war.

»Ich glaube, wir haben keins«, bedauerte Scott Emery. »Aber wir haben ein paar Käseflips.«

»Gut«, antwortete der Bär.

Scott Emery verschwand und kam bald mit einer Tüte Käseflips zurück. »Hoffentlich helfen die Ihnen, sich etwas zu entspannen. Ich komm wieder, wenn Sie dran sind.« Er schaltete einen Monitor ein, der an der Wand des grünen Raums hing. Dort lief das Interview, das gerade gesendet wurde – ein Arzt erläuterte die neuesten Operationsmethoden.

Der Bär knabberte zufrieden seine Käseflips, und Mrs. Moody war von seiner Ruhe beeindruckt. Autoren traten selten live im Fernsehen auf; ihre PR-Leute machten ihnen immer wieder klar, daß jedes Wort zählt und sie kurz zitierbare Sätze von sich geben sollten. Folglich hatten besonders junge Autoren vorher großes Lampenfieber, weil sie ständig ihre Satzhäppchen probten. Hal Jam dagegen schien an nichts anderes zu denken als an die Flips in der Tüte.

Scott Emery kam zurück und meinte, sie wären jetzt soweit. Der Bär folgte Emery zum Set, der um einen brennenden Kamin herum aufgebaut war. Die Moderatorin saß in einem Sessel neben dem Kamin. *Schicksal und Sehnsucht* lag vor ihr auf einem niedrigen Tisch, und das Buch strahlte.

»Hal«, meinte Scott Emery, »wenn Sie bitte in diesem Sessel Sandy gegenüber Platz nehmen würden ...«

Der Bär setzte sich hin und Sandy Kincaid lächelte ihn an.

»Mir hat Ihr Buch echt gut gefallen«, bekannte sie. »Wir werden gute Sachen darüber sagen.«

»Ich bin Hal Jam«, der Bär deutete auf sein Namensschild.

»Ach ja«, murmelte Scott Emery. »Das muß weg, dahin kommt das Mikro.«

Ein Tontechniker befestigte das Mikrofon am Revers des Bären und ging zu seinem Mischpult zurück. »Würden Sie bitte etwas sagen?«

Der Bär antwortete stolz: »Leck mich am Arsch«, und der Techniker kicherte. »Gut, ich hab 'n Pegel.«

Scott Emery sagte: »Sprechen Sie direkt zu Sandy, wenn wir auf Sendung gehen.«

Die Scheinwerfer wurden eingeschaltet und überfluteten den Bär und die Moderatorin mit grellem Licht. In der Kulisse nebenan beendete der Chirurg gerade sein Interview, und man konnte über die Studiolautsprecher mithören. »... möchte ich zum Schluß noch sagen, daß es mit der Laserchirurgie ganz einfach ist, die Gallenblase zu entfernen ...«

Die Gallenblase entfernen? Der Bär starrte ins gleißende Licht. Der dunkle Raum dahinter schien sich auszudehnen zu einer riesigen Höhle, in der Lebewesen mit gefährlich leuchtenden Augen herrschten.

»Noch eine Minute«, ertönte eine Stimme aus dem Dunkel.

Der Bär sprang auf. Man hatte ihn ausgetrickst! Die wollten ihm die Gallenblase rausschneiden und sie in eine Flasche stecken!

»Bitte, Hal«, sagte Scott Emery, »wir haben nur noch 30 Sekunden ...«

Der Bär brüllte los und der Tontechniker riß sich schmerzerfüllt seine Kopfhörer von den Ohren, als die Lautstärkeanzeige in den roten Bereich schnellte. Scott Emery zischte seinen Kameramann an, draufzuhalten. Wenn sein Team einen Nervenzusammenbruch live mit Stil und Würde rüberbrachte, dann bekäme er, Scott Emery, Jungproduzent, von seinem Chef ein schönes dickes Lob. »Ich hab ihn.« Der Mann hinter Kamera eins schwenkte rasch, um die verblüffenden Bewegungen des Studiogastes einzufangen, der in diesem Moment Scott Emery hochhob und durchschüttelte.

»Zwanzig Sekunden ...«

Sandy Kincaid schaute fasziniert zu. Ein Bestsellerautor, der vor laufender Kamera einen Produktionsassistenten attackiert, konnte ihren sinkenden Einschaltquoten guttun. Die Leute beschwerten sich immer, sie wäre zu nett. Nun, denen würde sie es zeigen. Sie setzte ihr ernstes Journalistengesicht auf und wollte gerade Boston die ungeschminkte Wahrheit dieses Vormittags präsentieren, als der Bär Scott Emery auf einen Requisitentisch hinter der Kamera schmiß, auf dem die neuesten Errungenschaften auf dem Gebiet computergesteuerter Küchengeräte aufgebaut waren.

Mrs. Moody schoß durchs Bild, stellte sich hinter Jam und kraulte ihn sanft hinter den Ohren. »Hal, ich bin's, Julie«, säuselte sie leise. »Hier sind Ihre Käseflips.«

Sie hatte fünf Kinder großgezogen und 1200 Autoren betreut und alle gut im Griff gehabt. Ihre Hände glitten über seine kräftigen Schultern und streichelten sie. »Es ist alles in Ordnung, Hal. Setzen Sie sich einfach wieder hin, essen Sie Ihre Käseflips. Diese nette Dame will Ihnen nur ein paar Fragen stellen, und dann bringe ich Sie ins Hotel.«

»Fünf, vier, drei ...«

Der Bär setzte sich wieder.

»Ich bin bei Ihnen«, sagte Mrs. Moody und trat neben die Kamera. Der Bär starrte in die bedrohliche Dunkelheit. Er schnupperte, Mrs. Moodys vertrauter Geruch hing noch in der Luft und beruhigte ihn, genau wie die Käseflips. Er wandte sich der grell ausgeleuchteten jungen Frau zu, die ihm gegenüber saß und schnüffelte.

»Mein Gast ist heute Hal Jam, Autor des Bestsellers *Schicksal und Sehnsucht*, eines Buchs, das offenbar Kritiker und Leser gleichermaßen lieben. Ich habe es gerade beendet und fand es wunderbar erfrischend. Gleichzeitig bringt es einige sehr wichtige Themen zur Sprache. Hal, guten Morgen.«

»Ich bin Hal Jam.«

»Das sind Sie, keine Frage.« Sandy Kincaid lächelte forsch und versuchte, diesen Verrückten zu beruhigen. Sie wollte *nicht* vor laufender Kamera von ihm angegriffen werden, egal, wie sehr das die Einschaltquoten in die Höhe treiben mochte. »Offenbar kennen Sie das Leben in Gottes freier Natur – das Fischen ist wunderschön beschrieben –, aber Sie sind auch Frauenkenner. Wie kann jemand, der so fernab von der Zivilisation gelebt hat, das Gefühlsleben des anderen Geschlechts mit soviel Weisheit schildern?«

Der Bär aß seinen letzten Flip und steckte die Nase in die Tüte. Dann schaute er die hübsche junge Frau an, die ihm da gegenüber saß, und spürte Wörter in sich hochblubbern, so, als wäre jetzt Sandy Kincaids flotter Plauderton in ihn gerutscht. Zu seiner großen Überraschung sprudelten die Plauderwörter aus ihm heraus. »Als ich noch im Wald war, habe ich's nur einmal im Jahr gemacht.«

Sandy Kincaid zwinkerte, wurde rot und machte weiter. »Das Ausmaß an Zärtlichkeit, das Sie in dieser ländlichen Atmosphäre geschaffen haben, ist eines der Dinge, die die Kritiker begeistert. Das bringt mich zu der Frage: Meinen Sie, daß unser hektisches Großstadtleben keine Zärtlichkeit zuläßt? Ist sexuelle Hingabe zwischen zwei Menschen in einer ruhigen, ländlichen Gegend eher möglich?«

Der Bär versenkte seine lange Zunge in die Tüte und leckte das Salz auf. »Wenn ich's im Wald gemacht habe und nicht vorsichtig war, bin ich manchmal übel zugerichtet worden.«

Sandy Kincaid schaute unruhig am Bären vorbei zu Scott Emery hinüber, und obwohl er zwischen die computergesteuerten Küchengeräte geschleudert worden war, gab er Zeichen, sie solle weitermachen. Die Kameraleute lächelten, und der Rest des Studioteams, das normalerweise vor sich hin döste, hörte aufmerksam zu.

Der Bär kreuzte die stämmigen Beine und kehrte die Innenseite der Tüte nach außen, um sie gründlicher ablecken zu können. Schon kam noch mehr Geplauder aus ihm heraus. »Ich mußte sie ganz fest von hinten packen, sonst hätten mich die Frauen zerrissen.«

Sandy Kincaids Blick zeigte eine gewisse Unsicherheit. »Meinen Sie eine ganz bestimmte Frau? Gab es ein Vorbild für die Heldin Ihres Romans?«

»Ich meine eine große Bärenfrau.«

»Nun ja, daß die Frau bärig groß war, glaube ich gern.« Sandy Kincaid lachte nervös.

»Seit ich in der Stadt lebe, mache ich's öfter, aber es ist sicherer.«

Sandy Kincaid wechselte zu ihrer politisch korrekten Tonlage. »Wir sind ja alle für sicheren Sex.«

»Eine heiße Bärenfrau ist heikel«, erklärte der Bär.

Der Regisseur schaute seine Assistentin an. »Was?«

»Hal.« Sandy Kincaid war fest entschlossen, ihr Interview durchzuziehen. »Sie sind über Nacht zur Berühmtheit geworden. Haben Sie sich dadurch verändert?«

»Heute morgen hab' ich...«, sagte der Bär, öffnete schnell seine Anzugjacke und zog den Gummibund seiner Unterhose über den Gürtel.

Sandy Kincaid schaute wieder auf das Buch und versuchte Ordnung in ihre wild dahinrasenden Gedanken zu bringen. »Wenn Sie Ihre Eindrücke vom Großstadtleben in ein oder zwei Worten zusammenfassen könnten...«

»Käseflips«, der Bär hielt die leere Tüte hoch in der Hoffnung, eine volle zu bekommen.

»Wollen Sie damit sagen, daß großstädtische Werte Käse sind, weil alles kommerzialisiert ist? Aber so funktioniert die Zivilisation nun mal. Ist es nicht etwas unfair von Ihnen, uns den Spiegel ländlichen Lebens vorzuhalten und zu sagen, *so müßt ihr leben*? Das moderne Großstadtleben braucht eben all den Käse.«

»Mögen Sie keine Käseflips?«

»Ich behaupte nicht, daß ich sie nicht mag. Ich meine, daß sie eben dazugehörten.« Sandy Kincaid bekam langsam festeren Boden unter die Füße. Sie besaß entschiedene politische Überzeugungen, die sie sich aus den Meldungen jener Agenturen zusammensuchte, mit denen ihre Sendeanstalt ein Abo hatte. »Ich sage, daß es nicht anders geht.«

Der Bär blinzelte ins Licht. So viel Reden hatte ihn hungrig gemacht. »Ich will mehr Käseflips.«

»Ich verstehe, daß wir Ihrer Meinung nach gierige Konsumenten geworden sind.« Sandy Kincaid hoffte, das Interview möge endlich seinen Rhythmus gefunden haben. »Aber wir können doch nicht alle wieder in die Wälder ziehen und so werden wie die Menschen in Ihrem Buch.«

»*Mein* Buch«, brummte der Bär.

»Ja, sicher, und Sie haben das Recht, darin zu tun, was Sie wollen, aber kann ein Roman tatsächlich die Gesellschaft verändern?« Sandy Kincaid hoffte auf eine gewisse Entspannung, schließlich hatten sie sich jetzt auf das sichere Terrain nichtssagender Abstraktionen begeben.

»Sex und Pizza«, fand der Bär.

»Aber Hal, machen Sie es sich nicht zu einfach, wenn Sie die amerikanische Kultur als hoffnungslos versunken in ›Sex und Pizza‹ darstellen?«

»Ihre Beine strahlen richtig«, bemerkte der Bär und starrte auf den schimmernden Glanz ihrer Fesseln und Waden und das Stück Oberschenkel im Licht der Studioscheinwerfer.

»Geh groß auf die Beine«, sagte der Regisseur zum Kameramann, und als die Kamera schwenkte, fügte er hinzu: »Gefällt mir, dieser Blödmann. Wer ist das?«

Sandy Kincaid, die den Faden verloren hatte und nicht mehr wiederfand, flötete: »Mein Gesprächspartner war Hal Jam. Das Buch heißt *Schicksal und Sehnsucht*.«

»Ich bin Hal Jam«, sagte der Bär.

Bettina, die den Auftritt über Satellitenfernsehen in ihrem New Yorker Büro gesehen hatte, drehte sich zu Elliot Gadson um und meinte: »Sag mir, daß ich spinne. Aber ich finde, er ist einfach ein Naturtalent.«

»Naturtalent ist vielleicht nicht das richtige Wort«, sagte Elliot Gadson. »Aber man vergißt ihn nicht so leicht.«

Nach seinem Interview fuhr Mrs. Moody den Bären ins Ritz Carlton. Das Auto war kaum zum Stehen gekommen, als ein Portier mit Zylinder, weißen Handschuhen und den Bewegungen einer meisterhaft geführten Marionette schon die Tür aufriß und der Bär herauskletterte.

»Guten Morgen, Sir«, sagte der Portier und wies mit einer knappen Handbewegung auf das Hotelportal. »Nach Ihnen, bitte. Ich kümmere mich um das Gepäck.« Mrs. Moody führte ihren Autor durch die Hotelhalle zur Rezeption. »Das ist Mr. Jam«, sagte sie zu der Angestellten am Empfang.

Die junge Frau schenkte dem Gast ihr Begrüßungslächeln. »Sie haben Zimmer 32, Mr. Jam, mit Blick auf den Park.« Sie reichte dem Bären seinen Zimmerschlüssel. »Ich wünsche Ihnen einen angenehmen Aufenthalt.«

Neben der Rezeption stand ein Empfangschef, der sich um die Wünsche der Hotelgäste kümmerte. Der Bär schnupperte, nahm den Geruch der Lobby auf, und der Empfangschef schnüffelte, bildlich gesprochen, den Bären aus; der Mann konnte Geld riechen und behandelte einen Gast der Intensität dieses Geruchs entsprechend. Ein südamerikanischer Rinderbaron, klein, stämmig, fraglosen Gehorsam gewöhnt, roch intensiv; der Vizepräsident der Vereinigten Staaten, der zur Zeit die größte Suite des Hotels bewohnte, roch ebenfalls intensiv. Bei diesem neu angekommenen

Gentleman, den er jetzt aus den Augenwinkeln beobachtete, war er sich nicht so sicher. Der Anzug des Herrn war gut und saß perfekt; der Schlips war eindeutig seltsam. Mit seinem faßförmigen Oberkörper und dem großen Kopf strahlte dieser Gast Autorität aus, aber seine Körperhaltung wirkte irgendwie angestrengt und gezwungen. Der alte Geldadel war nie angestrengt, er stand sicher und aufrecht auf den Köpfen all jener, die seine Vorfahren unter die Erde gebracht hatten. Dieser massige Herr jedoch strahlte etwas sehr Altes aus. Während er zusah, wie der Bär durch die Lobby zum Fahrstuhl ging, konnte der Empfangschef ja nicht wissen, daß die Familie des Bären die älteste in ganz Amerika war und schon seit 30 Millionen Jahren hier wohnte. Der Mann beschloß, ihn bis auf weiteres wie alten Geldadel zu behandeln.

»Soll ich mit hinaufkommen und nachsehen, ob alles in Ordnung ist?« fragte Mrs. Moody und stieg mit dem Bären in den Fahrstuhl.

Der weißgekleidete Fahrstuhlführer schloß die Tür. Die Luft im Aufzug war mit einem Duft parfümiert, der exklusiv für das Ritz Carlton komponiert worden war, damit sich Gäste, die das Hotel schon kannten, wie in einer vertrauten Umarmung fühlten, wenn sie in ihr Zimmer hochfuhren. Und für neue Gäste wie Mr. Jam war es ein passender Vorgeschmack auf das, was sie in ihren Zimmern erwartete. Der Bär schnupperte anerkennend. Sie geben einem den Schlüssel und sagen einem, wo man hingehen muß. Die Unsicherheiten, die ein Tier so verwirren können, sind ausgeschaltet.

»Dritter Stock, bitte Vorsicht beim Aussteigen.«

Mrs. Moody ging voran den Gang hinunter, deutete erklärend auf das Messingschild an der Tür und schloß auf. Die beiden betraten einen großen Raum, dessen eine Wand nur aus Fenstern bestand, die auf den Park hinausgingen. Die Möbel waren Kopien französischer Antiquitäten – ein anmutig geschwungener Schreibtisch, ein Couchtisch, zwei weiche Sessel und ein schönes, großes Bett. Es war groß genug für mehrere Bären.

»Ihr nächstes Interview ist erst um zwölf. Bis dahin können Sie sich ausruhen.« Mrs. Moody öffnete mit dem Zimmerschlüssel die Minibar.

Aufgeregt guckte der Bär hinein und holte alles Knabberzeug heraus, dazu eine Flasche Champagner.

»Haben Sie Hunger?« fragte Mrs. Moody. »Rufen Sie einfach unten an.« Sie reichte ihm die Speisekarte des Zimmerservices.

Mit Vergnügen entdeckte er, daß es gebratene Vögel gab, mehrere Fleischgerichte und Lachs. »Von jedem eins«, sagte er und streckte sich auf dem Bett aus.

Etwas unschlüssig stand Mrs. Moody an der Tür. Vielleicht könnte ihr junger Autor von ihrer Gegenwart profitieren? Sie spürte, daß er etwas unerfahren war, und wollte sicher sein, daß er sich wohlfühlte. »Wenn Sie Ihre Wäsche waschen lassen wollen, rufen Sie unten an, der Zimmerservice holt sie dann ab.«

»Ich wechsle jeden Tag meine Unterwäsche«, erklärte der Bär stolz.

Das Essen für den Bär wurde auf einem Servierwagen mit weißem Tischtuch serviert. Unter der Platte war eine Wärmekammer eingebaut, aus der seine drei Mahlzeiten geholt und aufgetragen wurden. »Erwarten Sie noch Gäste, Sir?« fragte der Kellner.

»Das ist nur für mich«, lächelte der Bär und steckte sich eine Serviette in den Kragen. Er gab dem Kellner hundert Dollar Trinkgeld, weil alle glücklich sein sollten und weil er wollte, daß an der Essensfront alles glatt lief.

»Guten Appetit, Sir«, sagte der Kellner mit unbewegter Miene.

Der Bär saß am Fenster, fing an zu essen und schaute hinunter in den Park. Auf seinem Teller lag eine gebratene Ente, und draußen auf dem Teich schwammen Enten. Er nickte anerkennend. Sehr praktisch. Sie gehen einfach rüber und bringen eine um. Er überlegte – soll ich ihnen meine Hilfe anbieten? Ich werd's später vorschlagen.

Bären sind umgängliche Geschöpfe, aber sie bleiben am liebsten für sich, und er war zufrieden, in diesem gemütlichen Sessel zu sitzen und allein zu essen. Er wußte inzwischen, daß bittersüße Gedanken an sein Leben im Wald nur störten und sein Glück untergruben. Ein Bär muß in der Gegenwart leben. Er aß einen Teller leer, rülpste leise und machte sich über den zweiten her. Ein Allesfresser auf Tournee, der das Leben genießt.

Das Telefon klingelte, und er streckte die Tatze aus.

»Hal, hier spricht Bettina. Ist alles in Ordnung? Geht's Ihnen gut?«

»Klar.«

»Ich habe das Interview mit Sandy Kincaid gesehen. Sie waren wunderbar.«

»Die waschen meine Unterwäsche.«

»Was?«

»Wenn sie schmutzig ist, waschen die sie. Na dann, auf Wiedersehen.«

Er aß mehrere Nachspeisen und drehte dann seinen Sessel so, daß er das Zimmer betrachten konnte. Ihm gefiel, wie exzellent sauber alles war. Saubere gebügelte

Bettwäsche ist für ein Mittagsschläfchen tausendmal besser als Fichtenzweige.

Er stand auf, legte sich aufs Bett und machte die Augen zu. Wunderbare Schwere erfüllte ihn, die Verträumtheit eines Bären, der sich ausruht. Er sah helle, kleine Champagnerflaschen, sie waren durchsichtig, und ihr glitzernder Inhalt wirbelte ihn in den Schlaf.

Arthur Bramhall schlief in seinem Bau. Er träumte. Er träumte von Bären; ihre großen, dunklen Gestalten berührten ihn und führten ihn dann auf Waldwegen davon.

»Ich bin unten in der Halle«, sagte eine Frauenstimme.

»Ich bin oben im Zimmer.«

»Hal, ich bin's, Julie Moody. Es wird Zeit für Ihr nächstes Interview. Kommen Sie zurecht?«

»Ich kann mir die Schuhe zubinden«, sagte er würdevoll und legte auf. Glaubt sie etwa, ein Bär könnte sich nicht allein anziehen?

Reißverschluß zu. Jetzt der Gummibandschlips, was für eine Errungenschaft. Der Mann, der ihn erfunden hat, war ein Genie.

Schlüssel, Geld, Knabberzeug. Ich bin soweit.

Um sein Revier zu markieren, hinterließ er ein paar Kratzer in der Tapete. Dann machte er sich auf den Weg.

»Hal, Sie sind klasse«, sagte Dave Drover, der Schnellsprecher von *Sei kein Doofer, fahr mit Drover,* der Radiosendung für die Hauptverkehrszeit, die in Boston vom stärksten Sender des Nordostens ausgestrahlt wurde. »Ehrlich, Sie sind 'n frischer Wind. Also, jetzt kommt kurz das Wetter, und dann geht's weiter mit meinem Gast Hal Jam, dem Autor von *Schicksal und Sehnsucht.*« Dave Drover nahm die Kopfhörer ab und wandte sich seinem Gast zu. »In der Regie glühen die Telefone. Alle wollen Sie sprechen, Kumpel.«

Drover holte rasch eine Prise Kokain aus der Manschette seines Hemds, wo er seine tägliche Ration aufbewahrte. Als die Diamanten sein Hirn trafen, setzte sein Verstand zu sprachlichen Höhenflügen an, denen niemand mehr folgen konnte, nicht mal er selbst, und vorübergehend sagte er gar nichts. Als der Wetterbericht vorüber war, gab Drover das Zeichen für die Werbung und setzte die Kopfhörer wieder auf. Der Bär saß ihm gegenüber, vor einem anderen Mikrofon, hatte nur eine vage Vorstellung von der Rolle, die er bei dieser Sendung für die Rushhour spielen sollte, war aber ungemein beeindruckt, daß jemand so schnell reden konnte wie Dave Drover. Er wollte genauso schnell sein, Wörter auf seiner Zungenspitze tanzen lassen können, sie dann hinauswirbeln, leicht, flink, wie ein blubbernder Strom.

»Willkommen alle miteinander, da sind wir wieder, ihr fahrt mit Drover, und die Stunde ist erst zur Hälfte vorbei. Mein Gast ist Hal Jam, sein Buch heißt *Schicksal und Sehnsucht*, er ist ein phantastischer Schriftsteller und ein origineller Denker, da sind wir uns wohl alle einig. Hal, eine schlichte Frage, bitte nehmen Sie's nicht krumm: Wie haben Sie mit Schreiben angefangen?«

Der Bär wollte unbedingt genauso brillant klingen wie Drover, wollte glitzern und funkeln und im Wasserfall der Laute tanzen. Er versuchte, sich zu erinnern, was eigentlich der Auslöser gewesen war, was ihn zuerst in die Welt der Menschen gelockt hatte. »Müll.«

Drover liebte es, wenn seine Gäste knappe, nur aus einem Wort bestehende Antworten gaben, denn damit war der Ball schnell wieder bei ihm, und er war nun mal zum Reden geboren: »Sie haben sich angeschaut, was da so war, haben gesehen, daß es Müll ist, und gedacht: das kann ich besser. Kein Wunder. Und dann?«

»Ein Mann hat ein Buch unter einen Baum gelegt.«

»Einfach und poetisch. Und der Mann waren Sie.«

»Ich habe zugeschaut.«

»Das kann man wohl sagen. Ihr Buch enthält die beeindruckendsten Beobachtungen, die ich je gelesen habe. Dieses Buch ist ein Handbuch für alle, die in ihren Beziehungen zum anderen Geschlecht verwirrt sind, und das ist bestimmt einer der Gründe, weshalb es so erfolgreich ist, und hier wartet jemand in der Leitung, der mit Ihnen darüber sprechen will. Legen Sie los, Sie fahren mit Drover.«

»Ja, also ich heiße Marcia. Ich hab das Buch nicht gelesen. Sie sagen, es ist ein Sex-Handbuch?«

»Könnte man sagen, Marcia«, antwortete Drover. »Was haben Sie für eine Frage, Marcia?«

»Ich möchte wissen, ob Ihr Gast glaubt, daß Leute, die auf dem Land leben, bessere Orgasmen haben. Vielleicht sollte ich umziehen.«

»Ich glaube nicht, daß man das messen kann, Marcia, aber fragen wir doch unseren Gast. Hal, was meinen Sie?«

Der Bär beugte sich zu seinem Mikrofon. Er wußte nicht, wovon sie redeten, deshalb meinte er: »Zucker.«

»Genau, Hal, er ist köstlich, ganz egal, wo man ihn bekommt, und alles Gute für den Umzug, Marcia.« Drover schaute seinen Gast wohlgefällig an. Der Typ wußte, wer hier die Show abzog.

In New York City saß Bettina in ihrem Büro vor dem Radio. Sie meinte zu Gadson: »Jetzt sag bloß, Hal wäre kein Phänomen.«

»Na ja, die Verkaufszahlen gehen steil nach oben.«

Bettina ging vor ihrem Fenster auf und ab und betrachtete die Skyline der East Side. »Er durchbricht die Kommunikationsschranken, die uns alle hemmen.«

»Ja, gehemmt ist er wirklich nicht.«

»Aber dabei im Grunde ganz bescheiden. Deshalb kommt er so gut an. Er bedroht die Leute nicht mit komplizierten Ideen.«

»Und ich habe die ganze Zeit gedacht, er hätte einen Gehirnschaden«, antwortete Gadson kopfschüttelnd.

Vinal Pinette saß im Wohnzimmer am Ofen und starrte in die Flammen, die hinter der Ofenklappe tanzten. Neben ihm lag sein Hund, die Schnauze auf den Pfoten, und der Schwanz pochte rhythmisch auf den Boden.

»Gegen die Natur kann keiner an«, murmelte Pinette.

Der Hund schaute hoch, weil er auf das Molasseplätzchen scharf war, das Pinette gerade in seinen Tee tunkte. Der Hund sah, daß auf einem Teller daneben noch mehrere lagen, und so ein Plätzchen wäre jetzt genau das Richtige. Wenn er keins bekäme, würde er sich eben weiter die Eier lecken, das wirkte immer beruhigend.

»Wir müssen abwarten und die Augen offenhalten«, sagte Pinette und schob sich das teegetränkte Plätzchen in den Mund.

Der Hundeschwanz pochte heftiger, und der Hund betrachtete Pinette unverwandt; das Wort Plätzchen stand unübersehbar in seinem Blick.

Pinette wandte sich zum Fenster und schaute in das Schneetreiben hinaus, das allmählich die Autowracks auf seinem Hof zudeckte. Ihm fehlte Art Bramhall, ihm fehlten die Gespräche am Ofen, und ihm fehlten die gemeinsamen Stunden während der langsam vergehenden Wintertage. »Art is'n guter Kerl. Hoffentlich kommt er wieder.«

Plätzchen sind die ideale Hundenahrung, sagte der Hund und unterstrich seinen Standpunkt mit einem jammervollen Augenaufschlag, der die schrecklichen Folgen des Plätzchenmangels für seine Gesundheit unterstreichen sollte.

»Du hast schon vier gehabt«, antwortete Pinette.

Es ist Winter, ich bin ein Hund und kann nur durchhalten, wenn ich mir die Eier abschlecke und Plätzchen fresse.

Pinette nahm eines vom Teller und warf es dem Hund hin, der es mit weit aufgerissenem Kiefer fing. Er schluckte einmal, und es war weg.

Schade, daß ich mich nicht bremsen kann, dachte der Hund und starrte auf den Boden. Wenn ich das Plätzchen in kleine Stücke zerbeißen würde, hätte ich länger was davon. Aber irgendwie kann ich mich im Augenblick der Leidenschaft nicht zurückhalten.

»Das sind Typen vom Secret Service«, sagte der Fahrstuhlführer des Ritz Carlton zum Bären und deutete auf einige ernste junge Männer in dunklen Anzügen, die steifbeinig in der Lobby herumstanden. Der Bär schnupperte und roch die Anspannung, die aus ihren Achselhöhlen tröpfelte.

Er schaute hinaus auf die Straße. Leute schrien und hielten Schilder hoch, und das machte ihn nervös. Er war froh, daß er auf dem Weg zu seinem Zimmer war, aber als er zum Aufzug stapfte, öffnete sich die Tür des Aufzugs daneben, ein dominantes Männchen trat heraus, und alle in der Hotelhalle schauten ihn an.

»Einen schönen Tag noch, Herr Vizepräsident«, meinte der Fahrstuhlführer.

Der Vizepräsident wünschte dem Fahrstuhlführer dasselbe. Er war umgeben von seinem Stab und Bostoner Politikern. Der Bär roch Adrenalin und sah die Gestalten um den Präsidenten wie überdrehte Eichhörnchen schnattern, die ihre Nüsse verteidigten.

Der Bär wußte nicht, was ein Vizepräsident ist. Das war so, weil er ein Bär war. Er fragte sich, ob er den dominanten Mann herausfordern sollte. Ihn vielleicht hochheben und ein bißchen schütteln, nur um klarzumachen, wer der Oberbär in der Hotelhalle war. Aber hier gibt es ja genug Weibchen. Er sah, wie die Frauen dem Vizepräsidenten Brunftposen vorführten und mit ihren Augen, Lippen und Fingern Paarungssignale aussandten. Sie hatten hübsche Mäntel an, und ihr Haar glänzte und roch gut, und ihre Beine glänzten auch, aber schließlich habe ich mich ja dieses Jahr schon zwei Mal gepaart. Ich überlasse das Feld dem anderen.

Mit dieser freundlichen Geste drehte er sich wieder zur Fahrstuhltür; aber im selben Moment traf ihn ein anderer starker Geruch, einer wie der, den Kojoten absondern, wenn sie auf der Jagd sind. Der Bär drehte sich um und nahm Witterung auf. Nachdem er die verschiedenen Gerüche geortet hatte, die die Hotelhalle durchzogen, wußte er, daß der Kojotengeruch von einem Mann stammte, der gerade aus dem Tea Room im ersten Stock kam. Der Bär beobachtete ihn aufmerksam, denn der scharfe Duft sagte ihm, daß gleich jemand sterben würde.

Der Bär hatte einen Tag und eine Nacht im Hotel verbracht, dadurch war es zu seinem Revier geworden, und auch wenn er nichts dagegen hatte, die Frauen mit einem anderen dominanten Männern zu teilen, so konnte er doch keine offene Aggression zulassen, ohne sich herausgefordert zu fühlen. Er mochte dieses Hotel, das Essen war gut, und sie wuschen seine Unterwäsche und brachten sie schön zusammengefaltet in einem Plastikbeutel zurück. Wenn hier einer aggressiv wurde, dann war er das.

Der aggressive Mann war jetzt unten angekommen und ging auf den Vizepräsidenten zu. Sein Name war Wilfred Gagunkas, und er wollte den Vizepräsidenten in die Luft jagen, und sich selbst dazu. Gagunkas' selbstloser Wunsch zu sterben, und alle in der Hotelhalle mitzunehmen, rührte von dem schrecklichen Wissen, daß ein früherer Amtrak-Bahnhof in Boston zu einem riesigen Krematorium umgebaut wurde, und dort all die Männer, Frauen und unschuldigen Kinder beseitigt werden sollten, die der Invasion Widerstand entgegensetzten. Verkehrsschilder an den Schnellstraßen in und um Boston waren bereits mit den Aufklebern der UN-Truppen gekennzeichnet, orange für die

Beschlagnahmung nahegelegener Fabriken, blau für Krematoriumsanlagen, grün für Hubschrauberlandeplätze. In seiner Gesäßtasche trug Gagunkas eine zusammengerollte Zeitschrift, die letzte Ausgabe von *The Constitutionalist* mit lebenswichtigen Informationen über Erdbeben in Kalifornien. Gagunkas war fassungslos gewesen, als er erfuhr, daß sechs der schlimmsten Erdbeben in jüngster Zeit von Abtreibung und Homosexualität ausgelöst worden waren. Mit diesem Dreck *mußte* Schluß sein.

The Constitutionalist berichtete auch in allen Einzelheiten von den gigantischen Silos, die das Finanzamt in Kansas baute, um brave Amerikaner einzusperren. Jeder besorgte Bürger, der versuchte, sich diesen Silos zu nähern, wurde auf der Stelle von schwarzuniformierten Truppen erschossen. Die Rockefellers durften allerdings problemlos hinein. Diese Information – und noch vieles andere – kreiste durch Gagunkas' überlasteten Kopf.

Gagunkas wußte aus sicherer Quelle, daß die Vereinten Nationen russische Soldaten auf amerikanischem Boden stationiert hatten und die gesamte US-Luftwaffe von Österreichern befehligt wurde. Wenn man den Leuten erklärte, daß die Ausländer die Weltherrschaft schon übernommen hatte, schauten die einen an, als wäre man verrückt, dabei hielten die Russen bereits Manöver in Idaho ab. In Arizona gab es chinesische Panzerbesatzungen. Jiddische Bankiers finanzierten einen Supertunnel von Sibirien nach Alaska. Im Weißen Haus gab es einen geheimen Fahrstuhl, der siebzehn Stockwerke unter die Erdoberfläche zur Kommandozentrale der Eine-Welt-Regierung ging, und der Vizepräsident fuhr jeden Tag hinunter, um seine Marschbefehle entgegenzunehmen.

Jetzt, dachte Gagunkas, eine Tat für die Freiheit. Ich werde diesen liberalen Scheißern zeigen, wie ein echter Mann stirbt!

Der Bär haute Gagunkas wortlos eins über den Schädel, und Gagunkas fiel um. Im selben Augenblick riefen die Leute vom Secret Service: »Zwischenfall ein Uhr! In Deckung gehen und evakuieren!«

Agenten packten den Vizepräsidenten, schützten ihn mit ihrem Körpern vor der Menge und schoben ihn in Richtung Tür. Mitarbeiter des Vizepräsidenten warfen sich elegant unter das Mobiliar der Hotelhalle, während die Leute vom Secret Service ihre Waffen zogen.

»Da«, der Bär deutete auf Gagunkas.

Mehrere Agenten rannten hin und machten ganz vorsichtig Gagunkas' Jacke auf. »Er hat sich Plastiksprengstoff umgebunden. Hier am Gürtel ist ein Zünder. Wir wären Hackfleisch geworden.«

»Mein Revier«, erklärte der Bär.

Die Agenten legten dem bewußtlosen Gagunkas Handschellen an und verständigten das städtische Sprengkommando.

»Wenn Sie vielleicht hier herüber kommen würden, Sir«, sagte der Agent zum Bären und zog sein Notizbuch heraus. »Woher wußten Sie, daß er Sprengstoff bei sich hatte?«

Der Bär tippte sich an die Nase.

»Sie haben es einfach gerochen«, lächelte der Agent. »So geht's manchmal.«

»Na dann, auf Wiedersehen«, der Bär ging zum Fahrstuhl.

Sein Terminkalender erlaubte es dem Vizepräsidenten nicht, sich beim Bär persönlich zu bedanken. Aber der Name des Bären wurde notiert, und die langsamen Räder der Regierung setzten sich in Bewegung.

»Hal hat einen Mordanschlag auf den Vizepräsidenten verhindert!« Bettina stürzte in Gadsons Zimmer. »Er war gerade auf CNN. Herr im Himmel, was für eine Chance.« Bettina schob sich vorsichtig an der lebensgroßen Nachbildung von Barton Balfour III vorbei. »Natürlich haben die Reporter nicht viel aus ihm herausbekommen.«

»Hat er es heruntergespielt?«

»Er sah aus, als hätte er es vergessen. Wie kann man vergessen, daß man dem Vizepräsidenten das Leben gerettet hat?«

»Einstein konnte keine öffentlichen Verkehrsmittel benutzen«, sagte Gadson. »Er vergaß immer, wo er hinwollte.«

»Hal ist wirklich so eine Art Einstein, stimmt's? Auf einer anderen Wellenlänge oder so. Den Aufhänger finde ich schon noch.«

»Mir kommt es vor, als hätte Hal deinen Aufhänger schon gefunden.«

Arthur Bramhall schlief ungestört seinen tiefen Schlaf. Vinal Pinette kam jeden Tag auf Schneeschuhen durch den Wald und schaute leise nach ihm. Ein paarmal war die behaarte Frau dabei, sie betrat aber nie die Höhle. Sie wollte die Privatsphäre anderer Leute nicht verletzen. Sie ging sogar mit ihren Schafen behutsam um.

Der Bär saß da, umgeben von gestapelten Exemplaren seines Buches, die die Buchhandlung in Philadelphia an diesem Tag zu verkaufen hoffte. Die Bücherfreunde waren zufrieden, daß er sich die Zeit nahm, seinen Namen deutlich zu schreiben, und nicht flott und herablassend einen unleserlichen Kringel hinwarf, wie ihn manche Schriftsteller auf der Titelseite ihrer Bücher hinterlassen.

»Würden Sie dieses vielleicht Bob widmen?« bat die Frau, die vor ihm stand.

»Wie schreibt man das?« wollte der Bär wissen.

»Wie schreibt man was?«

»Bob.«

»Oh, ganz normal«, lachte die Frau und sah dann, daß Jam, den Stift in Bereitschaft, wartete. »B-O-B«, sagte sie leicht verwirrt.

Der Bär sprach die Buchstaben lautlos vor sich hin und schrieb *B-O-B;* mit seinem eigenen Namen, *J-A-M,* machte er es genauso.

Seine Pressebetreuerin in Philadelphia war Adele Nofsacker. Adele neigte zu Hysterie, und als sie sah, wie langsam er schrieb, wußte sie, daß sie diesen Anblick nicht ertragen würde. Deshalb überredete sie ihn, nur noch mit *Jam* zu unterschreiben; der Bär war einverstanden, denn was Besseres als Jam gab es nicht.

Jetzt ging sie in den vorderen Teil des Ladens, wo der Geschäftsführer strahlte, weil so viele Leute zu Jams Signierstunde gekommen waren. »Er hat alle im Sturm erobert, nicht wahr? Daß er den Vizepräsidenten gerettet hat, war natürlich sehr hilfreich.«

Während der Geschäftsführer mit Adele sprach,

wurde ein Vorab-Exemplar der *New York Times Book Review* geliefert. Adele schlug rasch die Bestsellerliste auf. Hal Jams Buch stand auf Platz 1.

Adele trug die Zeitung zu Jams Tisch und breitete sie vor ihm aus. »Sie haben's geschafft.«

Der Bär schaute auf die Stelle, auf die Adele zeigte, und dann hoch zu ihr.

»Sie sind die Nummer eins«, strahlte sie.

»Ich bin Jam«, beharrte der Bär.

Die Autogrammstunde lief gut und die Interviews an jenem Nachmittag ebenfalls. Der Bär wußte jetzt, daß die gleißend hellen Lampen eines Fernsehstudios ihn nicht bedrohten und ihm niemand in der Dunkelheit dahinter auflauerte. Vor jedem Termin bestand er auf einer Tüte Käseflips, die er dann während des Interviews aufaß. Als er an diesem Abend mit Adele Nofsacker ins Latham Hotel zurückkehrte, kam in der Halle ein rundlicher Mann mit einem Aktenkoffer auf ihn zu. »Mr. Jam?«

Der Bär schaute erwartungsvoll auf den Aktenkoffer. »Haben Sie da einen Roman drin?«

Der Mann schaute verwirrt, und Adele Nofsacker nahm die Sache in die Hand. »Mr. Jam hat einen langen Tag hinter sich und braucht Ruhe.« Adele betrachtete es als heilige Pflicht, ihre Schriftsteller zu beschützen, und Hal Jam bedurfte dessen dringender als jeder andere; der arme Mann war so sanft, so liebenswürdig, er würde nie seinen Frieden haben, wenn sie zuließ, daß Autogrammjäger ihn bis in die Nacht hinein verfolgten.

»Ich bin von der Firma Käseflips und möchte Mr. Jam ein Angebot machen.«

Der Bär spitzte die Ohren. »Haben Sie Käseflips?«

Der Mann machte seinen Aktenkoffer auf und überreichte dem Bären eine Tüte. »Wir waren entzückt, als wir erfuhren, wie gern Sie sie mögen.«

»Setzen Sie sich mit Mr. Jams Rechtsanwälten in Verbindung«, sagte Adele knapp. »Kommen Sie, Hal.«

»Ich bitte Sie«, der Käseflips-Mann gab keine Ruhe. »Ich bin extra aus Wisconsin hergeflogen, um Mr. Jam zu treffen. Er hat doch bestimmt fünf Minuten Zeit.«

»Morgen«, antwortete Adele. »Mr. Jam ist sehr müde.«

»Verzeihen Sie«, insistierte der Käseflips-Mann. »Wer sind Sie eigentlich?«

»Adele Nofsacker.«

»Ms. Nofsacker, ich weiß, Sie haben beide einen langen Tag hinter sich, und ich will mich nicht aufdrängen.« Der Käseflips-Mann kam etwas näher und versuchte sich aufzudrängen, aber der Bär ging weiter und knabberte derweil die Flips, die sowohl visuell als auch von der chemischen Zusammensetzung her eine große Ähnlichkeit mit Styropor-Verpackungsflocken in einem eigelbfarbenen Überzug hatten. Als der Bär den Fahrstuhlknopf drückte, schob sich der Käseflips-Mann neben ihn, Adele Nofsacker stand auf der anderen Seite.

»Mr. Jam, meine Firma bietet Ihnen Geld.«

»Rufen Sie uns morgen früh an«, murmelte Adele Nofsacker.

Die Tür ging auf und der Mann drängte sich mit in den Fahrstuhl. »Wenn Sie auf Ihrer Tournee weiter unsere Käseflips essen, zahlen wir Ihnen 250.000 Dollar.«

»Sie machen wohl Witze«, ging Adele Nofsacker dazwischen. »Mr. Jam ist ein angesehener amerikanischer Autor, kein Basketballspieler. Er gibt seinen Namen nicht für andere Produkte her, nur für seine Bücher.«

Der Aufzug fuhr jetzt nach oben. Der Bär knabberte weiter an seinem knusprigen Geschenk. Als jemand, der die Zellulose in Wespennestern genießbar fand, hatte er gegen einen Mund voll Flips nichts einzuwenden.

»Aber schauen Sie doch«, sagte der Mann von der Firma Käseflips. »Er liebt unser Produkt.«

»Er macht keine Werbung dafür.« Adele Nofsacker starrte auf die Anzeigetafel des Aufzugs, die bei jedem Stockwerk aufleuchtete.

»Hören Sie«, ächzte der Käseflips-Mann, als sich die Fahrstuhltür öffnete. »Ich kann noch höher gehen.«

»Das können Sie *nicht*. Mr. Jam hat morgen einen frühen Flug und braucht jetzt seinen Schlaf.«

»Wenn er morgen einen frühen Flug hat, wie soll ich dann mit ihm reden?«

»Das ist Ihr Problem.«

Der Bär ging hinter ihnen her und schüttete sich den Rest aus der Tüte ins Maul. Er hatte heute viele Wörter gesagt und war mit sich zufrieden.

»Also gut, wir zahlen ihm 300.000.«

Adele Nofsacker schloß das Zimmer des Bären auf. »Ich glaube, Sie verstehen nicht. Mr. Jam ist nicht daran interessiert.«

»Wir liefern in jedes Hotel auf seiner Tournee einen Karton mit unserem Produkt, und er muß nur aus einer einzigen Tüte etwas essen, wenn er auf Sendung ist, oder sie auf irgendeine natürliche, ungezwungene Art ins Bild halten. Dafür bekommt er von uns 350.000 Dollar.«

Adele Nofsacker warf dem Käseflips-Mann einen verächtlichen Blick zu. »Mr. Jam lehnt Ihr Angebot ab.«

Der Bär ging durch die geöffnete Tür, und Adele Nofsacker versuchte sie dem Käseflips-Mann vor der

Nase zuzumachen, aber der schob im letzten Moment seinen Aktenkoffer dazwischen.

»Also gut, also gut, sagen wir 400.000. Das ist ein faires Angebot, weil wir keinen langfristigen Vertrag wollen. Er gilt nur für die Dauer der Tournee.«

Adele Nofsacker starrte den Käseflips-Mann an, als wäre er eine Teppichmotte. »Eine halbe Million.«

»Abgemacht.« Der Käseflips-Mann klappte seinen Aktenkoffer auf und zog den Vertrag heraus. »Ach, übrigens – wären Sie interessiert, für unsere Firma zu arbeiten?«

»Wir reden später«, sagte Adele.

Vinal Pinette setzte sich auf sein altes Eisenbett. Er trug eine ausgefranste Strickmütze, um seinen kahlen Kopf warmzuhalten, und sein Gebiß lag im Glas und lächelte die verblaßte Tapete an. Draußen türmte sich der Schnee bis an den Fenstersims, und der Mond schien auf die gerundete Schneebank und die schwer beladenen Bäume. »Art is wie'n Sohn für mich«, sagte Pinette zu seinem Hund, der neben dem Bett auf dem Boden lag.

Der Hund schaute hoch und hoffte auf einen letzten Happen zur Nacht, vielleicht ein Wiener Würstchen als Betthupferl.

Über dem Bett hing eine nackte Glühbirne, die noch brannte. Pinette griff nach oben und machte sie aus. Das mondbeschienene Fenster wurde zum hellsten Fleck im Zimmer. »Art, mein Junge«, seufzte er, »hoffentlich hälst dich tapfer.«

Der Hund tappte aus dem Schlafzimmer, und seine Krallen klickten leise auf den abgetretenen Fichtenbohlen. Er wanderte in die Küche und starrte in seine Schüssel. Sie war natürlich leer. Aber nachsehen konnte nie schaden.

Er schlabberte geräuschvoll von seinem Wasser und rollte sich dann hinter dem Küchenherd zusammen. Seufzend legte er seinen Schwanz über die Nase und schloß die Augen. Ein paar Minuten später war er eingeschlafen und jagte im Traum hinter Wiener Würstchen her. Er schnappte so heftig nach ihnen, daß er davon wach wurde.

Nur ein Traum, sagte er, und seufzte noch einmal, den uralten Seufzer des Hundes am Ofen, wenn die Würstchen knapp sind.

Als der Bär und Will Elder, sein Begleiter in Chicago, den grünen Raum des Fernsehsenders Kanal 7 betraten, wartete dort auch Reverend Norbert Sinkler. Elder stellte die beiden Bestseller-Autoren einander vor. »Reverend Sinkler, Hal Jam. Sie sind diese Woche beide ganz weit oben auf der Liste.«

»Nun, nun«, sagte Sinkler, und seine Augen leuchteten. Reverend Sinkler wollte *die Menschen erreichen*. Er war den Umgang mit Liberalen nicht gewohnt, aber wenn er sich um das Amt des Präsidenten bewerben wollte, dann brauchte er sie. »Ich bin sehr erfreut, Sie kennenzulernen, Sir, wirklich sehr erfreut.«

Der Bär gab Reverend Sinkler die Hand, und der Reverend freute sich, daß es nicht so ein tuntiger Wischiwaschi-Handschlag war, sondern ein fester, männlicher Händedruck.

»Ich habe Ihr Buch gelesen«, sagte der Bär, denn seine PR-Dame hatte ihm eingeschärft, das immer zu seinen Schriftstellerkollegen zu sagen, um niemanden zu verletzen.

»Tatsächlich? Also da machen Sie mir eine Freude, Mr.... äh... Jam, eine große Freude. Zumal mir *Ihr* Buch großes Vergnügen bereitet hat.« Von der Existenz dieses Buches hatte Reverend Sinkler bis zu diesem Augenblick nichts gewußt, aber auch ihm hatte sein PR-Berater geraten, jedem Schriftsteller zu erzählen, er hätte sein Buch gelesen.

Elder verschwand mit den Worten: »Ich sehe schon, daß Sie sich eine Menge zu erzählen haben.«

Sinkler schenkte dem Bären jenen huldvollen Blick,

mit dem er allen Menschen zeigte, daß er sie liebt. Der Bär erwiderte den Blick und beschnupperte den Reverend. Da waren schwache Spuren eines Zweihundert-Dollar-Parfums. Außerdem roch er Schminke, die anscheinend eßbar war. Er beugte sich vor, packte den Reverend an der Schulter und leckte ihm das Gesicht ab. Es schmeckte nach Butter.

Sinkler versuchte auszuweichen, aber ein fester, männlicher Griff hielt ihn fest. *Ist das 'n Franzmann?* überlegte Sinkler und beschloß dann, daß es so sein mußte, schließlich war der Mann ein Bestseller-Autor und kein Perverser. »Vielen Dank für Ihre aufrichtige Zuneigung, Sir. Ich sehe, daß wir miteinander auf der langen, leuchtenden Straße zu ewiger Brüderlichkeit dahinwandeln.«

Der Produzent kam herein. »Reverend, wir sind jetzt soweit.«

Sinkler wirbelte herum wie ein Kreisel, als sich nun die lange, leuchtende Straße der Telekommunikation vor ihm auftat. »Die Stunde der Verkündigung ist gekommen«, sagte er mit liebevollem Lächeln.

Der Bär blieb im grünen Raum und aß seine Käseflips. Ein Monitor an der Wand übertrug die Sendung, und der Bär sah den Reverend mit dem Moderator sprechen. Er suchte die Fernbedienung, um den Kanal zu wechseln, aber es gab keine. Als ein Produktionsassistent hereinkam, deutete der Bär auf den Monitor und sagte »Cartoons«.

»Das kann man wohl sagen«, meinte der Produktionsassistent und warf einen Blick auf den Reverend.

Der Bär nickte und schaute weiter auf den Monitor, wo der Reverend im Tonfall eines vergangenen, einfacheren Amerika sprach. Die sonor dröhnende Stimme des Reverends beeindruckte ihn.

Der Produktionsassistent schüttelte den Kopf. »Mir wird Angst und Bange, wenn ich dran denke, daß er vielleicht unser nächster Präsident wird.«

»Ich will reden wie er«, sinnierte der Bär.

Der Produktionsassistent kicherte. »Wer will das nicht. Der Mann ist hundert Millionen schwer.«

Diese Zahl sagte dem Bären nichts, weil er es ohne Zwischenstation vom Bär zum Millionär gebracht hatte. Aber in langen, wohlklingenden Sätzen sprechen, wie der Mann auf dem Bildschirm, konnte er immer noch nicht.

Als der Bär an der Reihe war, gab er sein typisches Interview, das den Moderator verwirrte, die Kameraleute entzückte und die Leitungen in der Telefonzentrale heißlaufen ließ. Reverend Sinkler schaute sich die Sendung im Fernseher in seiner Limousine an und war verblüfft von der Gradlinigkeit seines Bestseller-Kollegen. »Ich werde Hal Jam nach Godland holen«, sagte er zu Craig Sudekum, seinem christlichen Pressesprecher.

Sudekum räusperte sich diplomatisch. »Der Mann redet in seinem Buch außerehelichem Geschlechtsverkehr das Wort.«

»Wir müssen mit der Zeit gehen, Sudekum.«

»Immer riskant, Reverend.«

»Ich will *die Menschen erreichen.*«

»Das ist mir klar, Reverend.« Craig Sudekum war die graue Eminenz hinter Norbert Sinkler. Sinkler hatte das Charisma und das Gefühl für das Volkstümliche, aber Sudekum war der Kopf, und er hatte diesen großen, dumpfen Bibeldrescher aus obskuren Anfängen bis zur Schwelle des Weißen Hauses geschafft.

»Hal Jam ist warmherzig und aufrichtig«, insistierte Sinkler. »Er macht keine großen Worte. Man fühlt sich ihm gegenüber nicht wie ein Trottel.« Reverend Sinkler starrte aus dem Fenster auf die Straße. »Ich mag Hal. Ich glaube, meine Gemeinde würde ihn auch mögen.«

»Wenn man das Thema Unzucht ausklammert, Reverend.«

»Er braucht Leser, Sudekum, genau wie ich. Wir sorgen dafür, daß Unzucht kein Thema ist und führen ihn den Gemäßigten vor. Ich brauche auch die noch nicht Erleuchteten, und dieser Jam wird mein erster sein. Er hat sogar mein Buch gelesen.«

»Jawohl, Sir. Wollen Sie sich mit ihm in Verbindung setzen?«

»Das erledigen Sie.« Reverend Sinkler wandte sich über die Gegensprechanlage an den Fahrer. »Ich sehe schwarze Gesichter. Lassen Sie das Gold verschwinden.«

»Jawohl, Sir«, sagte der Fahrer und drückte einen Knopf an der Lenksäule. Das Kruzifix aus vierzehnkarätigem Gold, das als Kühlerfigur diente, senkte sich automatisch und verschwand in der Kühlerhaube.

Reverend Sinkler und der Bär dinierten im Pump Room des Omni Ambassador-Hotels. Jackett- und Krawattenzwang. Der Bär trug seinen Tweedanzug und die Gummibandkrawatte; Reverend Sinkler steckte in einem marinefarbenen Blazer mit Goldknöpfen, die zu dem winzigen, 18-karätigen Kruzifix an seiner Armanikrawatte paßten.

Der Reverend hob sein Weinglas und nippte bedächtig. »Sie werden die Hauptattraktion sein, es soll nicht allzu formell werden, nur eine ungezwungene Begegnung. Ich muß Ihnen allerdings gleich sagen, daß Sex kein Thema ist, es sei denn, die Familie steht im Mittelpunkt. Sehen Sie da ein Problem?«

»Kein Problem«, meinte der Bär. Bettina hatte ihm eingetrichtert, das zu antworten, wann immer ihn auf der Tournee jemand fragte, ob er etwas tun könnte. Machen Sie alles, Hal. Jede Publicity ist gut. Sagen Sie einfach: kein Problem.

»Wie schön, daß Sie das sagen, Hal, ich freue mich. Ich wußte, daß es für einen Mann von Ihrem Charakter und Ihrem Glauben nicht schwer sein würde, sein Auftreten anzupassen.«

»Kein Problem«, wiederholte der Bär. Er aß das Pump Room-Hühnerfrikassee und war zufrieden. Von allen Bären der Welt habe ich das größte Revier, dachte er. Keiner kann auch nur entfernt mithalten. Ohne Widerspruch zu fürchten, kann ich behaupten, daß es auf der Welt keinen Bären gibt, der nicht gerade Hühnerfrikassee fressen möchte. Aber hätte ein anderer Bär so gute Tischmanieren? Würde er sich die Serviette unters Kinn stecken? Würde er seine Tatze neben den Suppenteller legen oder reinhängen lassen? Diese Fortschritte kommen nicht von ungefähr. Ein anderer Bär würde in so einer Situation schlürfen und furzen. Er würde womöglich einen Scheißhaufen neben den Stuhl setzen, zum Zeichen, daß alles auf dem Tisch ihm gehört. Ich habe widerstanden. Leicht war es nicht. Aber es mußte sein.

»Ich würde jetzt gern das Thema wechseln, Hal, und ein bißchen über Politik reden. Ich dränge mich nicht danach, ganz bestimmt nicht, aber eine immer größere Gruppe von Leuten glaubt, ich sollte das Weiße Haus ansteuern. Was würden Sie von meiner Kandidatur halten?«

Der Reverend hatte während seiner Rede mit der Gabel herumgefuchtelt, und der Bär vermutete, daß Kandidatur etwas mit Frikassee zu tun hatte. Er hob ebenfalls die Gabel. »Klingt lecker.«

»Schön, schön.« Sinkler lächelte zufrieden. »Das freut mich zu hören, Sir, wirklich.« Was zum Teufel versteht Sudekum schon von Politik? dachte der Reverend Sinkler. Ich *wußte,* daß Jam kurz davor ist, nach rechts zu schwenken.

»Wir sind sehr schnell, Hal, aber ich glaube, bei großen Bewegungen ist das immer so. Würden Sie meine Kandidatur auch im Fernsehen unterstützen?«

»Kein Problem«, antwortete der Bär.

»Das ist wunderbar, Hal, und höchst erfreulich. Und weil wir gerade beim Thema sind, will ich Ihnen auch sagen, daß ich etwas für dieses Land tun kann. Ein Land ist nämlich wie eine Kirchengemeinde.« Na sowas, dachte Sinkler, das ist gar nicht mal schlecht. Er nahm sich vor, diese Zeile von seinen Redenschreibern weiter ausbauen zu lassen: *Ein Land ist wie eine Kirchengemeinde. Ein Land ist eine Kirchengemeinde.* »Eines kann ich Ihnen versprechen, Hal. Niemand wird mir vorwerfen können, ich hätte mit irgendeiner Sekretärin in einem Motelzimmer die Hosen heruntergelassen.«

Der Bär schaute auf seinen Schoß, um, wie er es oft machte, den Sitz seiner eigenen Hose zu prüfen. »Ich habe meine richtig an.«

»Natürlich haben Sie das, und ich genauso.« Reverend Sinkler hatte bei mehreren denkwürdigen Gelegenheiten mit dem Teufel der Begierde gerungen, aber er hatte es immer geschafft, seine Hosen anzulassen. Gerade jetzt saß eine Frau an einem Tisch gegenüber, deren halb entblößte Titten aus dem Dekolleté ihres Kleides quollen. Titten, für die ein Mann Wahlen verlieren könnte. Der Reverend schaute wieder Jam an. »Wir sind alle nur Menschen.«

»Ich versuche es«, antwortete der Bär.

»Sehr gut ausgedrückt, mein Freund. Wirklich sehr gut. Und ich versuche es ebenfalls.«

»Sie auch?« fragte der Bär.

»Ich auch, Hal. Ich will nicht so tun, als sei mir animalische Begierde fremd.«

Reverend Sinkler spürte eine große Nähe zu Hal Jam. Der Mann fällte kein Urteil über einen, deshalb hatte der Reverend Sinkler das Gefühl, ihm gegenüber offen sprechen zu können. »Jeden Sonntag habe ich 37 gutaussehende Frauen hinter mir im Chor singen. Aber ich ziehe aus meiner Stellung keinen Vorteil.«

»Ich mache es meistens von hinten«, meinte der Bär.

»Die verbrüdern sich«, murmelte Will Elder an einem Tisch in der Nähe.

Er sprach in ein Handy, ein Ferngespräch nach New York.

»Er verbrüdert sich mit Norbert Sinkler?« Bettina war zu Hause in alphabet city und fertig mit der Arbeit, aber Will Elder hatte Anweisung, sie anzurufen, wenn Hal Jam in Schwierigkeiten geriet.

»Sinkler hat ihn nach Godland eingeladen.«

»Und er hat angenommen?«

»Er wird in der Godland-Sendung ›Beten und Einkaufen‹ auftreten.«

»Wie zum Teufel konnte das passieren?«

»Die beiden können eben miteinander.«

»Das war's dann mit dem National Book Award. Die Werbung für die Käseflips war schon schlimm genug.«

»Schriftsteller auf Lesereise sind Erwachsene in Windeln.«

»Wann soll er denn mit Sinkler auftreten?«

»Morgen.«

»Können Sie gar nichts tun, Will?«

»Ich tue mein Bestes, aber schließlich kann ich ihn schlecht in den Schrank sperren ...«

Godland lag zehn Meilen außerhalb von Chicago, und der Bär fuhr in einer Godland-Limousine vor. Der Bär hatte keine Vorstellung von Religion. Er kam wegen der Kandidatur, die er sich in einer Cremesoße mit zarten kleinen Erbsen vorstellte.

Norbert Sinkler höchstpersönlich begrüßte den Bären, als die Limousine am Hauptgebäude vorfuhr. Dieses Gebäude hieß Halle des Himmelreichs und war ein Beispiel für eine Gigantomanie, die dem Dritten Reich in nichts nachstand.

»Willkommen, Hal«, sagte Reverend Sinkler. »Gott höchstselbst hat mir heute morgen mitgeteilt, wie glücklich Er ist, daß Sie zu uns kommen.«

Der Bär blinzelte in den hellen Winterhimmel. Die Sonne beschien die Kuppel der Halle des Himmelreichs und die flatternde Fahne der Geistlichkeit des ewigen Wunders m.b.H. Der Bär schnupperte nach Hühnchenkandidatur, roch aber nur die Pommes, die im Godland-Einkaufscenter nebenan verkauft wurden.

Norbert Sinkler führte seinen Gast am Ellbogen zum Eingang der Halle des Himmelreichs. »Wir sind stolz auf unseren Platz in der amerikanischen Landschaft, Hal«, sagte er und zeigte mit großer Geste auf den farbenfrohen Zuckerbäckerstil der Läden und Straßen, die sternförmig vom heiligen Zentrum nach außen führten. Dem Bären gefiel die Architektur ebenfalls. Das war so, weil er ein Bär war.

Reverend Sinkler führte ihn in die Halle, die von ihren Schritten widerhallte. Der Bär starrte zur Kuppeldecke hinauf. Es war die höchste Decke, die er je gesehen hatte, und darauf waren hübsche Bilder gemalt

– von Norbert Sinkler und einem langhaarigen, bärtigen Mann, der Leute zu den Wolken führte.

»All das wurde durch das Gebet erbaut«, dröhnte Sinkler.

Die Nase des Bären begann zu zucken. Er bekam Hunger. »Was ist denn mit Ihrer Kandidatur?«

»Wir arbeiten Tag und Nacht daran, Hal. Postwurfsendungen, Telefonmarketing, Anzeigenkampagnen. Gott *wird* ins Weiße Haus kommen.« Reverend Sinkler stellte sich vor, wie er am Tag der Amtseinführung den Eid ablegte und seine dröhnende Stimme die Herzen und Hirne der Welt erfüllte. Deshalb brauchte er Jam – und andere Leute wie ihn –, Menschen der Mitte, die den Weg zu Gott fanden.

»Ich hätte Ihre Kandidatur gern jetzt«, meinte der Bär.

»Ich auch.« Sinkler war gerührt von der Ernsthaftigkeit seines Gastes. »Aber diese Dinge brauchen Zeit.«

Der Bär nickte, und seine Zunge wanderte wieder über die Schnauze, voller Vorfreude auf die kleinen Erbsen in der Soße.

Sinkler ging voran hinter die Bühne, wo er sich zwischen Kabeln durchschlängelte. Der Bär wurde von den Make-up-Leuten in Schlepptau genommen und dann an den Regieassistenten weitergereicht. Durch den Vorhang hörte er das Publikum, einige Tausende, die an Norbert Sinklers Version der Realität glaubten und im Herzen mit den Millionen anderen Menschen vereint waren, die zu Hause das Christliche Programm ›Beten und Einkaufen‹ anschauten.

Der Regieassistent führte den Bären auf die Bühne zum Besuchersessel, und Reverend Sinkler ging zu seinem Podium. Das Orchester nahm Platz, und die Mitglieder des Chors betraten in langen roten Kleidern die Bühne.

Die Nase des Bären wandte sich sofort den 37 Frauen in ihren langen roten Kleidern zu. Wohlriechende Gruppe, dachte er. Das löst bei einem Bären den Trieb aus, kleine Bären zu machen, genauso hat es die Natur geplant, mehr oder weniger.

Die Kameras gingen auf Position, aus der Regie kam das Zeichen, und die Erkennungsmelodie der Sendung setzte ein.

Die Duftwolke, die von den 37 Kleidern ausging, wisperte und tanzte in der Nase des Bären. Menschenfrauen hatten ihn auf den Geschmack gebracht, und sie waren das Beste. Er wußte, daß er ein unartiger Bär war, aber ein verzweifeltes Verlangen überkam ihn; er wollte beißen, sich zeigen, herausfordern. Könnte Ärger einbringen, aber ein Bär lebt schließlich nur einmal.

Die Frauen des Chors beobachteten ihn mit nervöser Faszination. Die männlichen Gäste, die in der Sendung ›Beten und Einkaufen‹ auftraten, sprachen über den Wert der Familie. Dieser Mann dagegen schnüffelte an dem Chor herum, als hätte er ... na ja, man durfte gar nicht daran denken, aber ... als hätte er seine Nase *da unten.*

»Willkommen, meine lieben Freunde.« Norbert Sinkler nickte seinem Publikum zu. Im Hintergrund begann der Chor leise zu singen. Die Frauen behielten den Gast im Auge.

»Meine Freunde, heute liegt der Segen Gottes auf mir, und ich habe Sein Wort mit eigenen Ohren gehört. Gott sagte zu mir: ›Norbert, begrüße diese Menschen so herzlich und liebevoll, wie du nur kannst. Öffne ihnen dein Herz, damit sie Gott ihr Herz öffnen können ...‹.«

Das Herz des Bären öffnete sich den lieblichen

Damen. Ihr Gesang klang so wunderbar, und ihr Duft wanderte von seiner Nase zu seinem Gehirn und befahl ihm mit der Kraft des Urinstinkts, all das weibliche Fleisch zu erobern und sich in seinem feuchten Duft zu suhlen. Ja, sagte er sich, *ja, ja.*

Norbert Sinkler hatte dem Chor den Rücken zugewandt, als er mit seiner Predigt loslegte; er wußte, seine Worte würden alle *mitreißen.*

Die Frauen sangen weiter, denn sie waren Profis, aber der stämmige Gast kam jetzt direkt auf sie zu, und er schaute wild.

»... Gott sagte: ›Bringe diesen Menschen die frohe Botschaft, Norbert‹, und ich sagte: ›Ich werde es tun, Herr, ich werde tun, was Du verlangst‹.«

Der Bär war die mit einem roten Läufer belegten Stufen zum Chor hinaufgestiegen und ließ jetzt sein Brüllen ertönen, einfach um jedermann klarzumachen, wem diese Weibchen gehörten.

Was zum Teufel ..., dachte Norbert Sinkler und schwieg verblüfft.

Der Bär brüllte noch einmal und reckte die Tatzen in die Luft, ein uraltes Zeichen, mit dem seine Spezies ihr Revier absteckt.

Das Gebrüll dröhnte durch die Halle, und einige der Gläubigen in den ersten Reihen waren bis ins Mark erschüttert. »Hallelujah!« schrien sie, sprangen auf und warfen ebenfalls die Arme in die Luft.

»Ehre sei Gott, *Ehre*!«

Die ganze Reihe erhob sich, und stimmte ein in die mitreißende Lobpreisung des Herrn.

In diesem Augenblick hörte der verdutzte Prediger eine Stimme. Es war nicht die Stimme des Herrn, sondern die des Regisseurs über Sinklers Ohrhörer. *»Machen Sie mit, Reverend.«*

Gehorsam reckte Reverend Sinkler dem Publikum die Arme entgegen und lächelte. »Ihr spürt es, meine Freunde, ihr spürt die *Botschaft*...«

Auch der Bär wandte sich dem Publikum zu, verblüfft, erst Hunderte, dann Tausende von Stimmen zu hören, die wie aus einem Mund schrien.

»Hallelujah! Hallelujah!«

Er brüllte zurück, lauter als zuvor, sein kräftigstes Gebrüll, der Urschrei des Waldes.

Na, *das* ist aber mal ein Christ, dachte das Publikum und antwortete ebenfalls mit einem Schrei.

Der Bär vergaß die Chordamen. Der Klang, den so viele menschliche Stimmen erzeugten, war erstaunlich. Die Menschheit konnte das, konnte sich zu einem einzigen Zweck zusammentun. So erfanden sie Popcorn und Spitzenhöschen. Und das Unglaubliche war – er führte sie an! Er brüllte noch einmal, nur für alle Fälle. Sie brüllten zurück, sprangen auf und reckten die Arme in die Luft, und er wußte – er hatte alles im Griff.

Bettina Quint stürzte durch den Hintereingang ins Studio und sah mit Entsetzen, daß sie zu spät kam. Hal hatte einen Aufstand ausgelöst.

Dann entdeckte sie Will Elder, der wie versprochen sein Bestes getan hatte und auf einen Tisch am Ausgang Berge von *Schicksal und Sehnsucht* parat hielt. Dann setzte der Ansturm der Massen ein, und einer nach dem anderen stürzte herbei, um das Buch dieses großen, charismatischen Führers zu kaufen, der das Dach der Halle des Himmelreichs erbeben ließ.

»Seien Sie brav, Hal!« sagte Bettina am Flughafen. Will Elder und sie hatten den Bären zum Wartesaal der Delta-Fluggesellschaft begleitet. Sein Gepäck war schon aufgegeben. Er trug einen Aktenkoffer voller Käseflips.

»Wir ändern die Grundregel ein wenig«, fuhr Bettina fort. »Wenn jemand Sie bittet, etwas zu tun, dann rufen Sie zuerst mich an.«

»Klar«, antwortete der Bär.

»Warum habe ich das Gefühl, Sie hören mir gar nicht zu?«

»Delta ruft die Passagiere der ersten Klasse zum Flug nach Dallas auf...«

»Na dann, auf Wiedersehen«, sagte der Bär und zockelte zum Ausgang, den Flugschein in der Tatze.

Arthur Bramhall erwachte in seiner dunklen Höhle. Er spürte die Fichtenzweige unter sich und die Felswände um sich herum. Bis zum Frühling war es noch lang, und der Wunsch, zu schlafen, sich umzudrehen und wieder auf seinen Zweigen zusammenzurollen, war stark. Aber etwas befahl: *Steh auf.*

Er kroch durch die Dunkelheit der dünnen Schneeschicht entgegen, die den Höhleneingang bedeckte. Er kratzte sich durch den Schnee und steckte den Kopf hinaus in eine sterbende Winterlandschaft.

Die Sonne hing tief am Himmel. Er blinzelte ins Licht und kehrte weiter mit ungelenken, scharrenden Bewegungen den Schnee beiseite. Er war hungrig, hungriger als je zuvor. Er hatte Hunger auf Essen und auf Leben.

Er stemmte das Rückfenster eines Restaurants auf. Leise schnaufend und ächzend wuchtete er sich über den Fenstersims und landete ungelenk auf dem Boden. Er schob den Kopf vor und zurück und schnupperte in der dunklen Küche herum. Dann brummte er anerkennend, wanderte zum Kühlschrank, machte ihn auf, holte eine Torte heraus, riß sie gierig auseinander und stopfte sich große Brocken in den Mund. Als er mit der Torte fertig war, stürzte er sich auf einen Schokoladenkuchen. Er kam sich sehr schlau vor, weil er diese Leckereien gefunden hatte. Abgesehen davon dachte er an gar nichts.

Während er aß, machte ihn seine Nase auf ein Päckchen im Kühlschrank aufmerksam – ein Fisch, eingewickelt in eine Zeitung. Er riß die Zeitung auf und wollte gerade in den rohen Fisch beißen, als ihm ein Licht aufging, so schwach wie das Lämpchen des Kühlschranks. Dort, wo sich das Papier um den Kopf des Fisches legte, fiel ihm ein vertrauter Titel ins Auge: *Schicksal und Sehnsucht*. Er schob den Fisch beiseite und strich die Zeitung sorgfältig glatt. Der Titel stand auf Platz 1 der Bestsellerliste. Plötzlich überkam ihn die Erinnerung an eine verlorene Zeit, so wie es auch Proust erlebt hatte, in allen Einzelheiten: Bei Proust war es ein in Tee getauchtes Plätzchen, das ihm den Geschmack der Vergangenheit zurückbrachte. Bei Bramhall war es ein in eine Zeitung gewickelter Fisch, aber das Resultat war dasselbe – die Erinnerung an sein geliebtes Buch, an dem er mit solcher Hingabe gearbeitet hatte, war wieder da. Jeder Satz brannte in seinem Herzen, und er wußte, daß er reingelegt worden war.

Aber von wem? überlegte er, und dann erinnerte er sich an die Spuren unter dem Baum.

»Reingelegt von einem Bären?« Seine Stimme, die da in der leeren Küche des Restaurants widerhallte, kam ihm fremd vor. Die menschliche Sprache hatte in ihm geschlummert, aber jetzt verfing er sich wieder im Netz der Wörter – in ihren Bedeutungen und dem Kummer, den sie ausdrücken konnten. »Reingelegt von einem Bären?« schrie er und riß die Zeitung und die Bestsellerliste in der Mitte durch, dann schleuderte er den Fisch an die Wand.

Die Torte und der Kuchen, die er so gierig heruntergeschlungen hatte, rumorten in seinem Magen; ein Bär konnte solche Völlerei vertragen, aber Bramhall schüttelte sein Bärsein rasch ab. »Grundgütiger Gott«, sagte er, als er in der Fensterscheibe sein Abbild entdeckte –

ein behaartes, nacktes Geschöpf mit Fichtennadeln und Zweigen im struppigen Bart. Er versuchte sich etwas zurechtzumachen, begriff dann aber, wie gefährlich dieser Ort war. Er mußte verschwinden, bevor er erwischt und ins Gefängnis oder ins Irrenhaus gebracht wurde.

Durch das zerbrochene Fenster kroch er wieder nach draußen und brummte dabei. Das versetzte ihm den nächsten Schreck: Der Bär in ihm war noch nicht ganz tot.

»Ich habe mich mit Ihrem Fall befaßt, Mr. Bramhall.« Eaton Magoon schaute seinen Klienten über den Schreibtisch hinweg an.

»Nun?« knurrte Arthur Bramhall, der unter großen Schwierigkeiten in die Zivilisation zurückkehrte. Der Anzug, den er trug, platzte aus allen Nähten. Er hatte einmal tadellos gepaßt, aber jetzt hatte Bramhall einen drei Zentimeter dicken Pelz am ganzen Körper, und sein Hals war deutlich massiger geworden.

Durchs Fenster hinter Rechtsanwalt Magoon sah man die Rathausuhr, deren Zeiger stillstanden. Hinter der Uhr kam der Futtermittel- und Samenladen. Die Schrift auf dem Schild war alt und verblaßt, wie der größte Teil des Nordens von Maine. »Ich bin nur ein Kleinstadtanwalt, Mr. Bramhall, und es spricht viel gegen Sie.«

»Aber es ist mein Buch«, knurrte Bramhall. Er hatte den Reibeisenklang immer noch in der Stimme, und jeder Satz endete in einem leisen Heulen. Er klang wie ein Hund, der Würmer hat.

»Es gibt keinen Durchschlag davon«, fuhr Magoon fort, »wir haben also keinen Beweis dafür, daß Sie der Autor von *Schicksal und Sehnsucht* sind.«

»Fragen Sie Vinal Pinette. Der wird Ihnen sagen, daß ich an einem Buch gearbeitet habe.«

»Ja, aber an was für einem Buch? Vinal Pinette kann kaum lesen.«

»Er ist ein ehrlicher Mensch.«

»Ehrlich, aber ein Analphabet. Er wäre ein guter Zeuge, wenn es um einen Kuhdiebstahl ginge.«

»Ich habe *Schicksal und Sehnsucht* geschrieben.«

»Ich glaube Ihnen, Mr. Bramhall. Aber wird Ihnen ein Richter glauben? Und was ist mit den Geschworenen? Darf ich ganz offen sein?«

»Sicher.«

»Ihre Erscheinung spricht gegen Sie. Sie sehen nicht aus wie ein Schriftsteller.«

»Wie sehe ich denn aus?«

»Ehrlich gesagt, Sie sehen aus wie ein Bär.«

Die Lesereise des Bären endete in Südkalifornien. Eine solch üppige Natur hatte er noch nie gesehen. Er machte einen Morgenspaziergang auf dem Gelände des Bel-Air-Hotel. Die tropischen Bäume mit ihren riesigen Wurzeln und Ästen erfüllten die Luft mit tropischer Kraft. Er ging den Pfad hinunter zum Teich, wo ein paar Schwäne schwammen, das Wahrzeichen des Hotels. Sie waren verwöhnte Wesen, und als der Bär sie anschaute, sabberte er unwillkürlich. Bärensabber riecht intensiv, und die Schwäne waren schockiert. Wer war dieser Barbar? Wie kam der in ihr Hotel? Verächtlich wandten sie ihm die Schwanzfedern zu und paddelten davon. Der Bär machte einen Satz, seine Tatzen hämmerten aufs Gras. Die Schwäne drehten entsetzt die langen Hälse und stürzten sehr unelegant den Abhang am anderen Ufer hoch und in die Büsche.

Der Bär kam schliddernd zum Stehen und schaute sich um. Hatte ihn jemand beobachtet? Ich muß meine Waldinstinkte beherrschen. Wenn ich diese Vögel fresse, kann das zu unendlichen Mißverständnissen führen.

Scheinbar ganz unbeteiligt stieg er aus dem Schwanengarten und nahm einen anderen Pfad. Rechts und links wuchsen üppige exotische Blumen; und aus Wasserspeiern, die wie Tierköpfe aussahen, sprühte Feuchtigkeit. Er schlenderte über die Terrasse des Restaurants, über ihm wölbte sich ein Baldachin aus Zweigen mit unendlich vielen blauen Blüten. Auf den Liegen neben dem Pool lagen schon Frauen mit Schnürsenkeln zwischen den Pobacken. Er blieb stehen, und der junge Bademeister fragte: »Möchten Sie eine Liege, Sir?«

»Ich schau mir die Hintern an.«

»Selbstverständlich, Sir.«

Der Bär nahm eine Banane aus dem Früchtekorb, der für die Badegäste aufgebaut war. Das Morgenlicht glitzerte auf dem Pool, und tropische Vögel sangen in den Bäumen. Wäre doch nett, mal kurz reinzuspringen, dachte er.

Er zog seinen Hotelbademantel aus, nahm mit ein paar langsamen, anmutigen Schritten Anlauf und sprang ins Wasser; es platschte gewaltig und die Wellen schwappten über den Beckenrand.

Über ihm dehnte sich der wolkenlose Himmel Kaliforniens, und er paddelte friedlich dahin. Während er so schwamm, hielt er Ausschau nach Aktentaschen unter Liegestühlen. Aber die Damen mit den Schnürsenkeln zwischen den Pobacken hatten offenbar keine Aktentaschen dabei.

Er kam an den Rand, wendete, paddelte zurück und dachte: So ein Pool wäre noch besser, wenn man ein paar Lachse reintäte.

Er kletterte aus dem Becken und schüttelte sich so heftig, daß das Wasser in alle Richtungen herumspritzte. Dann ging er davon, den Bademantel über dem Arm. Er stieg ein paar geflieste Stufen hoch, vorbei an einem beleuchteten, gluckernden Brunnen, in dem Blütenblätter schwammen. Der Pfad führte zu einem kleinen Innenhof mit noch mehr wasserspeienden Tierköpfen. Sein Zimmer schaute auf all diese Pracht, die Tür war umgeben von blühenden Pflanzen und Bäumen, und ihr üppiger Duft stieg ihm im Vorbeigehen in die Nase. Eine Biene flog aus einer Blüte und er fing sie und aß sie auf. Dann schaute er sich nervös um.

Ich sollte kein Hoteleigentum aufessen, dachte er. Aber alte Gewohnheiten wird man nicht so schnell los.

Er betrat sein Zimmer. Es war groß und kühl und hatte dem Eingang gegenüber eine Flügeltür, die zu seinem privaten Garten mit einem hohen Zaun aus Rotholz führte. Er bestellte Frühstück für sich und den Gast, den er erwartete, und machte es sich dann in seinem Garten unter einem Baum bequem. Er hatte eine Sonnenbrille auf, und sein weißer Bademantel trug das Wahrzeichen des Hotels – einen Schwan.

Er schälte ein Stück Rinde von dem Baum ab und knabberte die köstliche Innenseite. Die Vegetation in Südkalifornien war wunderbar saftig. Das und die Tatsache, daß Frauen Schnürsenkel zwischen den Hinterbacken trugen, waren starke Argumente dafür, sich hier auf Dauer niederzulassen.

Ein Kellner kam mit einem Serviertisch, auf dem ein Frühstück für zwei Personen angerichtet war. Außerdem gab es ein Glas Honig, in dem Macadamia-Nüsse schwammen, und eine zusammengefaltete Ausgabe der *Los Angeles Times.*

»Darf es sonst noch etwas sein, Sir?« fragte der Kellner.

»Nein, das ist alles«, antwortete der Bär und unterschrieb die Rechnung langsam und sorgfältig, wie es seine Art war.

Als der Kellner gegangen war, schlug der Bär die Zeitung auf und suchte nach der Bestsellerliste. *Schicksal und Sehnsucht* war immer noch auf Platz 1.

Es klopfte an der Tür und er öffnete. Draußen stand seine Hollywood-Agentin.

»Hallo«, sagte Zou Zou Sharr zögernd; sie wußte nicht, wie es zwischen ihnen stand.

»Komm doch rein«, lud der Bär sie ein.

Zou Zous Kleidung – ein schlichtes Schneiderkostüm – spiegelte ihre Unsicherheit wider. Sie wollte nicht als Sexualobjekt erscheinen. Er führte sie in den Garten, und als sie das Honigglas sah, erfüllte sie eine Sehnsucht nach jenen ersten Tagen in New York, bevor ihn der Wirbelwind des Erfolgs gepackt und zum Star gemacht hatte. Sie tippte mit ihrem roten Fingernagel auf die Bestsellerliste. »Du mußt sehr glücklich sein.«

Er biß in ein Stück Papaya, das zehn Dollar kostete. »Trägst du einen Schnürsenkel zwischen den Hinterbacken?«

»Gelegentlich«, sagte sie nervös. Er war der neue Star. Er war heiß. Die berühmtesten Schauspielerinnen waren hinter ihm her. Wie konnte sie da mithalten? Aber würden die berühmten Schauspielerinnen ihn verstehen?

»Der Erfolg ist dir in den Schoß gefallen, nicht wahr, Hal?«

»Unterschreiben ist schwer.«

»Wie meinst du das?« Sie zog ihre Gefühlsantenne ein und fuhr die Geschäftsantenne aus. Sicher, er hatte bei ihrer Agentur unterschrieben, aber Verträge sind dazu da, gebrochen zu werden. Hatte CAA ihn sich geschnappt? »Eine andere Agentur kann auch nicht mehr für dich tun, Hal, egal, was sie dir verspricht.«

»Wenn ich den Füller nicht richtig halte, gibt's Ärger.«

»Was für Ärger?« Jetzt summte ihre Antenne. CAA war wirklich im Spiel, diese Aasgeier, und Hal sagte ihr gerade, daß es einen kostspieligen Streit vor Gericht geben würde, wenn er nicht bekam, was er wollte. Mein Gott, er ist so gerissen im Verhandeln, er kann mich mit ein paar Worten aus der Fassung bringen. »Was willst du, Hal? Sag es mir jetzt, bevor alles unangenehm wird. Hat dir CAA ein Haus hier draußen angeboten? Wir besorgen dir ein besseres. Mit Auto, Fahrer, was du willst. Aber wir *müssen* dein nächstes Buch haben.«

»Ich hab's noch nicht finden können.«

Sie begriff, daß er mauerte. Ohne neuen Vertrag würde es kein neues Buch geben. »Was haben sie dir angeboten, was wir nicht bieten können? Egal, was du willst, Hal, du bekommst es. Wir geben dir ein Haus, ein Auto und ein Dienstmädchen mit Schnürsenkeln zwischen den Pobacken.« Zou Zou stand auf und zog ihren Rock glatt. Jede alberne romantische Vorstellung, die sie gehabt haben mochte, als sie kam, war jetzt verpufft. Sie glaubte an dauerhafte Liebe, aber was wirklich auf Dauer hielt, war Geld. »Wir können herumfahren und uns Häuser ansehen. Meine Agentur würde dir nur zu gern helfen, wenn du dich hier niederläßt.« Sie schloß die Augen. »Der Topanga Canyon würde genau zu dir passen.«

Das Telefon klingelte. Der Bär hielt den Hörer ans Ohr. »Ja?«

»Hal, hier ist Elliot. Wir haben hier in New York ein kleines Problem.«

»Problem?«

»Irgendein Spinner hat Sie verklagt. Er behauptet, Sie hätten sein Buch gestohlen.«

Der Bär ließ den Hörer auf die Gabel fallen. Er schaute Zou Zou Sharr an, ohne sie zu erkennen.

»Hal, was ist los?«

Er stand vom Tisch auf und starrte den Rotholzzaun an.

Jetzt! sagte eine uralte Stimme. *Solange du noch kannst! Hau ab!*

Unberührte Landschaften zogen an seinem inneren Auge vorbei. Er schlug heftig auf den Baumstamm ein, wollte Krach machen und seinen Feinden Angst einjagen. Dann packte er den Baum und schüttelte ihn so heftig, daß sich die Wurzeln aus dem Boden lösten. Zou Zous Entsetzen hielt sich in Grenzen, schließlich hatte sie ihn schon am ersten Tag in einer solchen Stimmung erlebt. Sie streckte die Hand aus. »Hal, ich bin es, Zou.«

»Zoo?«

»Zou Zou.«

Mit gefletschten Zähnen wirbelte er herum, und sie wich zurück.

Er entdeckte das Honigglas auf dem Tisch und die Macadamia-Nüsse, die im Gold schwebten, und stöhnte verzweifelt. Mein Leben als Mensch, mein Honig, meine Sonnenbrille – er stöhnte wieder –, man wird mir alles wegnehmen.

Er sprang zum Tisch, machte das Glas auf und verschlang den Honig, solange er noch konnte. Weiter gingen seine Gedanken nicht, er hatte nur den Augenblick, mit seinen Bruchstücken von Wünschen und Ängsten. Er machte sich über die beiden Frühstücksportionen her.

Über den Zaun! raunte die uralte Stimme. *Deine Nase zeigt dir den Weg in die Freiheit!*

»Hal«, sagte Zou Zou, »mir kannst du vertrauen.«

Er schaute sie verständnislos an. Was wollte diese Frau? Hatte sie etwas mit dem Zoo zu tun? Er stieß ein Gebrüll aus und warf den Tisch um.

Zou Zou sprang beiseite. »Ich habe dich wohl im falschen Moment erwischt, Hal. Wir telefonieren später.« Sie wischte sich Papayareste vom Rock und wich zurück. Ihr Klient war im Moment offensichtlich nicht zurechnungsfähig – vielleicht ein guter Zeitpunkt für neue Verhandlungen. Ein Teller mit Eiern flog in ihre

Richtung. »Ruf die Agentur an, wir beschaffen dir, was du willst.« Sie verschwand im Flur und schloß die Tür hinter sich; im selben Moment landete der nächste Teller an der Wand.

Der Bär tobte in seinem Privatgarten herum, rüttelte an den Bäumen und dem Zaun. Dann verbog er die eisernen Gartenmöbel.

Dafür ist jetzt keine Zeit, sagte die Stimme. *Lauf um dein Leben!*

Der Bär warf einen letzten Blick auf den Luxus, der er zurücklassen mußte. Die Federkissen und der Zimmerservice würden ihm fehlen. Am Pool herumliegen würde ihm fehlen. Die glänzenden Hinterbacken der Frauen würden ihm fehlen. Er hob die *Los Angeles Times* vom Boden auf, wollte noch einmal seinen Namen auf der Bestsellerliste lesen, aber bevor er ihn fand, fiel ihm eine Anzeige auf.

»TITEL ZU VERKAUFEN«

Was ist das, dachte der Bär. Konnte er womöglich sein neues Buch *kaufen*? Elliot lag ihm dauernd mit dem nächsten Titel in den Ohren, und hier wurde einer angeboten. Das könnte sein Problem mit der Klage lösen. Ein zweites Buch, und alle würden das erste, das er gestohlen hatte, vergessen. Er las die erste Zeile der Anzeige.

»SOFORT ZU VERKAUFEN –
EIN ERLESENER BRITISCHER TITEL.«

Schon recht, dachte der Bär. Ein Titel ist ein Titel.

»DIESE SELTENE GELEGENHEIT ERGIBT SICH, WENN DER VORHERIGE TITELINHABER SEINEN BESITZ ÜBERTRAGEN WILL. NUR EINE KLEINE ANZAHL

VON TITELN WERDEN AUF DIESE ART ANGEBOTEN, UND SIE BLEIBEN NUR SELTEN LANGE AUF DEM MARKT.«

Prima, dachte der Bär. Der vorherige Besitzer verkauft den Titel. Ich brauche ihn nicht zu stehlen. Ich kaufe ihn.

»DIE VORTEILE DIESES TITELS SIND VIELFÄLTIG. GEHOBENER STATUS, PRESTIGE UND DAS ANSEHEN, DIE MIT EINEM ALTEN TITEL VERBUNDEN SIND – UND *DIESER* TITEL IST SEHR ALT –, SIND UNSCHÄTZBAR.«

Genau das will ich, dachte der Bär. Gehobener Status, dann können sie mich nicht in den Zoo stecken.

»EIN TITEL ÖFFNET TÜREN, DIE JEDEM VERSCHLOSSEN SIND, DER ÜBER KEINEN TITEL VERFÜGT, UND AUS DER GEHOBENEN STELLUNG HERAUS WERDEN BEZIEHUNGEN GEKNÜPFT, DIE SOWOHL IM PRIVATEN BEREICH ALS AUCH IM BERUFSLEBEN VON VORTEIL SIND. DER PREIS FÜR DEN MIT ALLEN ZERTIFIKATEN VERSEHENEN TITEL – LORD OVERLOOK IN DER GRAFSCHAFT DEVON – BETRÄGT US $ 35.000.«

Der Bär legte die Zeitung weg und telefonierte sofort mit London.

»Bagget und Smallwood.«

»Ich möchte einen Titel kaufen.«

»Einen Augenblick bitte, ich verbinde.«

Eine kurze Pause, schließlich meldete sich ein Mann. *»Bagget hier. Was kann ich für Sie tun?«*

»Ich will einen Titel kaufen«, wiederholte der Bär.

»Sehr gut, Sir. Und Sie sind …«

»Hal Jam.«

»Von wo rufen Sie an?«

»Los Angeles.«

»Ja, natürlich, Sir, selbstverständlich.« Los Angeles beflügelte Bagget, denn er erhielt viele Anrufe von Spinnern, aber Los Angeles war ein Ort, wo man wahrscheinlich einen englischen Titel gut verkaufen konnte. Daran hegte Bagget keinen Zweifel, und deshalb hatte er dort auch annonciert.

»Den Titel kann doch auch ein Bär haben, oder?« fragte der Bär aufgeregt.

Bagget preßte den Hörer ans Ohr und hatte das Gefühl, mit der Verbindung stimme etwas nicht. Er improvisierte eine Antwort. *»Die meisten Titel werden heutzutage von ausländischen Staatsbürgern erworben.«*

»Gut«, antwortete der Bär.

»Der Titel ist sehr alt und erlesen, Mr. Jam. Der Stammbaum ist schön und lückenlos. Der erste Lord Overlook erhielt seinen Titel von König Edward dem Älteren im Jahr 923; Sie sehen also, daß es sich um einen wirklich vornehmen Titel handelt.«

»Und das ist der Titel? Lord Overlook?«

»Ja.«

Der Bär steckte die Tatze in das leere Honigglas. Lord Overlook klang wie ein historischer Roman, in dem Könige vorkamen. Könige waren dominante Männer; Die Lektüre würde also anregend werden. »Okay, ich kaufe ihn.«

»Zum Erwerb des Titels ist nur erforderlich, daß Sie 35.000 Dollar in US-Währung an unsere Bank hier überweisen, an die Barclays of London.«

»Wann bekomme ich den Titel?«

»In fünf Tagen sollten Sie ihn in Händen halten, Lord Overlook«, sagte Bagget, dem inzwischen klar war, daß er da einen gewaltigen Fisch an der Angel hatte.

»Ich schicke Ihnen sofort das Geld.«

»Sehr gut, Lord Overlook. Wirklich sehr gut. Die Unterlagen gehen Ihnen dann umgehend zu. Dazu gehören auch Ihre verschiedenen Rechte und die vollständige Dokumentation der Geschichte des Titels.«

»Was für Rechte?«

»Fischrechte für die Flüsse von Overlook, die sehr fischreich sein sollen.«

»Ich fische für mein Leben gern«, meinte der Bär, und das Wasser lief ihm im Mund zusammen.

»Es gibt auch noch Schürfrechte, seit einigen Jahrhunderten wurde zwar nichts mehr gefunden, aber nachschauen schadet nicht, oder?«

»Stimmt«, sagte der Bär. »Eichhörnchen verstecken Sachen.«

Bagget zuckte kurz zusammen. Der Mann klang wie ein Einfaltspinsel. Geistig Minderbemittelte machten manchmal solche Anrufe. *»Sie wohnen in ...?«*

»Im Hotel Bel Air. Ich bin Schriftsteller.«

Baggets Vertrauen war wieder hergestellt, für ihn gehörten amerikanische Schriftsteller zur selben Kategorie wie russische Gangster, mit denen er in der Vergangenheit bereits Titelgeschäfte abgewickelt hatte. Gangster fanden einen Titel sehr nützlich, wenn sie verhaftet wurden. *»Sie können Ihren Titel in den Paß, die Scheckbücher und die Kreditkarten eintragen lassen, ein angenehmer Effekt, Lord Overlook. Stellen Sie sich vor, welchen Eindruck Sie im Hotel machen, wenn Sie eine Kreditkarte mit Ihrem Titel vorzeigen.«*

»Das ist genau das, was ich machen muß«, sagte der Bär. »Einen Eindruck.«

»Das verstehe ich voll und ganz. Sie können außerdem davon ausgehen, daß Ihre Bewerbung um Aufnahme in die exklusivsten Clubs der Welt erheblich schneller posi-

tiv beschieden wird. Und zweifellos werden Sie zu Empfängen eingeladen, bei denen Mitglieder des Königshauses anwesend sind.«

»Prinzessin Diana?«

»Gut möglich.«

»Sie hat 'nen hübschen Hintern.«

»Partiell teile ich Ihre Gefühle, Sir«, Bagget und versuchte, sicheres Terrain zu erreichen. *»Auf eins sollte ich Sie noch aufmerksam machen – es kann sein, daß man Ihnen einen Aufsichtsratsposten anbietet. Gewiß gibt es viele Firmen in Los Angeles, denen es eine Ehre wäre, Sie im Aufsichtsrat zu haben.«*

»Und was ist, wenn ich verklagt werde?«

»Ich hoffe aufrichtig, daß Ihnen das nicht passiert, aber wenn es dennoch geschehen sollte, wird sich das Prestige eines legalen Titels vor jedem Gericht der zivilisierten Welt sehr positiv auswirken. Ich schlage vor, wir bringen unser Geschäft umgehend zum Abschluß, damit der Schutz, den Ihr Titel bietet, sofort wirksam wird. Dazu brauchen wir, wie gesagt, nur Ihre Überweisung.«

»Kein Problem«, antwortete der Bär.

»Ich muß Ihnen noch mitteilen, daß mit dem Titel kein Landbesitz verbunden ist, aber falls Sie ein Haus in North Devon kaufen wollen, wo Overlook liegt, werden Bagget und Smallwood Ihnen jederzeit zur Verfügung stehen. Overlook ist eine schöne ländliche Gegend und wir können Ihnen bestimmt ein paar Hektar und dazu ein repräsentatives Haus beschaffen. Sie könnten auf eben jenem Land herumlaufen, das mit der ruhmreichen Geschichte Ihres Titels verbunden ist.«

Der Bär kehrte nach New York City zurück als Overlook, 25. Lord of the Manor in North Devon. Elliot Gadson versicherte ihm, daß er sich wegen der Klage keine Sorgen zu machen brauchte. Nicht nur die Rechtsabteilung von Cavendish Press war damit befaßt, auch die Anwaltsgeier des Mutterkonzerns Tempo Oil kümmerten sich darum. »... und diese Jungs schlagen richtig zu, Hal. Die wollen nicht, daß ihr Bestseller-Autor Ärger hat.«

Der Bär hatte inzwischen mitbekommen, daß er keinen Buchtitel gekauft hatte, sondern eine Art Identität, was noch besser war. Er hatte Bagget und Smallwood beauftragt, ihm ein entsprechendes Gebäude in Overlook zu besorgen, denn er wollte ein Landhaus besitzen, in dem er Lord war. Bagget und Smallwood hatten ihm eine Schmucktafel mit dem Wappen der Overlook geschickt, die an seiner Wohnzimmerwand aufgehängt wurde. Er fand eine solche Zurschaustellung vornehm. Das war so, weil er ein Bär war.

Er streckte sich auf seinem Wohnzimmerteppich auf der elektrischen Massagematte aus. Kleine motorgetriebene Rollen und Stäbchen kratzten ihn an jenen Stellen seines Rückens, wo er nicht hinkam. Während die Rollen an seinem Rückgrat auf und ab wanderten, faltete er die Tatzen über dem Bauch und dachte daran, daß er das früher mit einem Baumstamm erledigt hatte – wie roh, wie primitiv. Seine Zunge wanderte langsam zum Mundwinkel und blieb ekstatisch zuckend dort.

Seine Ekstase wurde von der Klingel gestört. Mit einem Seufzer stellte er den Rückenkratzer ab und ging an die Tür. Der Portier des Gebäudes schickte keinen hoch, ohne ihn anzumelden, deshalb hielt der Bär den Mann, der ihn begrüßte, für den Hausmeister. »Müssen Sie was reparieren?« fragte er.

»Sind Sie Hal Jam?«

»Klar doch.«

»Der Mann hielt ihm ein zusammengefaltetes Blatt Papier hin. »Ich stelle Ihnen dies hier zu.«

»Danke«, sagte der Bär. Er bekam gern etwas zugestellt. Er gab dem Mann zehn Dollar Trinkgeld.

Der Mann schaute den Zehn-Dollar-Schein bedauernd an. »Tut mir leid, aber das kann ich nicht annehmen.« Der Mann ging zum Aufzug und der Bär wieder in seine Wohnung. Elliot Gadson hatte ihm erzählt, daß er wahrscheinlich etwas gewinnen würde, was National Book Award hieß. War es das? Er faltete das Blatt Papier, das der Mann ihm gegeben hatte, auseinander. Die Wörter waren schön groß geschrieben, so wie er es mochte. Er las langsam:

OBERSTER GERICHTSHOF
BEZIRK AROOSTOOK, MAINE

VORLADUNG IN EINER ZIVILKLAGE

ARTHUR BRAMHALL
V.
THE CAVENDISH PRESS UND HAL JAM,
DIE PERSON, DIE VORGIBT, AUTOR DES BUCHES
SCHICKSAL UND SEHNSUCHT ZU SEIN.

War das der National Book Award? Der Bär drehte das Blatt herum, als könne er es besser verstehen, wenn er den Blickwinkel veränderte. Dann schnupperte er daran. Da war nur der unaufdringliche Duft des Papiers und der scharfe Daumengeruch des Mannes, der es gebracht hatte; er roch nach Pastrami. Obwohl der Bär diesen Geruch mochte, hatte er irgendwie das Gefühl, es wäre nicht wichtig. Und langsam, ganz langsam, erfaßte er die Bedeutung des Schreibens.

Er starrte die Vorladung an, als wären unter ihrer Oberfläche Stahlzähne verborgen. Mit einem Rudel hungriger wilder Hunde wurde er fertig, aber wie sollte er gegen ein Stück Papier kämpfen? Die Falle war zugeschnappt, und hielt ihn in ihren Zangen.

Er warf die Vorladung auf den Boden. »Ich tu so, als wäre sie nie gekommen«, sagte er laut, aber schon als er es aussprach, wußte er, daß das nichts nützen würde.

Die Vorladung lag fast selbstgefällig da, als wüßte sie, daß sie ihn fest im Griff hatte und er nicht entkommen konnte. Er starrte auf das weiße Rechteck. Er konnte darauf herumspringen, konnte das Papier zerreißen und die Schnipsel herunterschlucken, aber die finstere Macht der Worte minderte das nicht.

Schwer sank er auf seinen Sitzsack und griff nach dem Honigglas. Er schraubte es auf, leerte es verzweifelt, wollte vergessen, wollte auf einem Meer von Süßigkeiten davontreiben. Er wischte sich mit dem Tatzenrücken das Maul ab.

Die gräßliche Vorladung lag neben seinem Zeh. Er berührte sie vorsichtig, rechnete damit, daß sie fauchte oder vielleicht sogar redete und sagte: *»Morgen wirst du in den Käfig gesperrt.«*

Er stellte die Ferse darauf und zerrte sie zu seinem Stuhl. So verwegen, wie er einen Bienenstock nach Honig durchstöberte, packte er die Vorladung und schüttelte sie, hoffte, die Buchstaben würden vom Papier rutschen wie Bienen. Aber keine kleinen Bomber mit hellen Flügeln griffen ihn an. Dem Wörterstock war sein Angriff egal.

Der Bär las die Vorladung langsam noch einmal, fuhr

mit der Tatze die Zeilen entlang. Er las die ganze Vorladung noch ein paarmal.

ARTHUR BRAMHALL
V.
THE CAVENDISH PRESS
UND HAL JAM, DIE PERSON...

Er brüllte entzückt und warf die Vorladung in die Luft.

»Eine Person! Die haben mich eine Person genannt!« Er hob das Blatt wieder auf und las laut: »Hal Jam, die Person.« Da stand es schwarz auf weiß.

Er trug die Vorladung zu seinem Schreibtisch und legte sie vorsichtig hin. Dies war das wichtigste Dokument seines Lebens. »Eine Person ... kein Bär. Ich habe es geschafft. Ich bin eine Person. Es ist offiziell.«

Er tanzte auf dem Teppich herum und reckte die Tatzen in die Luft. »Endlich gehöre ich zur Menschheit!«

»Kommen Sie herein, Lord, kommen Sie herein.« Elliot Gadson wartete im Konferenzraum der Cavendish Press mit einem Rechtsanwalt von Tempo Oil, der dem Bären wegen seines Titels jene Ehrerbietung erwies, die Bagget und Smallwood in ihrer Anzeige vorhergesagt hatten. Der Bär betrat leichtfüßig den Raum, schließlich war er nicht nur ein Lord, sondern, noch wichtiger, eine Person. Er nahm am Kopfende des Tisches Platz. Der Anwalt, dem seine Selbstsicherheit auffiel, führte sie nicht nur auf seinen aristokratischen Stammbaum zurück, sondern auch auf die Unschuld eines Schriftstellers, der von der ärgerlichen Klage eines Spinners nichts zu befürchten hatte. Gadson, der eine Schwäche für dramatische Auftritte hatte, war entzückt, seinen Autor jetzt vorstellen zu können: »Seine Lordschaft Hal Jam, der 25. Lord von Overlook.«

»John Warwick«, antwortete der Syndikus von Tempo Oil.

Warwicks Gesicht verriet Erfahrung im Umgang mit sehr verwickelten Angelegenheiten, bei denen es um Milliarden von Öldollars geht. Er konnte einen Menschen rasch einschätzen, und Hal Jams Auftreten gefiel ihm. Sein robustes Selbstvertrauen und seine Gesundheit würden bei Gericht gut ankommen. »Tut mir leid, daß wir Sie mit dieser Sache überhaupt belästigen müssen, aber es wird sicher nicht lange dauern, bis wir alles geregelt haben. Ich fand Ihr Buch ausgesprochen spannend, meine Frau auch.«

Der Bär nickte dankend, wie es eine juristisch anerkannte Person eben tut.

»Sie sind wichtig für uns, Hal.« Warwick deutete auf Gadson, der leise, bestätigende Töne von sich gab. »Daß wir Geschäfte machen, um Geld zu verdienen, ist kein Geheimnis«, fuhr Warwick fort. »Und daß Sie eine Menge für uns verdient haben, ist ebenfalls kein Geheimnis. Wir sind hier, um Sie und uns zu schützen. Nun...« Er machte seine Aktentasche auf und legte einige Papiere auf den Tisch. »Wir haben Fragen zur Person, die Sie beantworten müssen. Diese Unterlagen wurden uns vom Rechtsanwalt der Partei zugeschickt, die die Klage gegen Sie erhoben hat.« Warwick reichte Jam die Papiere. »Es geht nur um Angaben zur Person. Ort und Zeit der Geburt und so weiter.«

Der Bär starrte den Fragebogen an. Er war in einem ausgehöhlten Baumstamm zur Welt gekommen. Seine frühere Adresse war eine Höhle. Er schaute zu Warwick hoch. »Nein.« Er gab die Papiere zurück.

»Ich weiß, daß diese Fragen trivial sind, Hal, und ganz gewiß Zeitverschwendung für Sie und uns. Aber, sehen Sie, dasselbe gilt für die ganze Klage. Die Sache soll uns Ärger machen und viel Geld kosten, damit wir nachgeben und einem Vergleich zustimmen. Aber das werden wir nicht tun.«

»Es ist ja nicht so, daß ich keine Person wäre«, erklärte der Bär. »Ich bin hundertprozentig eine Person.«

Gadson griff ein, weil er spürte, daß das ein heikler Punkt war, und der Bär darauf sensibler reagierte als andere. »Hal ist sehr zurückhaltend, was seine Herkunft angeht. Wir haben eine enge geschäftliche Verbindung, und dennoch hat er nie erwähnt, daß er ein englischer Lord ist. Ich erwähne das nur als Beispiel dafür, wie sehr er sein Privatleben schützt. Die meisten Leute könnten es heutzutage kaum erwarten, ihren Stammbaum vorzuführen, wenn sie denn einen hätten. Aber Hal, und das spricht sehr für ihn, hält es für unangebracht, seine Herkunft zum Thema zu machen. Habe ich das richtig ausgedrückt, Hal?«

»Ich bin ein Mann. Hier steht's.« Der Bär wedelte mit der Vorladung vor Warwicks Nase.

Warwick war daran gewöhnt, mit Umweltschützern zu streiten und hatte den Fall Jam als willkommene Abwechslung gesehen – niemand hatte Erdöl auf irgendeine Ente geschüttet. Aber Jam war... na ja... seltsam. Warwick wußte, daß sich englische Aristokraten gelegentlich so aufführten. Er hüstelte und nahm einen neuen Anlauf: »Hal, hier auf dieser Vorladung steht, daß jemand, der behauptet, Sie zu sein, Sie verklagt, weil Sie behaupten, er zu sein. Es ist eine lächerliche Angelegenheit, weil Sie ja ein anerkannter Autor sind, und ein Lord, und er ist ein Opportunist, oder aber – und in solchen Fällen ist das immer möglich – der Mann leidet unter Wahnvorstellungen. Wie auch immer, wir brauchen Ihre Antworten auf diese Fragen zur Person. Wir müssen Ihre Glaubwürdigkeit untermauern.« Warwick lächelte so geduldig, wie er es immer tat, wenn ein Tanker von Tempo Oil in Küstengewässern unterging. »Ich verstehe, daß Sie es für unnötig halten, über ihre illustre Familie zu reden. Und mir ist auch klar, daß Sie ein mystisches Geheimnis aufgebaut haben, weil das hilft, Ihr Buch zu verkaufen. Wir werden dieses Mysterium nicht ankratzen. Im Gegenteil, wir werden es bewahren und stärken. Aber was wir in erster Linie und vor allem beschützen wollen, ist Ihr Geld. Und unseres.« Er schob den Fragebogen an der Tischkante entlang zu Jam hinüber.

Der Bär schob ihn zurück. »Nein.«

»Aber warum, Hal? Ich meine, Euer Lordschaft? Was haben Sie dagegen, uns zu sagen, wann und wo Sie geboren wurden? Wir werden es doch nicht veröffentlichen.«

Wieder griff Gadson ein. »Hals Leben ist sein schriftstellerisches Kapital. Er will nicht unnötig davon zehren.«

»Wenn wir diesen Fall verlieren, wird er gewaltig davon zehren.«

»Er hat sich geweigert, unsere Fragen zur Person zu beantworten«, sagte Eaton Magoon. »Ich habe keine Ahnung, warum. Er wird von Anwälten der Tempo Oil vertreten, deshalb vermute ich, daß die irgendeinen schmutzigen Trick vorhaben.« Magoon stand in dem Ruf, ein raffinierter, altmodischer Provinzanwalt mit viel gesundem Menschenverstand zu sein. »Übrigens, Bramhall, haben Sie vielleicht einen anderen Anzug? Der da paßt Ihnen nicht.«

»Er hat mal gepaßt.«

»Wann, in der High School? Die Ärmel gehen knapp über die Ellbogen. Der Hosenbund ist geplatzt.«

Bramhall entschlüpfte ein ungeduldiges Brummen, seine bloße Anwesenheit kostete ihn große Mühe. Schatten aus der Höhle störten immer noch seine Wahrnehmung. Gegenstände in Magoons Kanzlei, die vertraut sein sollten – eine Uhr, ein Bilderrahmen, ein Aktenordner –, kamen ihm bedrohlich vor, waren Teil einer großen Täuschung, bei der er jetzt wieder mitmachen mußte. Nur der leichte Wind vom Fenster erschien ihm freundlich. Seine Füße fühlten sich furchtbar eingezwängt in den Schuhen, die er trug; er sehnte sich danach, beschienen vom weichen Mondlicht der Träume, barfuß über den von Fichtennadeln bedeckten Waldboden zu gehen. Diese Bilder hielten ihn fest im Griff und plädierten für ihre Sache, während Magoon den anderen Fall erklärte, den realen, und was sie tun mußten, um zu gewinnen. »Ich schlage vor, Sie kaufen sich einen Anzug, der Ihnen paßt. Ein Mann, dessen Jackett gerade mal über die Ellbogen reicht und dessen Hosen geplatzt sind, macht keinen guten Eindruck auf die Geschworenen.«

Wieder brummte Bramhall. Er war reizbar, wie Bären es im Frühjahr sind, und das machte ihm Sorgen, denn er spürte, daß er imstande war, jeden, der ihm in die Quere kam, ernsthaft zu verletzen. Er verstand diese Gefühle selbst kaum. Im einen Moment fühlte er sich wie eine Autorität, wie ein König. Und gleich darauf packte ihn lähmende Dummheit, und er konnte keinen klaren Gedanken fassen. Dann wieder war er der alte, einsame Professor, ungeschickt im Umgang mit anderen, aber fleißig und klug, klug genug, einen Bestseller geschrieben zu haben. Und plötzlich schüttelte ihn wieder die blinde Wut eines Bären.

Magoon sah die Verwirrung im Blick seines Klienten und beugte sich, die Finger verschränkt, freundlich vor. »Langsam glaube ich, daß wir einen Fall haben. Vielleicht haben sie unsere Fragen nicht beantwortet, weil es in der Vergangenheit des Mannes einen dunklen Punkt gibt. Ich wage nicht, darauf zu setzen, aber ich hoffe es. Und ich hoffe noch etwas, Bramhall. Darf ich weiterhin offen reden?«

Bramhall hob zustimmend die Schultern. Magoon sagte: »Ich hoffe, daß Sie bis zum Beginn der Verhandlung lernen, deutlicher zu sprechen.«

Bramhall ächzte. »Ich habe einen ... einen Sprachfehler bekommen.«

»Sprachfehler können manchmal die Sympathie der Geschworenen gewinnen.« Magoon schaukelte in seinem Stuhl nach hinten und legte die gefalteten Hände auf seinen Spitzbauch. »Aber Sie klingen, als würden Sie ein Stück rohes Fleisch zerreißen. Ich glaube nicht, daß die Geschworenen das sympathisch finden.«

»Ich weiß«, grummelte Bramhall. »Es ist furchtbar.«

»Vielleicht kann Ihnen ein Sprachtherapeut helfen.«

»Ich habe immer vollkommen richtig sprechen können.«

»Und Ihr Anzug hat auch mal gepaßt.« Magoon wandte sich dem Fenster zu und schaute gedankenverloren auf das verblaßte Schild des Futtermittel- und Samenladens. »Vielleicht sollte ich dem Gericht sagen, Sie hätten sich beim Fußballspielen am Hals verletzt. Oder als Sie ein Kind vor dem Ertrinken gerettet haben. Ja, das ist besser.« Er schaute wieder Bramhall an. »Die Rettungsseile haben sich verdreht und Sie am Kehlkopf erwischt.«

»Meine Stimme ist so geworden, als ich in einer Höhle geschlafen habe.«

»Da haben wir's wieder – auch das würden die Geschworenen nicht sympathisch finden. Aber nur zu meiner eigenen Erleuchtung – warum haben Sie in einer Höhle geschlafen?«

»Ich war mit den Nerven fertig. Ich wollte wie ein Tier leben.«

»Und?«

»Die Höhle hat mich... angezogen. Ich habe den größten Teil des Winters dort verbracht.«

»Sie haben in dieser Gegend den Winter in einer Höhle verbracht? Hier in Maine?« Magoon schaute Bramhall in die Augen, versuchte, die geistige Verfassung seines Klienten zu beurteilen. Bramhall wirkte gequält, aber Magoon konnte keine echten Anzeichen von Wahnsinn ausmachen. »Sie brauchen einen Haarschnitt, eine Rasur und einen neuen Anzug. Werden Sie sich darum kümmern?«

»Ja.«

»Gut.«

Bramhall fuhr sich über die Stoppeln, die sein Gesicht bedeckten. »Ich muß mich jetzt drei Mal am Tag rasieren.« Er berührte seine Stirn. »Und ich bekomme immer mehr Haare. Der Geist... kann den Körper beeinflussen.«

»Ich empfehle eine Enthaarungscreme.«

»Wie Sie wünschen.«

»Die kleinen Dinge, Bramhall, die können alles entscheiden.« Magoon rümpfte die Nase. »Und ein starkes Duftwasser. Ich glaube, ein paar Tropfen davon könnten auch nicht schaden.«

Bramhall legte den Kopf zur Seite und schnupperte. »Ich weiß, ich rieche wie ein Tier.«

»Vielleicht ordentlich viel intensives Parfum. Am besten, Sie baden darin.«

»Mach ich«, sagte Bramhall mit dem geknickten Blick eines gescholtenen Hundes.

»Ich will Ihnen nicht vorschreiben, was Sie tun sollen. Aber wir müssen dafür sorgen, daß Sie einen möglichst guten Eindruck machen. Wenn Sie an der Geschworenenbank vorbeigehen, will ich ein aufrechtes Mitglied der Gesellschaft sehen. Jemanden, den sie als einen der ihren empfinden.«

»Ich bin sehr menschenscheu geworden.«

»Schüchtern ist okay, das kann sehr liebenswert sein. Aber Sie sehen aus, als wäre jemand hinter Ihnen her. Seit Sie hier sitzen, haben Sie sich ständig umgeschaut.«

»Ich fühle mich wirklich verfolgt.«

»Sie sind in meiner Kanzlei. Niemand bedroht Sie. Und sollte das jemand tun, dann laß ich ihn verhaften.« Magoon schaute wieder auf seine Notizen und dachte nach. Er hatte eine gute Chance, den Prozeß zu gewinnen, weil Bramhall die Wahrheit sagte.

Magoon drehte sich dem Fenster zu und überlegte,

was er den Geschworenen sagen würde. *Meinem Klienten wurde sein wertvollster Besitz geraubt. Der Verlust hat ihn fast in den Wahnsinn getrieben.*

Er betrachtete noch einmal Bramhalls gequältes Gesicht. Der leidende Blick könnte nützlich sein, aber der Anzug mußte sitzen.

Das Gericht hat angeordnet, daß wir die Fragen beantworten«, sagte Warwick.

»Hal wird damit nicht einverstanden sein«, antwortete Gadson.

»Er hat keine Wahl.«

»Er legt soviel Wert auf seine Privatsphäre. Vielleicht könnten Sie die Fragen zur Person beantworten, und er unterschreibt einfach?«

»Verlangen Sie von einem Rechtsanwalt mit meinem Ruf, daß ich für einen Klienten Angaben erfinde?«

»Nun, wie wär's, wenn Bettina das übernimmt? Sie hat sich doch schon alle möglichen Geschichten für ihn ausgedacht; Sie braucht sie nur zu vervollständigen.«

»Also, hier ist es, Hal«, sagte Bettina. »Sie müssen nur noch unterschreiben.«

Der Bär warf einen mißtrauischen Blick auf den Fragebogen.

Bettina legte ihm sanft die Hand auf die Schulter. »Machen Sie sich keine Sorgen, Hal. Es schaut sehr offiziell aus, ist aber nur eine andere Art von PR – nur ein paar Details aus Ihrem Leben, die die Leute gern lesen werden.«

Der Bär beschnupperte die Papiere. Sie rochen durchdringend nach Bettinas Parfum, und das beruhigte ihn. Mit der Tatze langsam jeder Zeile folgend, las er die Antworten. Da wurde ein normaler Mensch beschrieben, mit Geburtsort und Geburtsdatum und lauter tollen Sachen. Langsam gefiel ihm dieses Formular. Eigentlich war er stolz darauf. Das waren seine Fragen. »Meins«, sagte er und unterschrieb.

Als der Fall des Bären vor dem Obersten Gerichtshof von Maine verhandelt wurde, war es Frühling. Hal und sein Anwalt John Warwick mieteten sich in der einzigen Unterkunft ein, die die Stadt zu bieten hatte, eine heruntergekommene Pension an der Hauptstraße. Auf der Veranda vor dem Haus standen im Halbkreis ein paar wacklige Schaukelstühle, und dort saßen sie jetzt. Nebenan war die freiwillige Feuerwehr, auf der anderen Seite ein Anglerladen. Irgendwo im Hintergrund murmelte der Fluß, der der Stadt eine fragwürdige Existenzberechtigung gab.

»Nun, es ist mit Sicherheit mal was anderes«, sagte Warwick, um dessen Kopf ein Kranz schwarzer Fliegen kreiste.

Der Bär atmete tief ein. Eine Frühlingsregenwolke hing über ihnen und würde gleich die Wälder der Umgebung durchnässen. Die Wolke über ihnen barg so viele vertraute Gerüche des Waldbodens, daß der Bär ganz unruhig wurde. Das Gezwitscher der Vögel klang hell in der feuchten, schweren Luft und er nahm ihnen ihre Vorfreude auf den Wolkenbruch übel; sie feierten etwas, das er nicht feiern konnte, weil er nicht mehr im Regen herumlief. Er hatte jetzt einen Regenschirm – für Notfälle.

»Ich nehme mir immer vor, für den Sommer ein Haus auf dem Land zu mieten. Aber dann mache ich es doch nie.« Warwicks Stimme hatte den melancholischen Unterton eines vielbeschäftigten Mannes, der gewöhnt ist, den Dingen zu entsagen, nach denen er sich sehnt. »Irgendwas kommt immer dazwischen. So ist das nun mal, stimmt's?«

»Ja«, nickte der Bär und fragte sich, weshalb sein geliebter Wald nicht mehr ihm gehörte. Dann fiel es ihm wieder ein und er sagte laut: »Ich bin eine Person.«

Warwick warf ihm einen Blick zu. Jam sagte manchmal merkwürdige Sachen. Warwick hatte viele, gründliche Mitarbeiter und wußte inzwischen, daß Jam seinen Titel gekauft hatte. Warwicks Stab hatte ihm außerdem alle wichtigen Plagiatsprozesse der letzten 50 Jahre zusammengestellt und dazu ein Dossier mit den Angaben zu dem Kläger, Arthur Bramhall, die bis zum Tag seiner Geburt zurückreichten. Über das Leben seines Klienten Hal Jam hatten sie dagegen überhaupt nichts finden können. Warwick war irritiert, weil Jam nicht mit ihm zusammenarbeitete, und daß der Mann keine Vergangenheit hatte, beunruhigte ihn sehr. In diesem Leben hat jeder eine Vergangenheit, es sei denn, er hat absichtlich alle Spuren verwischt.

Der Bär schaukelte in seinem Stuhl, und seine Nase erkundete die Frühlingsgerüche in seinem heimatlichen Revier. Die feuchte Luft erzählte von wilden Tieren, die allein herumstreiften – ein Reh knabberte an Knospen, ein Fuchs pirschte auf Zehenspitzen dahin, ein Stachelschwein kletterte langsam einen Baum hoch. Hal spürte wieder die alte Magie im Blut, und sein Schaukelstuhl knarrte schneller. Ich könnte abhauen. In einer Minute wäre ich weg. Der Schlamassel, in dem ich stecke, würde hinter mir zurückbleiben wie ein leeres Spinnennetz, zu dem keiner mehr zurückkehrt. Die Täler, die Wiesen, der Honig in den Waben würden wieder mir gehören. Ich würde aufstampfen, die Berge mit meinem Gebrüll erschüttern.

Er sprang vom Schaukelstuhl auf, und der Bär in ihm erwachte aus seinem Winterschlaf in der Plüschsamthöhle des Menschen. Er füllte seine Lungen mit dem nahenden Regensturm und schüttelte den Kopf mit kurzen, heftigen Bewegungen, um die letzten seidenen, klebrigen Fäden abscheulicher Genußsucht loszuwerden.

Ein verbeultes Flughafen-Taxi hielt vor der Pension. »Hal, wie gut, Sie zu sehen.« Chum Boykins eilte mit seiner Aktentasche in der Hand die Stufen zur Veranda hoch. »Ich bin so schnell gekommen, wie ich konnte. Hier, ich habe uns New Yorker Käsekuchen mitgebracht, als Konzentrationshilfe.«

Den Bären verließ der Mut, und der Duft des Käsekuchens verdrängte die anderen Gerüche, als er seine Nase der saftigen, köstlichen, wunderbaren Oberfläche näherte.

Boykins wandte sich an Warwick. »Und, wie sieht's aus?«

»Gut«, sagte Warwick mit der Selbstsicherheit eines Mannes, der keine Miene verzieht, wenn in den besten Fischgründen 200.000 Barrel Erdöl auslaufen.

Boykins setzte sich, und sein nervöser Blick fiel auf zwei leere Schaukelstühle, die neben ihm standen. Mit ein paar Schubsern beförderte er sie in die richtige Position. »Bettina hat gesagt, sie kann den Prozeß positiv nutzen, und das sei alles nur noch mehr PR für Hal, aber mir gefällt die Sache nicht. So ein Plagiatsvorwurf kann tödlich sein. Ein guter Ruf ist über Nacht ruiniert.«

Boykins schob einen der leeren Schaukelstühle noch einmal so zurecht, daß Micky Maus es hübsch bequem haben würde, falls er vorbeikam. Seit der Prozeß näherrückte, hatte ihn sein Arzt von Prozac auf Zoloft umstellen müssen. Jetzt ließ Boykins den Blick über die dunklen, bewaldeten Hänge gleiten, die die Stadt umgaben. »Ich kann mir vorstellen, daß all die unerforschte Wildnis Sie gewaltig inspiriert, Hal. Aber daß Sie an einem so gottverlassenen Platz eine so wunderbare Geschichte erfinden konnten, ist schon erstaunlich. Eigentlich ist hier ja gar nichts. Man schaut sich um, und was sieht man? Bäume, Berge, ein Stinktier, ein winziges Kaff. Wird das nächste Buch auch in dieser Gegend spielen?«

»Ich hab's noch nicht gefunden«, murmelte der Bär, das Maul voller Käsekuchen.

»Mein Instinkt sagt mir, verlaß dich auf das, was beim letzten Mal funktioniert hat.«

»Vielleicht finde ich es nie.«

»Sagen Sie das nicht, Hal. Das zweite Buch entsteht bereits in Ihrem Inneren.« Boykins machte sich große Sorgen um die Zukunft seines Autors. Agenten kamen und gingen, Agenten mit Zwangsideen kamen und gingen mehrere Male, aber Hal Jam war einmalig. Und Boykins hatte das Gefühl, daß das Unheil immer näherkam.

»Warum gebe ich mich überhaupt damit ab, Vinal?« Es war Abend, und Bramhall saß mit Pinette vor dem Küchenherd des alten Holzfällers. Die Küche wurde von einer einzigen nackten Glühbirne erhellt, die unter der Decke hing, und Motten flatterten gegen das Fenstergitter und versuchten, zu dem Licht zu kommen, das sie von den Feldern gelockt hatte. »Warum habe ich mich auf diesen Kampf eingelassen?«

»Damit du rauskriegst, was mit deiner Tasche passiert is. Ich glaub, dieser Jam hat den Bären geschossen, als er mit der Tasche unterwegs war. Jam liest das Buch, sagt sich, dasses dem Bären nix mehr nützt und haut damit ab.« Pinette stocherte im Feuer herum. »Ich frag mich nur, hat er den Bären ausgekocht? Wär doch'n Jammer, wenn so'n tolles Fett verkommt.«

Bramhall schaute zum Fenster. Ein großer Falter war heftig mit den blaßgrünen Flügeln schlagend gegen das Gitter geflogen.

»Mein Gott«, sagte Pinette, »der is ja riesig. So einen sieht man nich oft.«

Bramhall starrte den großen Nachtfalter an, und ihn durchfuhr eine Ahnung. Er hatte dem Wald den Rükken zugewandt, aber der hatte ihn nicht vergessen; sein grüner Bote der Dunkelheit war gekommen, um ihn an die verwunschenen Gegenden zu erinnern, die er im Wachen und Träumen durchstreift hatte. Die Augen des Falters glitzerten; seine großen Fühler tanzten hin und her, und er flatterte so schnell mit den Flügeln, daß sie hypnotisierend leuchteten.

Bramhall stand schnell auf und ging in Pinettes

Wohnstube. Die dicken, unförmigen Polster der Couch und der Sessel lagen im Schatten, und Bramhall blieb im Halbdunkel stehen, bis der Zauber vorüber war und er sich so dumpf und unförmig vorkam wie die Möbel.

Nach dem Abendessen in der Ortskneipe schlenderten der Bär, sein Anwalt und sein Agent die Hauptstraße hinunter. Boykins schaute auf den Boden, um den Ritzen auf dem Bürgersteig auszuweichen.

»Sucht nach einer Aktentasche«, meinte der Bär.

»Warum, haben Sie eine verloren?«

»Irgendjemand vielleicht«, antwortete der Bär.

John Warwick hatte dem Gespräch der beiden Männer schweigend zugehört. Jam besaß eine enorme Ausstrahlung, aber was er sagte, ergab wenig Sinn. Wie zum Teufel würde er sich als Angeklagter machen?

Boykins zählte weiter die Ritzen.

Was ist denn hier los? dachte der Bär, als ihm quer durch den Gerichtssaal Arthur Bramhalls Geruch in die Nase stieg. Er schaute seinen Rechtsanwalt an. »Das ist ein Bär.«

»Was?«

»Ein Bär!« sagte der Bär aufgeregt. »Das ist ein Bär, der eine Person werden will!«

Ein paar Geschworene schauten zu ihnen herüber, und Warwick antwortete leise: »Wir reden später darüber, Hal.«

Chum Boykins betrat den Gerichtssaal. In einem kurzen Ritual probierte er verschiedene Sitzplätze aus, bevor er schließlich den fand, der eindeutig der richtige war. Dann stand er auf und setzte sich woanders hin.

Eaton Magoon sah am Tisch des Klägers aus wie der typische joviale Provinztölpel. Zum Anzug trug er ein buntkariertes Hemd und breite Hosenträger. Neben Magoon saß Arthur Bramhall in einem neuen Anzug von J. C. Penney. Der paßte auch nicht viel besser als seine anderen Anzüge, weil Arthur ganz verwirrt war, als er ihn kaufte. Bevor er den Gerichtssaal betrat, hatte er eine Flasche Eau de Cologne von Brut über sich ausgeleert, wußte aber, daß er immer noch roch wie ein Tier. Er hielt den Kopf gesenkt, weil er es nicht über sich brachte, diese Ansammlung von Menschen anzuschauen. Unglücklich, einsam und mit Haaren auf der Stirn, schaute er verstohlen hoch, als sein Anwalt nach vorn ging, um sein Eröffnungsplädoyer zu halten.

»Euer Ehren, meine Damen und Herren, Arthur Bramhall ist täglich seiner Arbeit nachgegangen in einer kleinen Hütte, die einige von Ihnen vielleicht kennen, wenn Sie hier in der Gegend mal auf die Jagd gegangen sind. Arthur läßt die Leute gern auf seinem Grund und Boden jagen, weil er sich freut, wenn er von seiner Arbeit aufschaut und einen Nachbarn sieht, der hinter Kleinwild her ist. Arthur dagegen jagt etwas anderes. Arthur jagt Worte; er versucht, den perfekten Satz einzufangen. Jeder, der den Weg zu ihm hinunterfährt, weiß, was ihn erwartet – Arthur am Fenster, über seine Schreibmaschine gebeugt, wie er das Leben, das er kennt, aufs Papier bannt, das Leben in Maine, das Leben, so, wie es sein sollte.« Magoon schenkte den Geschworenen ein nachbarliches Lächeln. »Anfangs war er ein Fremder. Aber er hat sich rasch zurechtgefunden. Er hat gelernt, was das Landleben ausmacht, und er hat es geschätzt und konnte schließlich so darüber schreiben, als hätte er immer hier gelebt.«

Magoon hielt inne und ließ den Blick von einem Geschworenen zum nächsten wandern. »Und nachdem er über unser Leben geschrieben hat, nachdem er sein ganzes freies Jahr damit zugebracht hatte, unser Leben hier in Maine zu schildern, wurde ihm sein Manuskript gestohlen.«

Magoon ging auf und ab und gestikulierte theatralisch, der Bär schaute aufmerksam zu und versuchte, sich vorzustellen, wie er selbst so auf und ab ging, komplizierte Dinge sagte und seine Sätze mit kräftigen Bewegungen seiner Tatzen unterstrich.

»Meinen Klienten hat der Verlust dieses Manuskripts, mit dem er so lange so verzweifelt gerungen hatte, beinahe in den Wahnsinn getrieben. Schauen Sie ihn an, meine Damen und Herren Geschworenen, sehen Sie das Leid in seinen Zügen. Das ist das Gesicht eines Mannes, dem man das Lebenswerk gestohlen hat. Er war einmal Professor an einem College. Ja, hier, an unserer University of Maine. Er hat seinen Job verloren, seine Freunde. Er kann nicht mehr unterrichten, weil er kaum noch sprechen kann. Seine Stimme hat unter dem Verlust seines Werks gelitten und seine äußere Erscheinung ebenfalls. Er ist so gebrochen, meine Freunde, *daß sich seine Körperfunktionen verändert haben.*«

Der Bär nickte und genoß den fließenden Rhythmus von Magoons unverständlichen Worten. Sie klangen wie das Plätschern eines Baches in Maine zur Frühlingszeit.

»Hal«, zischte John Warwick. *»Hören Sie auf zu nicken.«* Warwick fing an, sich Sorgen zu machen. Sein Gegenspieler Magoon war ein erstklassiger Schmierenkomödiant, der die Geschworenen seiner Heimatstadt zu nehmen wußte. Und der Richter, Wendell Spurr, sah aus, als hätte er etwas gegen einen Großstadtanwalt mit einem prominenten Klienten. Besonders gegen einen Klienten, der nickte, als stimme er den Anschuldigungen Magoons auch noch zu.

Warwick schaute den gefeierten Schriftsteller von der Seite an und überlegte: Was stimmt eigentlich nicht mit Jam? Ihm scheint völlig egal zu sein, was hier abläuft.

»... und wir werden zweifelsfrei beweisen, meine Damen und Herren, daß mein Klient *Schicksal und Sehnsucht* geschrieben hat, und daß diese Person hier...« Magoon deutete auf den Bären; der nickte enthusiastisch, weil er als Person bezeichnet wurde, und klatschte in die Tatzen.

»... daß diese Person, die offenbar überhaupt kein Gewissen hat, *Schicksal und Sehnsucht* gestohlen, als eigenes Werk verhökert und gewaltig daran verdient hat. Profitiert hat von den Früchten der Arbeit meines Klienten, profitiert hat von der Kreativität eines anderen Menschen. So läuft das nicht bei uns hier in Maine. Und dennoch sitzt dieser Mann selbstgefällig und zufrieden im Gerichtssaal und glaubt, über dem Gesetz zu stehen.« Magoon warf dem Bären einen vernichtenden Blick zu. Der Bär winkte freundlich zurück, und Magoon verlor den Faden.

Was hat der im Ärmel? überlegte er. Was für eine Strategie hat Warwick ihm mitgegeben? Magoon betrachtete die stahlgrauen Haare des Power-Anwalts, seinen berechnenden Blick, die Rolex. Und sein Klient führte sich auf wie ein Mann, der weiß, daß er nicht verlieren kann. Herrgottnochmal, dachte Magoon, ich sitze ganz schön in der Scheiße. Er schaute zu Arthur Bramhall hinüber, der keinen Penny besaß, für den er auf Erfolgshonorar arbeitete und in den er bereits viel Zeit investiert hatte.

Warwick stand vor den Geschworenen und hielt sein Eröffnungsplädoyer. Er verteidigte seinen Klienten gegen diese »groteske Beschuldigung. Hal Jam ist im ganzen Land bekannt, für seine Brillanz, seinen philosophischen Scharfsinn, seinen Humor, kurz, all die Dinge, die wir von dem Mann erwarten, aus dessen Feder *Schicksal und Sehnsucht* stammt.«

Warwicks Blick wanderte zu Arthur Bramhall hinüber, und die Geschworenen folgten diesem Blick und sahen einen Mann, der wie ein Holzfäller bei einer Beerdigung wirkte. Als er die Augen der Jury spürte, senkte Bramhall den Kopf noch tiefer. Er wirkte wie ein Tier, das bei einer Missetat erwischt wird, wie ein Waschbär, der Eier aus dem Hühnerstall gestohlen hat.

»Mein Klient«, fuhr Warwick fort und schaute den tadellos gekleideten Bären an, »ist ein Mann von unbescholtenem Ruf, der in der literarischen Welt einen hohen Rang einnimmt. Auf seiner Lesereise rettete er vor kurzem dem Vizepräsidenten der Vereinigten Staaten das Leben, ein Akt von unglaublichem Heroismus, an den sich viele von Ihnen erinnern werden. Er ist ein Mann von Kultur und vornehmer Herkunft. Er führt – und diese Tatsache ist nur wenigen bekannt – den Titel eines Lords.« Warwick hielt inne und verbeugte sich leicht vor dem Bären. »Er ist Lord Overlook of North Devon in England.«

Eaton Magoon sprang auf. »Einspruch, Euer Ehren!«

Richter Wendell Spurr fuhr aus dem Halbschlaf hoch, dem er sich gewöhnlich im Gerichtssaal hingab, und rückte seine Robe zurecht. Ein Lord, dachte Richter Spurr. Meine Güte, da setzen wir uns besser aufrecht hin und machen es richtig. Ein Bild von englischen Anwälten und Richtern in weißen Perücken ging ihm durch den Kopf. Er fühlte sich plötzlich mit einer großen Tradition verbunden und warf Magoon einen mißbilligenden Blick zu. Die erstaunliche Enthüllung, einen englischen Lord in seinem Gerichtssaal zu haben, gab Richter Spurr angenehmen Auftrieb, und das Gefühl würde er sich nicht von Typen wie Eaton Magoon verderben lassen. Zu dem Bild mit den Richtern und ihren Perücken gesellte sich jetzt noch ein Bild, nämlich von sich selbst, wie er Rebhühner schoß auf den Ländereien der Overlooks; er sah sich über ein englisches Feld laufen, das Gewehr in der Hand und Lord Overlook an seiner Seite. Finster blickte er zur Bank des Klägers hinüber. »Was haben Sie für ein Problem, Mr. Magoon?«

»Diese Information ist für den Fall nicht relevant, Euer Ehren.« Magoon versuchte, gegen den Strom anzupaddeln. Ein einziger Blick auf die Geschworenen zeigte ihm, wie beeindruckt sie waren. Und er war es ebenfalls.

»Einspruch abgelehnt«, sagte Richter Spurr. »Die Herkunft beider Parteien ist relevant.«

Magoon setzte sich wieder, und Warwick fuhr fort. »Für gewöhnlich benutzt Lord Overlook seinen Titel nicht, weil er ein bescheidener Mann ist. Der Titel erscheint weder auf den Büchern noch in irgendeinem Artikel über ihn. Aber Sie finden diesen Titel im großen Buch der britischen Geschichte, bei der Königlichen Kommission für Dokumente und im Ortsregister von North Devon. Der Titel stammt von einer Familie, deren Geschichte tausend Jahre zurückreicht, bis in die Zeit von König Edward, als die Overlooks zum ersten Mal der Krone die Treue schworen.« Wieder verbeugte sich Warwick leicht, als schwebe die Krone in der Luft wie der Gral. Daß einige Geschworene sich ebenfalls verbeugten, registrierte er zufrieden.

»Dieser Mann hat es nicht nötig, das Buch eines anderen zu stehlen, um Ruhm und Ehre zu erlangen. Er ist berühmt genug, meine Damen und Herren Geschworenen, und besitzt einen alten, ehrwürdigen Namen, einen Namen, der Ansehen und Macht bedeutet. Ein Lord aus dem englischen Königreich hat es nicht nötig, in diese friedliche Stadt in Maine zu kommen, um sich eine Identität zu verschaffen. Er hat bereits eine beneidenswerte Identität. Sehr viel eher würde jemand versuchen, sich *seine* Identität anzueignen.« Warwick deutete auf seinen Gegner und setzte sich abrupt.

Magoon stand wieder auf, schüttelte den Kopf und lächelte die Geschworenen nachbarlich an, als hätten er und sie gerade einem Vertreter für Wandverkleidungen aus Aluminium zugehört. Aber die Sache mit dem englischen Lord hatte ihn ziemlich getroffen. Die Geschworenen betrachteten Warwicks Klienten neugierig.

Die einzigen glanzvollen Ereignisse in ihrem Leben waren bisher der Schlußverkauf im Einkaufscenter, die Nacht der nassen T-Shirts in der Chain Saw Bar und Eunice Cottons Bücher über Engel, die sie im Supermarkt kauften. In dieser unschuldigen ländlichen Umgebung war plötzlich jemand aufgetaucht, der Lord Overlook of North Devon hieß.

Magoon rief seinen ersten Zeugen auf, den alten Holzfäller Vinal Pinette. Magoon hoffte, mit diesem Mann einige Sympathie bei den Geschworenen zu gewinnen. Alle kannten ihn, und seine hinterwäldlerische Art war abgrundtief ehrlich.

»Mr. Pinette«, sagte Magoon, »erkennen Sie den Mann dort? Ist es jemand, den Sie kennen?«

Pinette schaute seinen Freund an. »Das ist mein Nachbar, Arthur Bramhall.«

»Könnten Sie dem Gericht bitte erzählen, was für ein Mensch er ist?«

»'n ganz feiner Kerl.«

»Besuchen Sie ihn oft?«

»Na klar, wir quatschen oft miteinander.«

»Und wenn Sie zu ihm kommen, was macht er da in der Regel?«

»Sitzt im Schweinetrog.«

Die Geschworenen kicherten leise, und Eaton Magoon beeilte sich, den Eindruck zu korrigieren. »Jetzt finden Sie ihn im Schweinetrog, weil er verzweifelt ist, weil er in Depressionen verfallen ist über den Verlust seines Buches, weil er fast den Lebenswillen verloren hat. Aber früher, da haben Sie ihn doch meist am Schreibtisch bei der Arbeit gesehen, nicht wahr?«

Warwick sprang auf. »Einspruch, Euer Ehren. Er beeinflußt den Zeugen.«

»Stattgegeben.«

»Verzeihen Sie, Euer Ehren. Mr. Pinette, haben Sie Mr. Bramhall jemals beim Schreiben angetroffen?«

»Ich hab ihm ’n paar ganz gute Ideen besorgt. Er is nur noch nich dazu gekommen, sie aufzuschreiben.«

»Aber Sie wissen, daß er Schriftsteller ist.«

»Klar.«

»Sie haben seine Schreibmaschine gesehen?«

»Ein- oder zweimal.«

»Und sein Haus ist voller Bücher?«

»Sich die Wände mit Büchern zu pflastern, is das Schlaueste, was er je gemacht hat. Bücher sind zum Hausisolieren besser als Holzspäne.« Pinette schaute die Geschworenen an und wollte gerade eine Rede über das Isolieren von Häusern anfangen, aber Magoon steuerte ihn zum Thema zurück.

»Mr. Bramhall benutzt die Bücher nicht zur Isolierung seines Hauses. Er hat Bücher, weil er sie liest. Ist das richtig?«

»Kann schon sein«, sagte Pinette, der sich mit dem Gedanken, daß jemand so viele Bücher las wie Arthur Bramhall besaß, nur schwer anfreunden konnte.

»Und er liest sie, weil er ein Schriftsteller ist. Das stimmt doch?«

»Hab ich doch schon gesagt, wir haben zusammen an ’nem Buch gesessen. Ich hab’ das Material besorgt.«

Magoon ahnte, daß er damit seinem Gegenspieler eine Tür geöffnet hatte und brachte Pinette schnell auf andere Themen, aber es war zu spät. Als Warwick den alten Holzfäller ins Kreuzverhör nahm, hielt er sich nicht erst mit der Einleitung auf. »Mr. Pinette, Sie sagen, Sie hätten Mr. Bramhall Ideen gegeben?«

»’ne Menge.«

»Hat er je versprochen, Sie für die Ideen zu bezahlen?

Hat er jemals gesagt, Sie bekämen Ihren gerechten Anteil an einer Idee, wenn er sie verwendet?«

»Nee«, sagte Pinette. »Aber wir sin nie zum Schreiben gekommen ...«

»Aha«, sagte Warwick in einem Tonfall, als hätte Bramhall vorgehabt, Pinette seine Ideen abzuluchsen. »Danke, Mr. Pinette, das ist alles.«

Vinal Pinette verließ den Zeugenstand, und Magoon rief Professor Alfred Settlemire auf. Während der Bär den Rechtsanwälten zuschaute, übte er ein paar Gesten und juristische Ausdrücke. *Würden Sie den Geschworenen bitte erzählen ... Einspruch, Euer Ehren ... Danke, das ist alles ...«*

»Sir«, begann Magoon Settlemires Befragung, »Sie sind Professor an der University of Maine, ist das richtig?«

»Ja.«

»Und Arthur Bramhall war Ihr Kollege?«

»Ja.«

Magoon deutete auf seinen Klienten. »Ist das Arthur Bramhall?«

»Ja«, sagte Settlemire. »Er hat sich aber ... verändert, seit er an der Universität war.«

»Das hat er bestimmt, schließlich mußte er erleben, daß ihm sein Lebenswerk gestohlen wurde. Nun, Professor Settlemire, haben Sie je Arthur Bramhalls Manuskript gesehen?«

»Ja. Ich sah ein paar Kapitel.«

»Sie haben ein paar Kapitel des Manuskripts gesehen? Auf Papier, mit der Maschine geschrieben?«

»Ja, das stimmt.«

»Sie haben Arthur Bramhalls Roman in Manuskriptform gesehen? Sie stehen unter Eid, Sir.«

»Ich habe den Roman gesehen.«

»Keine weiteren Fragen.«

John Warwick ging auf Professor Settlemire zu. »Professor, können Sie uns in großen Zügen beschreiben, worum es in diesem Roman ging?«

»Es war die Kopie eines Bestsellers.«

»Die Kopie eines Bestsellers? Aha, das ist sehr interessant. Wir haben gerade gehört, daß Arthur Bramhall die Geschichten eines alten Holzfällers benutzt hat, ohne mit ihm eine Teilung ...«

»Einspruch!«

»Abgelehnt.«

»... und jetzt höre ich, daß er einen Bestseller kopiert hat. Für so etwas haben wir einen Begriff, Professor. Man nennt das Plagiat.«

»Einspruch!«

»Abgelehnt.«

»Erinnern Sie sich an den Titel dieses Bestsellers?«

»Tun Sie's nicht, Mr. Drummond.«

»Ihr Kollege hat von *Tun Sie's nicht, Mr. Drummond* abgeschrieben?«

»Er hat den Stil kopiert. Ich hielt das für keine gute Idee.«

»Da stimme ich Ihnen zu, Professor. Das ist keine gute Idee. Das ist vielmehr eine Idee, die zu einer Menge Komplikationen führen kann. Aber kehren wir zur Idee zurück, egal, ob sie nun gut ist oder nicht. Sie sagen, Arthur Bramhall hat ein Plagiat – entschuldigen Sie, ich meine eine Kopie – von *Tun Sie's nicht, Mr. Drummond* verfaßt. Haben Sie den Roman gelesen, Professor?«

»Ich habe ihn überflogen.«

»Könnten Sie ihn für uns charakterisieren?«

»Das Buch ist romantischer Kitsch.«

»Und Sie sind, könnte man sagen, auf diesem Gebiet eine Autorität?«

»So könnte man es ausdrücken.«

»Sie wollen doch sicher, daß Ihre Studenten nur das Beste lesen?«

»Das ist richtig.«

»Würde es Sie interessieren, Professor, daß das Buch meines Klienten, *Schicksal und Sehnsucht*, bereits im Englischunterricht des ganzen Landes Pflichtlektüre ist? Daß es positiv besprochen wurde von Literaturkritikern vom Rang eines Kenneth Penrod von der Columbia University und eines Samuel Ramsbotham von der New York University, beide Professoren an den angesehensten Universitäten Amerikas? Würden Sie sagen, daß das die Qualität dieses Buches verdeutlicht?«

»Ja, allerdings. Obwohl Ramsbothams Ansichten in einigen Punkten...«

»Es geht doch darum, Professor: Mein Klient hat nicht bei *Tun Sie's nicht, Mr. Drummond* abgeschrieben, er hat ein höchst originelles Werk verfaßt, das vom amerikanischen Publikum geliebt und von zwei der größten Experten der zeitgenössischen amerikanischen Literatur gelobt wird. Das klingt nicht im entferntesten nach dem Manuskript, welches Ihr Kollege Ihnen gezeigt hat, oder?«

»Nein«, gab Settlemire zu. Ihm war unbehaglich, weil er auf seine eigentümliche Art gehofft hatte, Bramhall heute einen Dienst zu erweisen. Er konnte sich an kein Wort aus Bramhalls Buch erinnern, und ebenso wenig an *Tun Sie's nicht, Mr. Drummond,* denn sein Gedächtnis war mit *als obs* verstopft.

»Professor, wann hat Ihr Kollege Ihnen die Teile des Romans gezeigt?«

»Das muß vor eineinhalb Jahren gewesen sein.«

»Und was ist mit dem Roman anschließend passiert?«

»Bei Bramhall ist ein Feuer ausgebrochen. Der Roman ist verbrannt.«

»Der Roman ist verbrannt? Wie schade. Und eineinhalb Jahre später betritt Ihr Kollege diesen Gerichtssaal und behauptet, jemand hätte ihm den Roman gestohlen! Was war es denn jetzt, verbrannt oder gestohlen?« Warwick warf den Geschworenen aus den Augenwinkeln einen Blick zu.

»Nun«, stotterte Settlemire, »Bramhall sagt, das Manuskript sei verbrannt und dann gestohlen worden.«

»Verbrannt *und* gestohlen?« Warwick schaute noch einmal zu den Geschworenen hinüber. »Dieses Manuskript hat wirklich ein hartes Schicksal erlitten.«

»Er hat es noch einmal geschrieben«, antwortete Settlemire. »Und dann ist es gestohlen worden.« Settlemire legte den Kopf merkwürdig zur Seite, wie eine Pavianmutter, die nach Flöhen sucht; ein Mann, der seine besten Stunden damit zubringt, *als obs* zu suchen, muß auf so etwas gefaßt sein.

»Er hat es noch einmal geschrieben, und dann wurde es gestohlen.« Warwicks Tonfall ließ an der Lächerlichkeit dieser Vorstellung keinen Zweifel; der Bär machte derweil die Gesten seines Anwalts nach. Das ist eigentlich nicht schwer, dachte er. Man muß die Geschworenen anschauen und ihnen zulächeln. Man muß erst mit der Tatze in der Luft und dann vor ihren Gesichtern herumwedeln, für den Fall, daß sie die Bewegung nicht mitbekommen haben.

Ein leichter Wind wehte zum Fenster herein und die Gerüche des nahen Flußufers stiegen ihm in die Nase, Vergißmeinnicht, Glockenblumen, Wasserschierling. Er atmete tief ein, schloß die Augen und schaukelte auf seinem Stuhl. Es war Frühling in Maine, wunderschöner Frühling. Mit einem Jubelschrei rutschte er von seinem Stuhl auf den Boden, rollte herum und schabte sich den Rücken.

»Ruhe im Gerichtssaal!« Richter Spurrs Hammer sauste krachend herunter. »Anwalt, bringen Sie diesen Mann zur Vernunft!«

»Hal, um Gotteswillen...« Warwick ging neben seinem Klienten in die Knie und schüttelte ihn heftig.

Der Bär machte die Augen auf und zog knurrend die Oberlippe nach oben. Richter Spurr ließ seinen Hammer ein zweites Mal niedersausen. »Mr. Warwick, wenn Sie Ihren Klienten nicht zur Räson bringen, lasse ich ihn wegen Mißachtung des Gerichts verhaften.«

»Euer Ehren, ich glaube, er hat eine Art Anfall.«

»Mir sieht er eher aus wie jemand, der sich den Rücken schabt.«

Warwick nahm den Wasserkrug vom Tisch und schüttete ihn über dem Bären aus, der wütend losbrüllte. Warwick wich erschrocken zurück und wandte sich an den Richter. »Euer Ehren, mein Klient ist krank.«

»Mir kommt er nicht krank vor, Sir. Eher betrunken und ordnungswidrig, und das lasse ich mir nicht bieten.«

Die Geschworenen hatten sich vorgebeugt und Richter Spurr war mit dem Hammer in der Hand aufgestanden. Warwick wußte, wenn der Hammer noch einmal fiel, wäre eine Strafe wegen Mißachtung des Gerichts fällig. All die Sympathie, die sie beim Richter und den Geschworenen errungen hatten, löste sich in Luft auf. In diesem Moment beschloß Vinal Pinettes Hund, der in Pinettes Pritschenwagen vor dem Gericht hockte, daß er jetzt lange genug allein gewesen war, und fing an zu bellen. Er bellte gern so laut er konnte, weil er das einfach schön fand. Sein Gebell drang an das Ohr des Bären, und der setzte sich erschrocken auf.

»Hal«, sagte Warwick, »geht's Ihnen gut?«

Die Nase des Bären zuckte. Hatten sie ihre Hunde auf ihn gehetzt? Er schnupperte und roch, daß der Hund allein war und zu weit weg, um ihm gefährlich zu werden. Er ließ sich von Warwick wieder auf seinen Stuhl helfen, saß ruhig da und reckte die Nase in die Luft.

Warwick wandte sich an den Richter. »Euer Ehren, Lord Overlooks Familie hat schon seit Generationen ein seltenes neurologisches Problem. Die Episode, die wir soeben miterlebt haben, ist typisch für diese Krankheit.«

»Liegt in der Familie, ja?« Richter Spurr bedauerte bereits, daß er einen Lord des Königreichs so barsch angefahren hatte. Exzentrik mußte man bei der Aristokratie tolerieren; die illustre Familie Overlook war wohl durch Inzucht etwas geschwächt und hatte dadurch jene Probleme hervorgebracht, deren Zeuge er geworden war. Richter Spurr war entschlossen, Toleranz walten zu lassen, die Familie Overlook würde solche Rücksichtnahme sicher zu schätzen wissen. »Hat er sich so weit erholt, daß wir fortfahren können? Wenn Sie eine Unterbrechung beantragen wollen …«

»Das würden wir gern tun, Euer Ehren.«

»Das Gericht vertagt sich auf morgen«, verkündete der Richter und erhob sich.

Warwick bedeutete Magoon mit einem Nicken, daß er ihn vor dem Gerichtssaal sprechen wollte. Die beiden Männer zogen sich in eine Garderobe zurück, standen nebeneinander am offenen Fenster und schauten auf die Stadt. Warwick sagte: »Obwohl ich weiß, daß wir diesen Fall gewinnen, sind wir mit Rücksicht auf die Gesundheit meines Klienten bereit, uns außergerichtlich zu einigen.«

Magoon saß mit seinem Klienten in der Kneipe an der Hauptstraße. Von ihrem Tisch aus konnte man das Rauschen des Flusses hören und die Schreie eines Reiherpaares, das am Himmel kreisend Ausschau hielt nach glitzernden Fischen im Wasser. »Cavendish Press bietet uns eine halbe Million Dollar.«

»Aber sie behalten die Rechte? Ich wäre nicht der Autor?«

»Stimmt. Aber Ihre finanziellen Probleme wären für den Rest Ihres Lebens gelöst, Arthur.«

Arthur Bramhall fuhr sich mit der Hand über die gepeinigten, struppigen Augenbrauen. Er hörte den Schrei der Reiher, und er verstand ihre hohen Stimmen. Er spürte die Kraft des Flusses, der ihn rief.

»Eine halbe Million, klug angelegt...«, meinte Magoon.

»Die bekommen mein Buch nicht.«

»Seien Sie kein Narr. Die Geschworenen sind bereits gegen uns.«

»Das ist mir egal«, brummte Bramhall. »Ich bin der Autor, und das werden wir beweisen.«

»Ich bin mir nicht mehr sicher, ob ich das kann.«

»Die Antwort ist nein.«

»Das ist ein schrecklicher Fehler. Warwick wird Sie im Zeugenstand auseinandernehmen.«

»Ich werde *ihn* auseinandernehmen.« Bramhall knurrte grimmig.

Überrascht von der animalischen Wildheit im Blick seines Klienten, wich Magoon zurück.

Vinal Pinette saß mit seinem Hund am Küchenherd. »Ich hab ihn im Stich gelassen«, sagte der Alte und starrte den abgetretenen Holzboden an.

Der Hund sah hoch und hoffte, daß ein Wiener Würstchen den Weg zu seiner geduldigen Schnauze finden würde. Der Boß warf ihm abends um diese Zeit immer ein paar Bissen zu. »Ich hab mich total einwickeln lassen, weißte. Dieser Kerl von Anwalt hat was angedeutet, und ich hab mich draufgestürzt wie du auf das Würstchen hier.« Pinette warf ihm eines zu, und der Hund schnappte es in der Luft und schlang es in einem Stück hinunter. Das machte er immer so, damit es ihm kein anderer Hund stehlen konnte, auch wenn gar keine Hunde in der Nähe waren. Aber bei Wienern durfte man kein Risiko eingehen.

»Ich habe Arthur Bramhall wie 'n Gauner aussehen lassen, jawoll.« Der alte Mann schüttelte langsam den Kopf und ließ ihn immer tiefer sinken. »Weil ich nich mehr Grips hab' wie dies Würstchen hier.« Er wedelte mit dem Rest Wurst herum, und der Kopf des Hundes folgte jeder Bewegung.

»Am liebsten würd ich zurück ins Gericht und alles zurechtrücken, aber die ham aus mir rausgeholt, was sie brauchen.« Pinette warf das Würstchen, und das Hundemaul fuhr rasch zur Seite, fing es auf und schickte es in einem Stück in den Magen.

»Jetzt kriegen wir unser Buch nie geschrieben«, meinte Pinette traurig. Der Hund zog sich auf seine Decke hinter dem Ofen zurück, um sich noch ein bißchen die Eier zu lecken. Literatur gehörte nicht zu den

Dingen, die ihn brennend interessierten. *Das Leben eines Wiener Würstchens*, ja, das könnte ihn faszinieren, zumal wenn es prächtig illustriert wäre.

Am nächsten Tag führte Eaton Magoon Beweise für die literarischen Fähigkeiten seines Klienten, von seinem Doktor der Philosophie bis zu den vielen Artikeln, die er in seiner Zeit als Professor veröffentlicht hatte.

Warwick hielt den Umschlag von *Schicksal und Sehnsucht* in die Höhe und prahlte mit zahlreichen Artikeln in Zeitschriften und Tageszeitungen, die über seinen Klienten geschrieben worden waren. Er brauchte nichts anderes zu zeigen, hätte es auch gar nicht tun können, selbst wenn er gewollt hätte, denn es gab sonst nichts.

Der Bär ahmte die Gesten seines Rechtsanwalts nach. Wenn Warwick sprach, sprach er lautlos die Worte mit. Am Abend zuvor hatte er in seinem Hotelzimmer geübt und fand, daß er jetzt den Bogen raushatte. Als Warwick an ihren Tisch zurückkehrte, deutete der Bär auf den Zeugenstand und flüsterte laut: *»Schicken Sie mich da rauf.«*

»Nein«, antwortete Warwick.

Die Tatze des Bären umschloß Warwicks Knie, und ein stechender Schmerz durchfuhr das Bein des Erdöl-Anwalts. Er stand auf und sagte: »Euer Ehren, ich möchte meinen Klienten in den Zeugenstand rufen.«

Der Bär wurde vereidigt. Die rechte Tatze in die Luft gereckt, sprach er feierlich den Eid.

Er fühlte, wie sich die leuchtenden, sprudelnden Wörter in ihm sammelten und nur darauf warteten, in einem farbenfrohen Strom hervorzuschießen.

Warwick verließ seinen Tisch nicht. »Sie heißen Hal Jam?«

»Ja.«

»Sie haben *Schicksal und Sehnsucht* verfaßt?«

»Ja.«

»Keine weiteren Fragen.«

Der Bär schaute Warwick gekränkt an. »Ich habe noch mehr zu sagen.« Wie ein Rechtsanwalt gestikulierte er in Richtung Geschworenenbank.

»Sagen Sie es mir«, meinte Magoon und ging auf den Zeugenstand zu. »Was für ein Mensch sind Sie, Jam?«

»Ich bin ein Mensch«, antwortete der Bär rasch, froh, daß dieser wichtige Punkt als erstes angesprochen worden war. Wenn er ein Mensch war, konnten sie ihn nicht in den Zoo stecken.

»Ich habe gefragt, was für eine *Art* Mensch Sie sind. Was ist das für ein Mensch, der einem anderen die hart erkämpfte Arbeit stiehlt?«

Der Bär machte die kleine Geste, die er geübt hatte, und sie kam ihm vor wie die Gesten, die er bei seinem Anwalt beobachtet hatte, aber die Worte, die sie begleiten sollten, wollten nicht kommen. Sie wirbelten in ihm herum wie glitzernde Fische in einem Strom, aber als er versuchte, ein Wort aus dem Wasser zu ziehen, rutschte es aus seiner Tatze und schwamm davon. Er schaute zum Fenster und roch die Luft, füllte seine Nase mit dem Duft der Landschaft.

Magoon war jetzt nur noch wenige Zentimeter von ihm entfernt. »Sie haben Arthur Bramhalls Buch gestohlen. Genau das, Sir. Sie sind schlicht und einfach ein Dieb. Als was sonst soll man Sie bezeichnen?«

»Die Felder«, meinte der Bär.

»Wie bitte?«

»Der Fluß«, fügte der Bär hinzu. »Die Blumen.« Er schaute aus dem Fenster. Sein Selbstvertrauen war geplatzt wie eine Seifenblase. Er dachte an den Fluß und den Fichtenwald dahinter. Er konnte nicht wie ein

Rechtsanwalt reden, konnte die hellen, plätschernden Töne nicht hervorbringen, die das Kennzeichen eines echten Menschen waren. »Der Frühling«, sagte er verzweifelt. »Die frischen Knospen.«

Das ist genau das Gefühl, das *Schicksal und Sehnsucht* rüberbringt, dachte eine der Geschworenen und beugte sich vor, um genauer zuzuhören. Sie hatte das Buch mit großem Genuß gelesen, und *das*, sagte sie sich, ist genau der Ton. Sie schaute den Mann im Zeugenstand an und wußte, er war der Autor des Buches, das sie so liebte.

»Ist das Ihre Antwort, Sir?« Magoon wollte seinen Vorteil ausnützen. »Sie sind der Frühling? Sie sind die frischen Knospen?«

»Ich bin ein Bär«, gab das unglückliche Tier zu.

Ja, dachte die Geschworene, er ist die Stimme von Maine – die Bären, der Elch, die Vögel, die Blumen, die Bäume und die Wälder im Frühling.

»Sie sagen, Sie sind ein Bär?« setzte Magoon höhnisch nach.

»Er *ist* ein Bär!« Arthur Bramhall sprang auf. Plötzlich war ihm alles klar. »Das ist der Bär, der mein Buch gestohlen hat!«

»Meine Damen und Herren Geschworenen, haben Sie ein Urteil gefällt?«

»Das haben wir, Euer Ehren.«

Die Geschworenen hatten entschieden, daß der Bär der Autor von *Schicksal und Sehnsucht* war. Alle Rechte an dem Buch lagen bei ihm, in der Vergangenheit und für die Zukunft. Sie wußten nicht, daß er ein Bär war – obwohl er es ihnen gesagt hatte. Das war so, weil sie Menschen waren.

Als die Entscheidung verkündet wurde, entfuhr Arthur Bramhall ein Ton, der tief und rauh war. Die Mitglieder der Jury nahmen es als weitere Bestätigung dafür, daß ihr Urteil korrekt war. Ein Mann, der zu solchen Lauten fähig war, konnte *Schicksal und Sehnsucht* nicht verfaßt haben. Sie sahen ihm nach, wie er langsam zur Tür des Gerichtssaals schlurfte und sein Körper in dem am Rücken aufgerissenen Anzug von J.C. Penney hin und her schwankte. Bramhall versetzte der Tür einen Fußtritt; sie flog auf und knallte laut gegen die Wand. Er stapfte hinaus, und der Gerichtsdiener sah ihm mißtrauisch hinterher. Die behaarte Frau, die ihm während der Verhandlung positive Schwingungen geschickt hatte, versuchte jetzt, ihn in weißes Licht zu tauchen, aber er schob sich laut brummend an ihr vorbei. Er schleppte sich die Treppe hinunter und durch die Eingangshalle zum Parkplatz, wo Vinal Pinettes Hund zu bellen anfing und sich gegen die Scheibe des Lasters warf, in dem er eingesperrt war. Dieser Mistkerl ist ein Bär, dachte der Hund, oder ich bin nicht der beste Freund des Menschen.

Arthur Bramhall saß an einem Flußufer. Die Ereignisse im Gerichtssaal lagen jetzt hinter ihm; er konnte nur solange Interesse für sie aufbringen, wie seine Wut noch frisch war. Aber die Wut war in dem Augenblick verraucht, als er den Wald betrat, und im Lauf der Zeit kam auch sein Seelenfrieden zurück. Die Stimme des Waldes nahm jetzt wieder seine volle Aufmerksamkeit in Anspruch. Die Wochen vergingen, und sein Geruchssinn wurde immer besser. Ein Geflecht von Informationen stand ihm jetzt offen, und er folgte verzückt den Gerüchen, schnupperte sich durch Erfahrungen, die dem Menschen seit Äonen versperrt waren. Duftende Moosteppiche sprachen zu ihm, dazu Blumen, Fichtennadeln und wilde Gräser. Der Wald war voller duftender Schleier, die viele zarte Gemächer schufen, und er durchstreifte sie wie ein Sultan seinen verzauberten Palast.

Seine Kraft wuchs. Wenn er rannte, glitt er förmlich, seine Füße flogen dahin, kannten bereits das Gelände. Er lebte von Fisch, wilden Pflanzen und Beeren. Er brauchte nichts, von niemanden.

Das ist alles, was ich je will, dachte er, als er am Wasser saß und die Vergißmeinnicht anschaute, die Glokkenblumen, den Wasserschierling. Ihr Duft stieg ihm in die Nase, dazu die kühle Feuchtigkeit des Stroms, der von den vielen Meilen Gelände erzählte, die er durchquert hatte. Bramhall tauchte die Hand ins Wasser und lächelte über die glitzernden Tropfen, die sich an seinen Knöcheln sammelten. Voller Freude begann er zu tanzen, warf die kräftigen Arme in die Luft und stampfte mit den Füßen.

Vinal Pinette stand auf einem Hügel und sah zu. Bramhall fehlte ihm, aber er erkannte das Glück, wenn er es sah. Was konnte man einem Freund Besseres wünschen?

Der alte Waldbewohner verschwand zwischen den Bäumen und machte sich auf den Heimweg. Seine wäßrigen alten Augen glänzten, als er davonging. Nur das Geräusch seiner Stiefel, die behutsam über den Waldboden wanderten, war zu hören.

»Hal, ich bin ja so froh, Sie endlich kennenzulernen«, sagte der Vizepräsident auf dem Rasen vor dem Weißen Haus.

Der Bär beschnupperte den Vizepräsidenten. Durch das After-Shave hindurch kam er auf den Grundgeruch und versuchte, sich zu erinnern, wo der ihm zuletzt begegnet war. Dieses dominante Männchen habe ich schon einmal getroffen, dachte er.

Der Vizepräsident schüttelte dem Bären die Hand. »Ich stehe tief in Ihrer Schuld.«

»Ich habe ihm auf den Kopf gehauen!« der Bär erinnerte sich plötzlich wieder an die Hotelhalle, wo er einen Revieranspruch geklärt hatte.

»Das kann man wohl sagen, daß Sie ihm auf den Kopf gehauen haben«, meinte der Vizepräsident. »Sie sind ein echter amerikanischer Held, Hal.«

»*Ursus americanus*«, nickte der Bär.

Der Vizepräsident erlaubte sich ein kurzes irritiertes Stirnrunzeln, aber der Bär sprach nicht weiter. Er roch den warmen Blumenduft, der sie im privaten Garten des Präsidenten begrüßte. Hier gibt es irgendwo exzellenten Honig, oder ich heiße nicht Hal Jam.

»Der Präsident will Sie auch noch begrüßen. Er wird gleich hier sein.«

»Wer ist das?« fragte der Bär.

Wieder runzelte der Vizepräsident die Stirn. Er verstand allmählich, weshalb man ihn vor diesem Treffen gesagt hatte, Hal Jam sei seltsam.

»Meine Frau hat Ihr Buch gelesen und bittet Sie, es zu signieren.«

»Ich kann meinen Namen schreiben«, sagte der Bär. »Hal Jam. Ich bin ein Mensch.«

Weiterhin die Stirn runzelnd, schlenderte der Vizepräsident so locker neben seinem Gast her, wie sein Beraterstab es ihm empfohlen hatte. Hal Jam feierte in seinem Werk die Natur, das war allgemein bekannt, und der Stab des Vizepräsidenten hatte beschlossen, ihn den Umweltschützern zuzurechnen. Deshalb schien der Garten des Präsidenten der passende Ort zu sein, um sich bei Jam zu bedanken. Jam galt als wahrscheinlich gemäßigt, obwohl das Gerücht umging, daß er möglicherweise zur extremen Rechten neigte. Sein Auftritt mit Reverend Norbert Sinkler sprach dafür, und der Präsident wollte nicht noch einen einflußreichen Intellektuellen verlieren. Dem Vizepräsidenten blieb also nichts anderes übrig, als Haltung zu bewahren und die Tiefen seines potentiell hilfreichen Gastes auszuloten, obwohl Hal Jam sich eigenartig aufführte.

»Sie sind also aus Maine«, der Vizepräsident nahm einen neuen Anlauf. »Wir haben einen harten Kampf geführt, um die Wildnis dort zu erhalten.«

»Mir sind Hotels lieber. Die waschen einem die Unterwäsche.«

Der Vizepräsident lächelte, hatte das Gefühl, Lächeln sei das Beste, weil gleich ein Phototermin anstand und er den Mann, der ihn davor bewahrt hatte, in kleine Fetzen über die Hotelhalle des Ritz Carlton verteilt zu werden, nicht grimmig anschauen wollte. Aber ihm war klar, daß er weit davon entfernt war, Hal Jams tiefe Seele auszuloten.

»Mögen Sie Zimmerservice?« fragte der Bär.

»Ist schon in Ordnung«, der Vizepräsident versuchte, locker zu bleiben.

»Im Wald gibt's keinen Zimmerservice.« Der Bär

nickte weise, als er diese wertvolle Erkenntnis verkündete.

»Hier kommt der Präsident«, meinte der Vizepräsident erleichtert, als Agenten vom Secret Service um die Ecke des Präsidentensitzes bogen. »Wir werden uns unterhalten, und danach gibt es ein Mittagessen mit einigen Leuten aus der Welt der Kunst. Ich bin sicher, daß Sie dabei ein paar Bekannte treffen werden.«

Der Bär versuchte, die Küchendüfte des Weißen Hauses zu erschnuppern. »Gibt's auch Kandidatur?«

»Wie gut, daß Sie fragen, weil wir uns über Ihre Hilfe freuen würden.«

Der Präsident kam lächelnd und mit ausgestreckter Hand auf sie zu. »Mr. Jam, ich bin wirklich stolz, Sie kennenzulernen.«

Der Bär merkte, daß alle anderen Männer diesem hier ergeben waren. Muß eine Menge Leute in den Arsch getreten haben, dachte der Bär.

Während sie herumschlenderten, übernahm der Präsident das Reden. Der Bär verstand kein Wort von dem, was gesagt wurde; ihm war das recht. Wenn er versuchte, Menschen zu verstehen, gab es manchmal nur Ärger.

Sie betraten das Haus durch das Südportal, die Agenten vom Secret Service gingen vor ihnen her. Der Präsident sagte: »Wir werden unser Mittagessen heute im Grünen Salon einnehmen.«

»Ich wette, der ist gar nicht grün.« Der Bär kannte sich aus.

Über die Stirn des Präsidenten ging das gleiche irritierte Runzeln, das schon die Stirn des Vizepräsidenten verknittert hatte. »Doch, doch. Die Wände sind mit grüner Seide bespannt, und die Vorhänge haben die gleiche Farbe. Mrs. Kennedy persönlich hat den Salon ausgestattet.«

Der Bär wußte nicht, wer Mrs. Kennedy war. Aber er war froh, daß sie genug Verstand hatte, um den Grünen Salon grün zu machen.

»Ich hoffe, Hal, Sie fühlen sich hier im Weißen Haus nicht fremd.« Der Präsident wollte auf andere Themen zu sprechen kommen. Er senkte die Stimme und sagte: »Die extreme Rechte hat mobil gemacht, Hal. Der Kampf ist härter denn je. Ich hoffe, Ihr nächstes Buch wird uns so fair behandeln wie Ihr erstes.«

»Kein Problem.«

»Danke, Hal«, antwortete der Präsident zufrieden und nickte dem Vizepräsidenten kaum merklich zu.

»Ich wechsle jeden Tag meine Unterwäsche.« Der Bär wollte etwas Freundliches zum Gespräch beitragen, wurde aber im selben Moment an eine Frau des Beraterstabes weitergereicht. Er folgte ihr zum Grünen Salon, der sich mit Gästen aus der Welt der Kunst und Literatur füllte. Eunice Cotton war da, denn ihre Engel-Bücher waren beliebt in Washington; Engel galten als politisch neutral und gaben allem einen frommen Glanz, ohne daß sie jemanden auf dem Capitol Hill dazu verpflichteten, allzu christliche Muskeln spielen zu lassen.

»Da bist du ja!« rief Eunice und stürzte auf den Bären zu. »Hier ist jemand, den du unbedingt kennenlernen mußt. Er ist ein Heiliger.«

Eunice führte sie zu einem gebrechlichen alten Mann, der allein in einer Ecke des Grünen Salons stand. »Er hat fast 30 Jahre lang in einem kubanischen Gefängnis gesessen«, erklärte Eunice leise. »Castro hat ihn gerade gehen lassen. Senator Loveman hat mir alles über ihn erzählt.«

Der alte Mann schüttelte dem Bären die Tatze und lächelte Eunice unverbindlich zu. Sein Englisch war perfekt – er war in Eton ausgebildet worden und hatte einen großen Teil seines Lebens in Oxford mit dem Verfassen abstruser philosophischer Werke verbracht –, aber seine Stimme klang leise und schwach. Castros Gefängnis hatte ihn gebrochen; er hatte tiefe Falten um Mund und Augen, und die Haut zog sich straff über seinen Schädel. »Erfreut, Sie kennenzulernen«, sagte er, aber sein Blick war in die Ferne gerichtet. Eunice spürte, daß er das Reich der Engel sah, in das er in nicht allzu ferner Zukunft eingehen würde. Er dagegen dachte an den Gefährten, mit dem er seine letzten Jahre im Gefängnis verbracht hatte, eine Ratte, die ihm sehr ans Herz gewachsen war. Ratty hätte dieses Bankett genossen, dachte der alte Mann. So viel zu essen.

»Daß ich Sie beide zusammengebracht habe, ist wundervoll für mich. Meine beiden Engel auf Erden.«

Der alte Mann hörte Eunice höflich zu, aber seine Gedanken waren bei Ratty. Der liebe kleine Kerl hätte so viel Spaß daran, heute an allem rumzuknabbern. Ich müßte ihn ermahnen, langsam zu essen, nicht wahr, damit er sich nicht überfrißt und Blähungen bekommt.

»Ich weiß nicht viel über Philosophie«, gab Eunice zu, »aber meine Engel im Himmel wissen natürlich Bescheid.«

»Wie charmant«, sagte der alte Mann mit einem senilen Lächeln. Offenbar war er ein wichtiger Philosoph, das sagten alle, aber eigentlich war Ratty der philosophische Kopf. Ja, der war wirklich brillant.

»Im Gefängnis«, sagte Eunice, »müssen Sie manchmal gedacht haben, die ganze Welt hätte Sie vergessen.«

Der alte Mann hörte zu wie in einem silbrigen Nebel. Nach den ersten Jahren im Gefängnis hatte ihn seine Philosophie im Stich gelassen, und er war der rauhen Wirklichkeit dadurch entkommen, daß er heimlich eine Geschichte auf Toilettenpapier schrieb. Sie wurde zum Zentrum seines Lebens, ein Werk, in dem es nicht um Revolution ging, sondern um Liebe, eine romantische Geschichte, die er in Neuengland ansiedelte. Dort war er ein einziges Mal gewesen, bevor er zu der elenden Insel seiner Geburt zurückkehrte und mit Castro aneinandergeriet. Weil der Blick, den er auf Neuengland geworfen hatte, so kurz war, leuchtete diese Landschaft in seinem Roman umso heller. Und weil er keine Lebensgefährtin haben konnte, hatte er eine Heldin geschaffen, die sehr schön und sehr gefühlvoll war, die die Phantasien seiner Seele erfüllte und ihm so half, mit der überwältigenden Einsamkeit und den Entbehrungen fertig zu werden. Dennoch waren die Härten des Gefängnislebens, die Mißhandlungen, das schlechte Essen, das Fieber, das Ungeziefer schließlich stärker als er. An dem Tag, an dem er seinen Roman beendet hatte, begann seine Beziehung zu Ratty. Ach, dachte der alte Mann, wenn Ratty nur heute dabeisein könnte, was für eine Freude das für mich wäre.

»Wir wissen, daß Sie nicht viel Zeit gehabt haben, sich an die Freiheit zu gewöhnen«, sagte Eunice mitfühlend, »schließlich sind Sie so schnell hierher nach Washington gebracht worden. Aber Senator Lovelands Komitee hofft, daß Ihre Anwesenheit zur Befreiung anderer politischer Gefangener auf der ganzen Welt beitragen wird.«

Der alte Mann hatte das Gefühl, erst gestern mit seinem Roman unter dem Arm aus dem Gefängnis gekommen zu sein. Er hatte das Manuskript auch jetzt unter dem Arm, in einer abgewetzten Ledertasche. Niemand wußte, daß es diesen Roman gab, nur er, und er konnte sich kaum erinnern, was drinstand – es ging um Liebe – oder ging es um Ratty? Er hoffte, daß die Geschichte von Ratty handelte.

Der alte Philosoph schaute sich im Raum um. Soviel Aufregung, so viele Menschen. Es war wirklich zu viel für ihn, ihm wurde ganz schwach. In seiner Brust begann es seltsam zu gluckern ... eine Fontäne spritzte los.

»Oh! ... oh mein Gott ... fang ihn auf, Hal! Schnell, einen Arzt!«

Der Bär trug den kleinen alten Mann vorsichtig durch die Menge und legte ihn auf ein Sofa. Der Doktor kam nach wenigen Augenblicken, fühlte den Puls des alten Mannes und schüttelte den Kopf.

Der Bär schob sich an den hälsereckenden Partygästen vorbei nach draußen. Vor dem Grünen Salon angekommen, rannte er den Flur hinunter. Die Wachposten, die ihn als Gast des Präsidenten erkannten, nickten ihm zu, als er vorbeikam.

Er trat aus dem Weißen Haus und begegnete dem Agenten des Secret Service, der mit dem Vizepräsidenten in Boston gewesen war. »Hallo, wie geht's?« fragte der Agent grinsend und machte die Bewegung, mit der man jemandem auf den Kopf haut.

»Gut«, antwortete der Bär und winkte nach seiner Limousine. Das Signal wurde zum Parkplatz der VIPs weitergeleitet, und seine Stretchlimousine fuhr vor. Er kletterte auf den Rücksitz und atmete hinter den dunkel getönten Scheiben erleichtert auf.

»Jawoll, Sir«, sagte der Fahrer. »Wohin soll's gehen?«

»New York City«, antwortete der Bär.

»New York City?«

»Wissen Sie, wo das ist?«

»Kein Problem.«

Die Limousine fuhr auf die E-Street, und der Bär öffnete die Ledertasche.

Auf dünnen, verknitterten Blättern stand in der krakeligen Spinnenschrift eines Mannes, der nachts heimlich schreibt, alles das, was ein Bär für seinen sehnlichst erwarteten nächsten Roman brauchte.

Er griff in die Bar der Limousine, die nach seinen speziellen Anweisungen gefüllt worden war. Er holte ein Glas Honig heraus und setzte es an die Lippen.

Wilde Blaubeeren. Unschlagbar.

Er riß eine Tüte Käseflips auf und machte es sich für die lange Heimfahrt bequem.